福建故事

长篇小说福建故事系列

大河东流

黄荣才 ◎ 著

海峡出版发行集团 | 海峡书局
THE STRAITS PUBLISHING & DISTRIBUTING GROUP

图书在版编目（CIP）数据

大河东流／黄荣才著．—福州：海峡书局，2020.6（2024.7
重印）
ISBN 978-7-5567-0724-9

Ⅰ．①大…Ⅱ．①黄…Ⅲ．①长篇小说-中国-当代
Ⅳ．①I247.5

中国版本图书馆 CIP 数据核字（2020）第 087968 号

责任编辑　刘晓闽
装帧设计　黄　丹

大河东流
DAHE DONG LIU

著　　者　黄荣才
出版发行　海峡书局
地　　址　福州市台江区白马中路 15 号
印　　刷　三河市兴博印务有限公司
厂　　址　河北省三河市杨庄镇大窝头村西
开　　本　787 毫米×1092 毫米　1/16
印　　张　16
字　　数　165 千字
版　　次　2020 年 6 月第 1 版
印　　次　2024 年 7 月第 2 次印刷
书　　号　ISBN 978-7-5567-0724-9
定　　价　69.00 元

第一章

一

　　吴高仁有点心神不宁。他正独自玩着扑克牌接龙，每局他都许愿，如果接龙成功，说明事情没有悬念，尘埃落定，反之，就证明有了变化。吴高仁玩了好多局，可是结果不一，有顺利过关的，也有中途卡壳的，吴高仁的心情就起起落落。过关了，吴高仁舒了口气，卡壳了，吴高仁就寻找理由重新开始。吴高仁自我安慰，说自己是屡败屡战，精神可嘉，组织上应该给自己一个机会。但吴高仁也知道这是属于心理上的自慰，自己不可能拿着玩扑克接龙的事情去找县委书记或者组织部长，为自己垫台阶。吴高仁不是做生意，他这时候的职务是田山乡乡长，他的期待就是在今晚身份有个转变。让吴高仁有点坐立不安的是今晚在县城有个重要会议召开。县委常委会不时召开，研究该县重大事宜，不过今晚的会议比较特殊，那就是会议最后一个议程是研究人事工作。会议开始之前，吴高仁就得到消息，田山乡书记将调离该乡，自己也会由乡长改任书记。别看同样是正科级干部，但书记是老一，乡长是老二，这一和二还是有明显区别的。

吴高仁玩到第三十八局的时候，电话响了。吴高仁看到白纸上分列两行的"正"字，好像过关的多了三局。吴高仁有点忐忑地按下接听键，之前他呼了一口气，暗自嘲笑自己，从机关到乡镇，摸爬滚打多年，定力还是不够。电话那头领导的几句话，让吴高仁的心从高峰落下，领导告诉他，情况有变，他有调整，但职务不是原来说的田山乡书记，而是到田东镇当镇长，小乡换大镇，也是重用，先这样，以后还有机会。吴高仁说的谢谢领导关心就有点言不由衷，类似于苦茶，虽然说有益健康，但喝了总是不爽，口感不佳。但吴高仁别无选择，他总不能和领导翻脸，提拔不提拔、调动不调动，都是组织需要，不是在菜市场买菜，可以挑挑拣拣、讨价还价。

吴高仁放下电话，他拍拍自己的脑袋，觉得头比米斗大。米斗是种容器，一斗十升，吴高仁的头不可能那么大，但轰地一声感觉有点像山体滑坡，惊心动魄。吴高仁原来一直相信自己会留在田山乡当书记，所以非常积极，到省、市跑项目，争取资金，甚至自己在心里已经暗自筹划，当了书记要先推进哪些工作，哪些人可以重用，哪些人要调整岗位。吴高仁的办公室没有地图也没有沙盘，一个乡长没有那么豪华，不过在他的头脑中，类似的沙盘推演已经进行多次，不说烂熟于胸，至少也驾轻就熟。可是计划赶不上变化，晚上这常委会一定，所有的事情都是另外的局面，吴高仁想起一首叫《另一个结局》的歌曲，但眼下不是唱歌的时候。吴高仁没有调离的准备，如今这一出，让他有点措手不及。吴高仁拿起电话，打给四个大村书记。这些村书记平时和吴高仁关系不错，也会开开玩笑。接到电话，他们就说是否已经当上吴书记，要举行庆祝活动，或者还没研究，只是要热热身，预防到时候酒喝不下？吴高仁也不多话，就说本领导现在还是吴乡长，尽管还不是吴书记，但乡长也是领导，别不把乡长不当领导。如今本领导有急需用钱的地方，在一小时内拿五万元到乡政府面交吴乡长。拍马屁要趁早，是不是同心同德看表现。还有，本乡长不会亏待你们，这些钱乡政府出具收条，盖公章，允许从今年的统筹费里抵扣，优先全额归还。吴高仁说完就把电话挂了，他要趁消息传出之前把一些事情处理了。

吴高仁拉开抽屉，看了看躺在抽屉里的一份表格。这表格不是纸，而是一沓沓钞票，上面是欠了诸多单位、个人款项的明细清单。清单里的每一笔，都是结算过的，乡政府的公章盖在上面，存根留在乡财政所，正联在债主手上。关键的是，吴高仁的房产证还押在乡信用社，押证的原因是该乡在信用社贷款五十万，用于该乡基础设施建设。

吴高仁刚到田山乡报到，宣布人事的县委组织部副部长前脚刚离开，书记就和吴高仁先碰头，该乡地处全县最偏远，财税、工业、农业、第三产业等等排在全县最后一名好像就是专利，县领导也没有太多的硬性指标，好像唯一能拿到牌子的就是综治。田山乡的发案率全县最低，派出所的警察几乎没案可办，吴高仁后来说这些警察整天闲得抓蚊子苍蝇玩。书记说的这些，吴高仁都清楚，书记说的重点是要吴高仁下周上班的时候把房产证带来，抵押在信用社。书记是之前的乡长，当时全省上下都贯彻"要致富先修路"，热火朝天推进道路先行工程建设。书记用自己的房产证在信用社贷款五十万，如今乡长成为书记，书记就有理由要求现任乡长吴高仁拿出自己的房产证，以证换证，毕竟管经济的是乡长。吴高仁明白这是规则，没有二话，第二周就把自己的房产证放进信用社的保险柜，把书记的房产证换了出来。自己当了三年乡长，每年还了部分，如今还有十万欠账，这是个比较急的事情。

不到一个小时，四个村的书记各自骑着摩托车赶来，当然他们都没有空手，而是根据吴高仁的要求，带了五万元前来。吴高仁找来财政所长，把收条开好，盖上乡政府公章。书记们说自己忠心耿耿，拿着一沓真钱换了一张白条。以后吴乡长成为吴书记，还有更大领导的时候，别忘了我们。吴高仁给大家一人扔了一盒烟，说先回家抽烟，现在领导要考虑重要事情，你们的表现我记住了，别刚借出债就想要利息。村书记们嘻嘻哈哈离开，他们就是借此一说，他们知道吴乡长成为吴书记之后，肯定会对自己倾斜，乡长有事情找自己，本身就是倾斜。拍马屁要趁早，本来就是实话。

吴高仁打电话叫来信用社主任，让他马上带上自己的房产证赶到办公室。吴高仁把十万元推到信用社主任面前，说一手交钱一手拿证，我把那笔款结清。信用社主任有点诧异，这笔款其实早就过了归还期限，只是乡政府强势要求转贷，后来才逐年还一些。前任主任就因为这笔款被扣了不少奖金，自己的绩效也受影响，但乡长半夜还钱，有点诡异。吴高仁不做解释，说你不是梦寐以求收回这笔款吗？怎么？如今不要了。主任连忙声明没有这事，他只是有点意外，或者说让天上掉下的馅饼砸到头，不知道这痛是真是假。吴高仁让主任拿钱走人，还有，别到处嚷嚷。主任听到这句话，明白事情有些变化，但他不想追究到底是什么变化，自己能收回钱就可以了。

　　吴高仁拿出那份欠款清单，上面人员、单位琳琅满目。打印店、食堂、餐饮店、食杂店、茶叶店、学校、包工头、水电站，还有乡政府干部的差旅费、书记司机的油费、汽车修理费，自己也有一部分差旅费、跑项目的费用等等，吴高仁看看，自己还有两万元左右，书记的司机那块两万元，要先付这两部分还是撒胡椒粉，挑几个重点的摊一些？吴高仁在旁边的一张报纸上划来划去。吴高仁叫来财政所所长，把中心小学修建操场的经费报告找出来，让财政所所长马上支付，自己直接打电话给学区校长，让他立刻过来拿钱。看着校长拿着四万元离开，吴高仁把剩下的六万元给了财政所所长，在清单上划了一些名字，说这几个乡政府普通干部的差旅费先给解决了，还有乡政府门口打印室的那些欠账先给理了，店主是残疾人，不容易。

　　干完这些，吴高仁叫上驾驶员，连夜赶往县城。

二

　　吴高仁抵达县城，已经是第二天凌晨。吴高仁的老婆以为出了什么事。吴高仁调侃自己这叫夜以继日干革命工作。他要连夜离开，不想第二天被堵在办公室讨债，虽然不是书记，但小乡换大镇，也是一种荣光，他宁愿把骂名留在身后。吴高仁老婆问这是否可以称之为落荒而逃。吴高仁纠正，措辞一定要注意，这叫战略性转移，乡长虽然没有成为书记，但已经是镇长，鸟枪没有换炮，但至少也换了个三八大盖，领导形象还是要维护。

　　上班之后，县委书记找变动的主要领导谈话，吴高仁调离田山乡的消息正式传开。尽管没有群情汹涌，但声音难免，也有人赶到乡政府，但吴高仁已经不在宿舍。吴高仁正在接受谈话，要勤政、廉政、团结、干事。谈话结束后，县委书记对吴高仁多说了几句，要求吴高仁正确对待，干出业绩。田东镇情况比较复杂，要你这样有经验的干部去才镇得住，你一定不要辜负期望，机会还是有的。吴高仁只有点头称是的份，镇得住镇不住，那是镇党委书记的事，他才是老一。当然，这话吴高仁只能在心里说说，他口中说出来的是：请书记放心，我一定全力以赴，配合镇党委书记抓好田东镇工作，争取短期内有明显变化。吴高仁站起来的时候，书记又说了一句，那个钱来发，你要把握好。吴高仁知道书记口中说的钱来发，他点点头，有些事情无法表态，那就模棱两可。书记说的把握，本来就模棱两可。

　　从会议室出来，吴高仁打开手机，里面有数十条短信和来电提醒。吴高仁苦笑，自己这也成老赖了？可是他别无选择，只要自己不是留在田山乡当书记，甚至不动当乡长，这些问题就没有办法完全解决。信用社主任和学区校长各自发了一条感谢的短信。还有就是那些领到差旅费的乡政府干部，有几个发得有点意思：谢谢乡长解决了我们部分报销问题。吴高仁点头，我也无奈，只能撒胡椒粉了，无法上汤。昨晚吴高仁离开前，特意交代财政所所长，乡政府普通干部差旅费按照比例报销，领导一律不报。那四个村的书记也全部发来短信，字眼一样：热烈祝贺吴乡长荣调。只字不提五万元的事情。吴高仁看着手机，说几位老兄我对不起你们了，但我也情非得已，见谅见谅。

　　当天下午，吴高仁一行在县委组织部长的带领下，到田东镇报到。田东镇书记是另外一个乡的书记高镇东调任。吴高仁开玩笑说，这高书记天生就应该来田东镇担任书记，你看，镇东，多吉利的名字。高书记回话说镇长你是高人，别谦虚。吴高仁大笑，说我这高人前面是吴，名字不错，可惜和这个姓放在一起，意思反了。谈笑间，两个人其实都不乐观，发现田东镇问题不少。后来吴高仁得知，就在当晚常委会结束到第二天下午之间，该镇原范姓镇长已经签批发票一百二十多万元，单张发票最高三十万元。就是中午休息时间，范镇长还加班加点签发票，财政所所长在旁边，把发票统一换成镇政府的欠条，盖上镇政府公章，那个印章一盖，白条成钱，具有法律效力。

　　组织部长离开之后，有不少等在政府大院的人就找到高书记和吴镇长，吴高仁在会议室里就看到院子里影影绰绰的人影，他的头一直大着。高书记说钱的事情归镇长管，书记不管钱。所有人就赶到吴高仁宿舍，吴高仁让办公室干事小丁泡茶，说政府大印盖在那里，只要政府的牌子还在，这钱就跑不掉，但今天要找吴镇长拿钱，那是不可能，绝对空手而归。吴镇长还只是镇长提名候选人，就是当选了，也不可能马上拿出钱，镇长不是魔术师，不能马上变出钱，至少要给镇长发展经济的时间和空间，所以你们现在要做的就是喝杯茶然后回家，让镇长好好想想，从哪里找到钱还债。当然，你们呢，如果愿意，可以顺便祈祷一下镇长健康长寿，事业顺利，财源滚滚，这样你们拿回钱的时间可能有所提前。

吴高仁上任好几天后，钱来发终于登场。钱来发是个工头，在全县有好多个项目，欠了不少钱也被人欠了不少钱。钱来发说自己其实就是个挑着担的人，从这个桶舀水到那个桶，然后从那个桶又舀水回这个桶，自己的钱一辈子花不完，自己的债也一辈子还不清。吴高仁说你别抱怨，有得挑就不错，哪天你那个扁担没有了，想挑没得挑，你连什么话都没得说。钱来发赶快递烟，说领导厉害，一针见血，关键如果挑得太辛苦，我就不挑了，这两桶水倒了，不可能水漫金山，但恐怕也得湿两小块地。吴镇长把中华烟拿到鼻子底下吸吸，说烟是好烟，可惜我不敢抽，目前这情况，我抽这烟，轻的被人戳脊梁骨，严重一点走夜路会挨砖头。不过我对钱老板的话有兴趣，如果你想放下担子，我不会插手，这担子放在你肩上，想放或者什么时候放，那是你的事，湿两块地，我也觉得不是不可能，不过就那两桶水，太阳晒一会儿，保证湿地很快就干了，水过无痕。所以这个不用辛苦钱老板考虑。

钱来发哈哈大笑，说吴镇长很有意思，是个值得交往的人，怎么样？今天我做东，我们聚聚？吴高仁摆手，还没干事就吃喝上了，这不是我的原则。预祝的事情我不干，等我哪天觉得有点小成绩，喝几杯庆功酒是可以的。但是，我这酒也就和有贡献的人喝，不相关的人，喝了没劲。痛快。钱来发用手指头在桌上弹了两下。既然吴镇长痛快，我也痛快，我明天就让人恢复施工，把镇区这个道路拓宽工程的尾巴给扫了。哦，看来钱老板厉害，我正琢磨着，这钱老板是不是眼科医生，给人上眼药厉害啊，一个镇区道路拓宽工程，留尾巴留在镇政府旁边，每天进进出出的人看了，这是问号还是感叹号啊。好，我拭目以待。这么个两百来米的尾巴，我相信钱老板需要的时间不长。这个不长，但是我想还有个尾巴，就是农贸市场的事情，也请吴镇长解决了。商人重利，看来钱来发就是钱来发，你想给一块猪肉然后就让我赶一头猪去啊。农贸市场，历史遗留问题，是几任镇长的事情了？我如果没有记错，应该是三任吧，到我这第四任。好像每任你都有追加项目，我不是还没开口吗？到时候说，到时候说，饭是要一口一口吃的，甘蔗也是要一节一节啃的。

那行，我们就慢慢来。钱来发起身走人，吴高仁送到办公室门口。钱来发握手，说我希望和镇长交个朋友。吴高仁笑笑说，你今天不是到我办公室了吗？我们认识也不是今天，不急。看着钱来发下楼，吴高仁站到窗前。钱来发之前对吴高仁，只是场面上打打招呼，吴高仁那时候还在乡镇当个宣委，压根儿进不了钱来发的视线，后来当了副书记、乡长，可是田山乡那地方，项目没几个，即使有，也瘦不拉叽的，就像山涧里的小鱼，肉不多，但刺不少。钱来发还是没兴趣。没兴趣自然就不会和吴高仁套近乎。吴高仁也不刻意和钱来发走近，反正不进人家法眼，硬往上凑有热脸贴冷屁股之嫌，没意思。吴高仁的老婆说他，教师出身，有个小清高正常。

吴高仁在学校当老师的时候，根本没有想到自己会走上仕途这条路。他那次写调研文章，纯属被宣委逼上梁山，县里组织调研文章比赛，每个乡镇要交五篇，宣委就中学、学区分摊任务，吴高仁摊上一篇。比赛结果，吴高仁那篇居然得了一等奖，还引起宣传部长关注，一纸调令，吴高仁到了宣传部。几个来回，当上了乡长。吴高仁自我调侃说自己的命运拐了好几个弯。

接下来不知道还有几个弯了。老婆的话在吴高仁耳边回响，是啊。谁知道呢。拐就拐呗。吴高仁知道自己其实别无选择，谁知道明天又会有什么事呢。

三

吴高仁醒过来的时候，看到天刚蒙蒙亮，太阳还没从对面的山头跳起来。政府大院树上的鸟儿叽叽喳喳地叫着，没有章法，各唱各的调。吴高仁没有办法朝鸟儿喊口令，这些鸟儿尽管生活在田东镇，但属于没有编制的，不归吴高仁管。吴高仁想到编制这两个字就头大，在田山乡的时候，吴高仁就收到县里一份文件，这份文件题目很好理解，《关于清理清退临时工的通知》，县政府的大印非常醒目。吴高仁以为自己当上书记，可以不用头痛这个事情，没想到乡长成为镇长，依然头大。当时农业特产税税源丰富，不少做生意的也就在上面做功夫，能逃则逃，那可全算是利润部分。各个乡镇通道不止一处，而且为了逃税避税，可以翻山越岭寻找出口。为了解决人手不足，县里出台政策，各乡镇可以自行聘请临时工，协助收取农业特产税，有了口子就好办，各种各样的人就都往里涌，乡镇临时工队伍迅速庞大。面对渴望的人群，乡镇就想了个招数，每个人收取三万元的押金，本来期望这三万元是个门槛，可以把部分人挡在门外，无奈这些人借助计算器，把各种账算得明白，及时把三万元放到相关桌上。到了换届时候，县里发现这支队伍太过庞大，想瘦身根本不可能，干脆一刀切，全部清退。

一刀切是个办法，但太疼痛。吴高仁拿着文件头痛，这些人一律回去倒是省事，最担心的就是原则上，这原则上一到临头，其实就是没有原则，突破原则。不过这人要回去，每个人三万元肯定是要退给他们，当初有合同，哪天要清退临时工了，这款全额退还。现在田东镇有临时工二十三人，每个人三万元，就是六十九万元，就是把吴高仁割肉也卖不了几个钱。

吴高仁还没想出这钱哪里来，这些临时工就上门了。他们不是蜂拥而来，最先来的是小范，前任镇长的堂侄。我叔说了，只要您同意,我就可以留下。吴高仁恨不得踹范镇长一脚,如果有可能,他早就把堂侄的问题解决了,他吃相那么难看,还会在乎多一点点?问题现在小范肯定把这消息捅出去,矛盾的焦点全部聚集在自己身上。吴高仁毫不客气,说如果镇长可以解决,这文件已经发了半个月,下周已经是最后上报时间,那你不应该找我,应该去找你叔,打也好,骂也罢,求也可以,你让他先签个意见。小范发现问题无法解决,就摔门而去。小范刚出门,马上继续有人进来,当天上午,二十三个临时工分成好几批,全部和吴高仁见过一面,要么以镇政府名义打报告,要求继续留用,要么马上归还三万元的押金,还有银行同期的利息以及根据《劳动法》发给遣散费,否则他们就去上访,县里不行到市里,市里不行到省里,到北京,反正总要找个说理的地方。

　　吴高仁发现这些人当中,小范是带头的一个,他虽然是个头,但有私心,以为自己是范镇长的侄儿,渴望能有特殊照顾。吴高仁把手一拍,这口儿坚决不能开,否则其余二十二个人就是一股惊涛骇浪,足以冲垮某些东西。吴高仁把自己的想法和高书记说了,高书记也赞同全部清退。高书记了解了这二十三个人,其实不是这亲戚就是那朋友,没有几个真正会干事的,来事的水平倒不差,反正趁现在有政策,把这些人全部处理了,为今后工作开展创造条件。高书记要吴高仁想办法,筹集经费,发还每个人三万元的押金,把事情办稳妥。

　　高书记属于掌控方向提要求的人,自己就得累死累活把事情办了。吴高仁自我调侃,看来还是自己命苦,没有当老一的命,只有老二的劳碌。吴高仁找来办公室科员小丁。小丁大学毕业后分配到田东镇，已经好几年。小丁告诉吴高仁，目前镇政府的账户上没有现金，全镇的欠债倒是不少，如果加上前几天结账的数目，新旧债务至少在五百万元以上。所以不要说清退这二十三个人需要六十九万元，现在就是六万元都拿不出来。吴高仁要小丁别激动，带自己到处走走，办法总会想出来的，活人不会被尿憋死。你要相信领导的能力，有信任才会有信心，有信心才会有力量。吴高仁对小丁说。小丁说话是这么说，但关键是真有办法。吴高仁表扬小丁，你这同志不错，注重效果，不轻易相信表态的话，尤其敢质疑领导，有前途。小丁有点不好意思，赶快在前面带路。

吴高仁在镇区转了一圈，来到农贸市场。农贸市场主体已经投用多年，看得出有些地方已经显得有点旧了，但旁边又有相对比较新的痕迹。里面空空荡荡，摆摊的、设点的，都堆在道路两旁，闹哄哄。小丁说这农贸市场建设分成好几期，就像一件衣服，一会儿接个袖子，一会儿补个领子，整件衣服就没有个统一新旧、统一风格。至于那些摊贩不进场经营，是因为大家都想省点租金，还有，在路边摆摊，容易截到顾客，搬里面去，那就是末梢，属于弱化的那一截。吴高仁拍了拍小丁肩头，小伙子目光不错。小丁又念叨，活没干多少，钱加了不少。这农贸市场，早已经超过第一次的预算好几倍，到现在都没有办法决算。好几任镇长了，没有好好移交过。吴高仁没有接腔，小丁说的话，他无法回答。他和范镇长交接，范镇长原来也是要他签字认可，但吴高仁明确说，这字他无法签，他不会去理这个账，他只是让财政所所长按照以前的做法，把这些账全部打包封存起来，至于以后如何，不知道。当时移交，小丁并不在场，但吴高仁从小丁知道这做法，清楚以前的镇长也是这么做的。这农贸市场是个大坑，吴高仁不想往里面跳。

吴高仁转到农贸市场对面，发现有一座房子关着。田东镇畜牧兽医站的牌子挂在那里，上面挂了几张蜘蛛网，有几只蜘蛛在来回忙碌。吴高仁问小丁这是怎么回事，小丁说这畜牧兽医站的房子属于镇里，三间，只有两层，原来缩在角落里，去年因为一条道路要从边上切过去，把围墙拆了，因为太过破旧，目前还空在那里。吴高仁心里高兴，他发现这围墙一拆，原来的角落居然就成为一个临街店面了。他知道清退临时工的经费有着落了。

吴高仁刚要离开，钱来发得知吴高仁到了农贸市场，马上赶过来。钱来发盛情邀请吴高仁到他的办公室走走。吴高仁说另外找时间。钱老板开玩笑说吴镇长该不会看不起我这小企业，想绕门而过吧。吴高仁说不管小企业大企业，他关心的是企业对当地经济发展的贡献，世界五百强，够大的吧，可他们跟我吴镇长没半点关系。他不会忽略任何一家在田东镇地面的企业，但今天这样顺便走走，显得不够正式，改天找个时间，一定专程到钱老板的办公室参观，关心企业也是镇长的重要工作内容，太随便了不好。钱来发也不坚持，说那我就等吴镇长大驾光临，只是希望吴镇长别让我望眼欲穿。这两年上了年纪，眼睛花了不少，看远处的东西有点蒙蒙眬眬，只有靠近了才会清晰。吴高仁笑笑说我希望钱老板去配副眼镜，眼睛花了还是需要借助眼镜，凭距离来看人太过冒险。两人在农贸市场握手告别，车走远了，钱来发狠狠地把嘴里的烟扔到地上，用自己穿皮鞋的脚在地上碾了几脚。

四

吴高仁让小丁悄悄列下镇区比较有可能买畜牧兽医站的人的名单，这房子，卖给外乡镇的肯定没有人要，只好在本地找客户。吴高仁要求这事情不能声张，否则这房子就没有希望换来现金，早就被人拿去抵债。这事情有过先例，在本县有个乡镇盖了一排房子，原来想卖些钱，房子只盖到一层，饮食店、茶叶店、打印室等等，不到一个小时就被瓜分，换来的是一叠白条，这些白条都盖有乡镇政府大印，不容否认其法律效力。

吴高仁让小丁先去办事，他叫上驾驶员小史，开上车往省城跑。小史笑着说领导到哪里都是要跑项目啊。小史是吴高仁从田山乡带出来的，用了几年了，顺手。吴高仁说我天生就是缺钱的命，有什么办法。想想当年我们去跑项目，那不是人干的活。吴高仁刚去田山乡当乡长，第一件事就是回家拿存折，那时候乡镇普遍欠了三个月工资，自己要当乡长，肯定得先把这三个月工资补发了，要不叫人烧水都不一定有人动，更别说干活了。吴高仁知道，要让马儿跑就得让马吃草，马儿不跑，吴高仁这"弼马温"就没招。老婆看着吴高仁在翻抽屉，靠在卧室的门，晃着一条腿说："原来还以为你老吴家祖坟冒青烟了，也出个掌印的，想依靠你来个夫贵妻荣，现在看来你到那穷山恶水的地方当你那不上品的官，我在家带孩子守空房不说，还要倒贴钱啊。"吴高仁原来还有点理不直气不壮，夫妻俩都是工薪阶层，家里原来就没什么钱，省吃俭用存点钱是留给儿子读书用的，现在吴高仁却要"挪用"了，"风神要本钱"。吴高仁在心里念叨着这句当地俗语。可是老婆一念叨，吴高仁就不高兴了。女人就是头发长见识短，在仕途上走，哪能没有沟沟坎坎，肯定得自己想办法往前迈。吴高仁可不想仕途像音乐的休止符一样就此嘎然而止，他可是想爬了这山望那山的，来个真正的光宗耀祖。不过，吴高仁明白有些话不能跟老婆说，她爱怎么念叨就念叨去。田山乡是全县最偏远的乡，当初就没有人愿意到田山乡当乡长，自然这不愿意是那些有资格有可能提拔的人，没资格你再愿意也没用。吴高仁原来是内定到另外一个镇当镇长的，可到常委会开后却是到田山乡当乡长，吴高仁明白，这次又被"替换"了。对于农民的孩子，吴高仁工作很辛苦，也很出色，但连同这次，吴高仁已经是第三次被"替换"了。吴高仁当时在心里骂了一句"干你姥"，但吴高仁知道这别无选择。骂归骂，工作还是要做，虽然不是肥缺，但盯着这位置的人还是很多啊。

到了省城，吴高仁和当记者的朋友肖石联系。几次到省城，吴高仁都是找肖石。肖石说是记者，但这回是某某报的记者，也许下回就是某某杂志社的记者了。肖石是到县里采访的时候认识吴高仁的，那时候吴高仁还在县文体局当副局长，肖石到文体局采访的时候，局长不在，吴高仁接待了他。因为话投缘，吴高仁多上了好酒好菜，大口吃菜满杯喝酒，很肝胆的架势，一来二去成了朋友。吴高仁知道肖石一直当着记者，而且他的社会人脉关系挺活络，经常能帮吴高仁引见给他要找的人。

吴高仁跟肖石通了电话，肖石说他跑到下面一个市了，不在省城。他给了吴高仁要找的王处长的电话和他家的地址，说自己已经跟他说了吴高仁的事，让吴高仁自己去找。今天可无论如何要找到啊，这两天就要切蛋糕了。肖石很是肝胆地跟吴高仁说。吴高仁知道切蛋糕是什么意思。都年终了，各部门都在统计筹划，要把今年预算的资金全部用上去，否则过了年度，新的预算要出来了，原来预算的资金没有用完也就过期作废了。所以最近很多部门都在下拨资金，也就是肖石说的切蛋糕。反正这些钱要用完，给谁也就给了，关键是看谁的项目有说服力，更重要的是谁能跑。吴高仁也知道最近要切蛋糕了，所以他上次上报的建设垃圾池的项目要跟踪，这个项目他报了一百万，如果能批下来，打折之后估计会给个七十万，用二十万建设垃圾池，剩下的五十万刚好能度过春节。如果这项目泡汤了，吴高仁的春节就别想好过了。

小史，到花园街如意苑。吴高仁和肖石通完话，让小史重新发动汽车。赶到如意苑的时候，刚好是下班的时候。吴高仁知道这种事不能到办公室，办公室只能说公事公办的事情，只要沾点私人感情就不能到办公室，上次送报告就是在办公室，那叫预热，现在要加温再选择办公室只能说是老土。吴高仁原想在王处长回家的时候跟着到他家，可直到华灯初上，还没看到王处长的身影，他家的窗户也一直黑乎乎的。吴高仁只好硬着头皮跟王处长打电话，电话响了很久，直到话筒中传来"你所拨打的电话暂时无人接听，请稍后再拨"。吴高仁的心一沉，他记起肖石说过的王处长应酬很多，脾气很大。吴高仁也明白，只要有许多人供着，就是一尊木头也会成佛的。王处长这样的要害部门，绝对少不了跟在身边套近乎的人，尽管他不是最后的决策者，但把哪些地方排进预算盘子，排多少可是他的权利，许多时候他排的结果就是研究的结果，只要想跑项目要到钱，没有谁敢忽略他的作用。踌躇了好久，他下定了决心，咬牙切齿地按下重拨键。电话在响了好久之后，终于响起了一声不耐烦的喂。吴高仁忙把肖石抬了出来，说自己想拜访王处长，现在就在他家小区门口。吴高仁发现自己说得疙疙瘩瘩的，有点想抽自己的嘴巴。平时也蛮伶牙俐齿的嘛，怎么关键时刻就卡壳，真是"见了大兵就拉稀"。王处长倒干脆，一句我还在忙着，再说吧，就挂断了电话，让还对着话筒谦卑说话的吴高仁惆怅了好久。

　　怎么办？小史的问话让吴高仁感觉心情糟透了。怎么办？守株待兔呗。吴高仁这时候才发觉自己饥肠辘辘了。也是的，赶了四个多小时的车，到现在还没吃饭呢。小史，你去吃，然后给我带份快餐，我得在这边守。别错过了。吴高仁知道找人只能守候，等他回来跟在他身后往家里去，他就是想拒绝也没招。如果等他回到家，也许就叫不开门。门都进不了，还谈什么屁事。小史带回来两份快餐，蹲在路边吃快餐的时候，吴高仁突然想起自己好像是建筑工地的民工。别看在县里科级干部是领导，人五人六的，到了省城谁认得你，什么都不是。

等人是最烦心的事情，吴高仁觉得过了好几个世纪了，发现才过了一个多小时。地上倒是丢满了烟头，王处长还不见踪影。吴高仁在心里暗自安慰自己：有得等还是好的。他上次到省城想找王处长，人家不在办公室，堆满谦卑的笑容问了几个人都说王处长刚出去，不知道他去哪里，不知道他的手机，也不知道他家住哪里，家里电话是什么，吴高仁知道那是人家不说。打肖石的手机一直关机。吴高仁从早上等到下午下班，还是没有看到王处长的身影，后来还是保安看他可怜，悄悄告诉他王处长出差了，要半个月才回来。二十天后，吴高仁重上省城；王处长倒是遇到了，可人家根本不把个小乡长放在眼里，吴高仁说了老半天，他还是自顾整理桌上的文件材料，吴高仁怀疑他根本没听清楚自己说什么，但吴高仁抱着就是对牛弹琴也得弹，不停地说下去。就在吴高仁停下歇口气的时候，王处长开口了：项目很多，每人都说自己的重要。你把材料放这儿，排队吧。你可以回去了。吴高仁出来在门口等到王处长下班，想请他吃饭。可是他冷淡地说没时间，然后上车而去。后来吴高仁找到肖石，肖石跟王处长通了电话，王处长才说项目他会关注，吃饭就免了。肖石要吴高仁先回去，年底前再上来。

吴高仁想问问肖石，可不知道他跑哪个角落了，手机一直无法接通。午夜零点了，吴高仁担心王处长晚上是否回来，别自己在这里耗着，人家已经在哪儿进入梦乡了。考虑再三，吴高仁还是按下王处长的电话，吴高仁很怕再听到那句"对不起，您所拨打的电话已关机"。电话通了，吴高仁舒了一口气，可是那首《一万个理由》已经唱了老长一段了，还是没人接。就在吴高仁几乎绝望的时候，电话那头有人接了，可是不说话，电话中传来KTV里嘈杂的音乐声，话筒中传来不耐烦的"喂"，吴高仁刚叫了句"王处长"，对方又说话了，我还在忙，你别老烦好不好。不等吴高仁再说什么，他已经把电话挂断了。吴高仁握手机的手在空中僵了半天放不下来。干你姥。他粗声骂了一句，狠狠地踢了汽车轮胎，好像惹他的不是人而是轮胎。

　　吴高仁感觉尿急了，问题是这附近没有公厕，走远了又怕王处长刚好这当口回来错过了。吴高仁只好叫小史盯住，自己在附近转悠寻找解决的地方。在乡下找个地方解决不难，随便什么果园或者拐角处就行了。可这是省城啊，到处亮堂堂的。吴高仁想起有个笑话：某个乡下人到大城市，尿急了又找不到公厕，只好找个地方想就地解决，当他刚一掏出家伙的时候，戴红袖标的人出现了：随地小便，罚款。那人慢悠悠地将东西塞回裤裆，理直气壮地说：谁随地小便了？红袖标得理不饶人：不小便你掏出家伙干什么。那人笑了：我自己的东西，掏出来吹吹风晒晒太阳不行吗？把红袖标气得直翻白眼。吴高仁刚听这故事笑得直揉肚子，可现在他笑不出来。如果自己小便的时候遇到红袖标能这样说吗？吴高仁找不到地，最后实在忍受不住了，只好找个灯光相对暗淡一点的地方，对着绿化带，边解决边哼着歌曲，一副悠然自得的样子，其实心里紧张得要命，眼睛四处逡巡着，怕被人发现，时刻做好把家伙塞回去的准备。解决完了，吴高仁还是意犹未尽，他感慨地跟小史说：他妈的，这简直不是人过的日子。什么叫幸福？要我说，能自然尽兴地撒泡尿就是幸福。

五

领导，您今天计划跑几家？我可是把面包、矿泉水都准备好了。在服务区休息的时候，小史递过来一根烟，替吴高仁点上。你小子是不是看我又要装孙子，所以现在给我点烟先让我当回大爷？吴高仁笑骂。小史笑得很开心，说领导就是厉害，点个烟都能想出好多道道。吴高仁说我不跑行吗？我上次在田山乡跑的项目，眼看就要划拨钱了，可现在是后任乡长在花，我还得找米。好吧，套用现在流行语，我不是在找米下锅，就是在找米下锅的路上。继续出发。

吴高仁在车上，听着《一万个理由》这首歌，继续回想当年去找王处长的事情。当晚吴高仁又等了两个小时，王处长还是没回来，到了这时候，想给这尊菩萨上香的人太多了。吴高仁知道不便再挂电话，只好死等。过了这村就没这店了，如果这项目没跑下来，不要说那些债主，就是乡政府干部也会集体上访了，自己的窟窿更别说了，到时候不得像杨白劳一样出门躲债了。吴高仁从口袋里摸出烟，看看是中华又塞回去，从另一个口袋摸出"红七匹"。吴高仁的口袋里装着两种烟，遇到领导请好烟，自己抽就没有那么多讲究了，能抽得起"红七匹"就很不容易了，何况这也是吴高仁积攒官声的办法，吴高仁很注重细节，要不一个乡下孩子能当上乡长？吴高仁和小史已经轮流在绿化带上撒了几泡尿，已经没有开始时的紧张，非常自然地张望着，借助绿化带的掩护办事，适者生存啊，吴高仁感慨自己又训练出一项基本技能。天气很冷了。吴高仁和小史都冻得受不了，只好躲进汽车内，一人注意一边，随时做好冲出车跟上去的准备。我们整个地下党或者便衣警察的味道了。吴高仁和小史目光不敢放松，嘴里互相调侃着，难兄难弟一般。其实他们也知道不用如此紧张，下半夜了，这街上没几个行人，只要一出现，还不是空旷的雪地出现人影，醒目得很。但吴高仁不敢掉以轻心。我现在就是个怕老板跑掉的小包工头了。吴高仁续上一根烟，狠狠地掐灭烟屁股。

一直等到快凌晨三点钟的时候，王处长才出现。可是面对吴高仁的招呼，他很不耐烦地挡回吴高仁递过来的中华烟，就一句：有什么事，明天到办公室说吧。我很累了，要休息了。几句话的工夫，已经到了楼梯口，王处长拒绝了吴高仁递过来的礼包，说明天再说吧，我喝多了。又拒绝吴高仁送他上楼，砰地把楼道门关了，剩下吴高仁在那发愣。保安过来了，把吴高仁请出小区。

吴高仁回到车上直喘粗气：干你姥。他把自己摔在坐垫上，等了老半天就是个闭门羹。他仔细回想王处长的每句话。小史不敢打扰吴高仁，坐在前座上时刻做好开车的准备。突然，吴高仁叫了一声：有了，先吃稀饭去。吴高仁注意到王处长只是说自己喝多了，明天再说，但没有像以往说的到办公室说。小史看到吴高仁好像悟出什么，发动了汽车。那份快餐早就随几泡尿消失得干干净净了。吴高仁他们找了个 24 小时营业的稀饭店把肚皮填饱，这时候他们觉得真累了，很想找个地方好好睡一觉，可附近都是高档酒店，一个床位没有三百块根本没法找，何况现在都快四点了，离天亮没几个小时，利用率太低。算了，就在车上猫一会，明天早上，不，今天早上得把他堵在家里，否则就没戏了。吴高仁决然说。

早上六点，吴高仁在车上醒过来，在绿化带又撒了泡尿。他拿着手机，一直憋到六点四十分，挂通了王处长的手机，他测算过，如果王处长八点准时到单位上班，那么他七点半就必须离开家门。电话通了，王处长听出是吴高仁，虽然口气没有很冲，答应对吴高仁的项目给予关注，但还是拒绝了吴高仁到他家的要求，又把手机挂了。吴高仁头大了，他知道如果这会儿没办法进到王处长家客厅，或者说没有办法把自己手中这件瓷器送出去，到时候王处长的看看可真就是看看，吴高仁只能看别人分蛋糕，自己充其量得到一点蛋糕屑。吴高仁好不容易才打听到王处长对瓷器很感兴趣，费尽心机找到这件清朝的素三彩。他决定豁出去了。他提起礼包，走进小区。到了小区门口，他塞给保安两包中华烟，说兄弟，帮帮忙，让我进去，告诉我王处长住几号。那保安看了看吴高仁和门前的车辆，说看得出你是乡镇来的，不容易，进去吧，王处长住 603。吴高仁对着保安鞠了一个躬。吴高仁知道直接按 603，说不定王处长知道是他不开门那就完了，他决定按其他楼道的门，就说要走亲戚，按亲戚的门开不了，麻烦他开门一下。走到楼道口，刚好有个人送孩子上学，吴高仁赶紧闪身进去，心里直说好运。到了 603 门口，吴高仁深深地吸了口气，按响门铃。门铃音乐响起的那段时间，吴高仁觉得时间特别漫长。门开了，王处长把门打开个缝，有点不高兴地说：唉，你这人啊。没有请吴高仁进去的意思。吴高仁脸上堆满讨好的笑容，不敢指望他能像迎接贵宾一样请自己去坐一会儿，心里嘀咕有这条缝就够了。吴高仁在心里说阿基米德说只要给他个支点他能撬起地球，只要给我一条缝，我就能撕开个突破口。吴高仁的念头一闪而过，口里却没有停顿地说：我要回去了，我上次在一个地摊上淘到一个素三彩，我估摸着应该是赝品，真货哪有那么容易淘到？听说您对这块有研究，就放你这儿，当个摆设。要不带回去说不定路上磕碎了。吴高仁边说边把礼包递到门缝里。王处长淡淡地说别这样，影响不好。然后就砰把门关上了，任吴高仁再按门铃也不开。吴高仁刚升腾起的希望就像旧时的煤油灯被风一吹熄灭了，那条缝没有了。

吴高仁哭丧着脸出来，想想，他再次挂肖石的手机。手机通了，肖石听吴高仁说了情况，为难地说那可不好办了。吴高仁像抓住最后一根救命稻草一般，要肖石无论如何帮一把。肖石说我试试看。过了五分钟，肖石来电话了，让吴高仁把礼包寄存在保安那边，他会处理，让吴高仁回去等消息。死马当活马医，结果如何只能听天由命了。吴高仁把东西寄好，又塞给保安两包中华烟，说王处长昨晚喝多了，门敲不开，但电话倒是接了，说东西先放你这里。吴高仁知道在省城继续待下去没有什么意思，那就回去吧。傍晚时分，汽车刚进自己县的地界，吴高仁的手机

"滴"一声提示有短信息。吴高仁掏出来一看：你的项目安排 70
万。肖。吴高仁高兴地耶地叫了起来，招呼小史：停车，撒尿。
站在路边，他们撒得酣畅淋漓。

六

　　吴高仁温习了自己当年找项目的艰辛，长长地叹了一口气。
领导，这次我们找谁？小史边开车边问。到时候看看吧，我在田
山乡三年，王处给了我几个项目，可是他去年出事了，进去了，
他这种风格，进去是迟早的事。后来他在里面心肌梗死，死了。
我上次找的是李处，找项目，哪能在一棵树上吊死？也不能一条
道走到黑，更不能把自己搭进去。

　　吴高仁在省城转了一圈，打了好几个电话，告诉小史，去江
滨大道。在江滨大道中段，吴高仁下车，告诉小史找个地方停
车，等他的电话。吴高仁下车后，从后备厢旅行包里拿出一套运
动服、一双运动鞋，换下西装皮鞋。小史张大嘴巴，说领导你干
什么？要参加运动会啊。吴高仁大笑，说领导就是要高人一筹，
要有驾驶员想不到的事情，否则就不是高人了。我先忙，回头再
告诉你。吴高仁摆摆手，小跑上了江滨大道。

　　小史在车上等了一个半小时，终于等来吴高仁的电话。小史
把车开到吴高仁面前的时候，吴高仁还满头大汗，但笑容满面。
吴高仁上车，告诉小史说：掉头，回去。回去？小史很惊讶，领
导你该不是让我送你到这边运动一回就走吧。是啊，已经运动

完，事情也办了，不回去还要住在这啊？事情办完了？你不就是运动一个多钟头吗？吴高仁大笑，说小史很可爱，我是来这里散步一个半钟头，散步不重要，关键是跟谁散步。我刚走上去不到十分钟，就偶遇某副厅长，我"恰巧"陪他散步一个小时，这一个小时，可以讲许多话，而且没人打扰。他上车离开之前，又介绍我认识了一个正在慢跑的另外一个厅葛处长，我陪葛处长慢跑了半个小时。你运气没那么好吧。小史还不相信。运气是没那么好，可是我挂了几个电话，好运气就来了。走吧，下个月至少有两个项目的款项会到达田东镇。对了，这次回去，我们可以让钱来发请一顿。

　　吴高仁回到镇里，小丁已经把一张名单送给他，小丁说我按照我了解到的可能性排了先后顺序，这上面有开服装店、药店、鞋店、饮食店的，都有实力，也有扩大规模的渴望。吴高仁看到上面有七个人，点点头，小丁会办事，没有给我列个几十个人的大名单，让我大海捞针。吴高仁让小丁先出去，他要好好琢磨一下这份名单。吴高仁考虑了一阵，又到高书记的办公室商量了半天。

　　吴高仁让小丁打电话通知名单上的七个人，让他们第二天上午九点到镇里，就说镇长找他们商量个事，其他一概不提，更不能透露有关畜牧兽医站房子的事情。同时通知镇里的三名副镇长届时到场开会，同样只字不提会议内容。小丁分头通知后，吴高仁在纸上画来画去。第二天上午，七个人到齐之后，才发现吴镇长不是通知自己一个人，但又没有谁能够知道是什么事。吴高仁让小丁负责记录，他说大家不用猜，镇长的心思没那么好猜，今天来就是让大家有个机会。大家都是镇里的头面人物，是生意人中浮面的那几个。我喜欢直来直去，大家都知道畜牧兽医站那几间房子吧，原来藏在角落，现在路一通，就从灰姑娘变成天鹅，绝好的做生意地点。我吴镇长刚到田东镇，需要做的事情很多，需要用钱的地方更多，我不想守着个金饭碗当乞丐，我发不了财，但我至少拿它换几碗饭吃。你们在座的目光我相信，谁说不要那肯定不是真话，我也不大张旗鼓拍卖，我今天就在你们这七个人当中拍卖。几点要求，这几间房子呢，如果是房子值不了那么多钱，但关键是那地，可以改建，手续我批。所以，七十万起拍，暗拍，每个人在纸上写上你们能出的价，一锤子买卖，开后谁出的价高谁拿去，当场签合同。三天内到账一半，十天内余款全部到账。还有，我查了，镇政府或多或少欠你们点钱，超过七十万部分，谁家拍到允许你们抵扣，其他六家的欠账，继续欠着。我不会赖账，肯定认，但这时候没钱。我要的是现金，不是拿房子换一叠白条。好，小丁，把纸和笔发下去，十分钟考虑时间，背对背填写，填完马上交上来。

不要说那七个人，就是小丁和其他三位副镇长也有点目瞪口呆。七个人互相看了看，这几间房子在那里，没有说好像不存在，被吴高仁一说，熠熠生辉，闪烁的是金子一样的光芒。这几个人能从众多的生意人中脱颖而出，都不是简单的角色。他们考虑片刻，刷刷刷在纸上写下一串字，签上自己的姓名，把纸条折好交给小丁。七个人全部交上来后，吴高仁让小丁站在桌角，挨个念他们的投标金额。八十三万元，好，高德清，你中标了。吴高仁当场宣布，从自己的公文包里拿出协议，让小丁当场填上高德清的名字，自己大笔一挥，签上吴高仁大名，让小丁盖上田东镇人民政府大印。高德清，你回去准备钱，其他几位，谢谢你们，我会记住大家支持的，以后有机会，继续合作。小丁，回头出个会议纪要，把今天的拍卖让各位副镇长签名见证，我先签。

高德清没想到这样就拿到了房子，关键是那块地。要在以前，没有几个来回，没找几个人说合，想都不用想。他很高兴地点着头，说镇长不含糊，我也不含糊，我等会儿去转账，上午下班前，款全部到账。我多拖那几天，生不来钱孙子，不用等。吴高仁放声大笑，说好，高德清，痛快。你痛快我也痛快，以后机会肯定很多。各位，我还有个要求，额外的，追加的要求，就是今天这拍卖，要求大家都暂时帮我保密八个小时，在晚上八点前不要透露消息，我要下棋，下一局棋，下午就下。希望大家支持。会议一结束，吴高仁让小丁通知那二十三个临时工，下午三点在镇会议室开会。就说开会，详情不知道，去留不清楚，是否有钱不知道。小丁点点头，明白吴高仁的意思。吴高仁让小丁中午去信用社一趟。小丁已经被吴高仁任命为财政所副所长。原来的财政所所长，吴高仁让他靠边站了。就冲着财政所所长在交接的时候和范镇长联手大肆批发镇政府欠债白条，此人不仅不可用，还要追究责任。吴高仁这点毫不含糊，做人也好，做事也好，都要有个度。越界了，别无选择。

　　二十三名临时工全部到齐。小范在那儿说话，小丁，这次吴镇长是要给我们退钱呢，还是要给我们续签合同？给钱，我也想拿钱走人啊，这镇里半死不活，看不到前途，可是我替吴镇长担忧，他一上任，哪来的钱呢？他总不会是去抢银行吧。抢不了，那就给我们续签合同啊。兄弟们，今天我们可要统一立场，没给个说法，找我们来说几句话就让我们听他的话，这不可能，我们不是小孩子了，我们可别被他哄了。吴高仁不是高人吗？就看他怎么个高法，唉，他祖宗也太不会找姓，明明是高人，可是前面来个吴，完了完了，这憋屈啊，跳河算了。小范的话说完，其他的人哄地笑了。对了，今天一定要个说法，要么留人，要么退钱。大家闹哄哄地嚷着。小丁刚要说话，看到吴高仁出现在门口，笑着摇了摇头。小丁不说话了。小范嚷嚷，咦，小丁，这奇了怪了，你不是吴高仁的红人吗？今天怎么不为你的主子说话，这可不好，年轻人这样没有前途。小范还想说，看到吴高仁和组委、宣委以及几个副镇长已经走了进来。他闭上嘴，不再嚷了。

　　吴高仁坐下来，说今天高书记到县里开会，征得他同意，我来主持今天的会议。我不想多说，今天的会议议题就一个，贯彻县里关于清理清退临时工决定。你们别想要什么额外补助，当时的合同就是一年一签，而且，写明到时候要无条件清退，没有讨价还价的机会。三万元，当然要还给你们。我已经让小丁做好表格，等一会儿，大家可以去签名，领回自己的三万元。如果不签，也可以，但从今天开始，不用上班，也没有工资，以后这三万元的经费花了，我不保证什么时候可以拿回去。而且，今天这二十三人，一刀切，全部清退，没有特殊，我不管是什么人，一视同仁。谢谢大家这几年为田东镇工作付出的辛勤和努力，谢谢。

吴高仁就这么几句话，让大家找小丁签名。小范叫唤，吴镇长，你哪来的钱？你别忽悠我们签名后给我们一张白条？我们不吃这个。啪，吴高仁在桌上猛拍一巴掌，我钱哪里来？好像不用向你汇报。你愿意拿钱，就赶快去签名拿钱走人，不愿意，你给我滚出去，别在这里当什么出头鸟，小心我一枪把你给灭了。有人看到小丁在旁边的桌子上，已经拿出几张表格，还有个大包，包里是一沓沓的钞票。看到钱，这些人忽地过去，签名拿钱，也顾不上小范在叫嚷什么。

七

吴镇长，吴镇长，您怎么一声不吭就把畜牧兽医站的房子给卖了？您怎么不告诉我一声啊？钱来发跑到吴高仁的办公室，心疼得撕拉撕拉的。呵呵，钱老板，你是钱老板，可我不是你手下啊，我腾挪个房子要跟你先说？再说了，跟你说了，你不得抢？可是你舍得拿钱吗？想要拿一叠白条换房子，门都没有。吴高仁用手指头敲着办公桌。那行，吴镇长，你吃肉总得给我喝点汤，你这房子卖了八十多万元，您多少给我一点吧。要钱？不可能，我这八十多万元，你也知道，我昨天下午就花了六十九万元，清退临时工，还当年收的押金。剩下十几万元，胡椒粉，撒不到你那里，撒到你也没感觉，你不是直接说要喝汤吗？你别急，好像当初是谁要请吃饭要我去看看办公室，现在一声不吭，就想喝汤了？对，对，我以为您镇长忙，不敢再打扰，您说，什么时候，什么地点？您定。钱来发在心里刷地爽了一下，看来这吴镇长也不是能沉得住气，这不是自己提出来要吃饭吗？只要你能吃，我就让你能吐出来，要不就撑死你。现在就去看看你办公室，可以吗？吴高仁淡然一笑。欢迎，我放鞭炮欢迎。钱来发马上站起来，好像一迟疑吴高仁就反悔了。放鞭炮不必，动静太大死得快。我们走吧。

吴高仁叫上小丁，在钱来发带路下来到他的办公室。钱来发办公室在农贸市场边上，五层，装修得不错，办公室里挂着一张画：猛虎下山。吴高仁转了一圈，喝着钱来发亲手泡的茶，吴高仁点头：钱老板的茶不错。人家说吃人嘴软，我现在还没吃，但喝了你的好茶，给你个意见。建议你把办公室这张画换了，猛虎下山，太凶，不吉利，我记得钱老板属羊，这羊碰到虎，能有好？看来钱老板要加强学习。钱来发愣怔一下，猛拍自己的额头：看看，吴镇长就是高人，一针见血，我怎么以前没早点认识您，我也不用走这么长的弯路，说不定我已经大富大贵了。吴镇长，您吃水果。您说，我们中午在哪里吃饭？地方您定，人您点。

好像不吃你这餐，你也安不了心，中午就在你的食堂吃，听说钱老板的食堂不错，我想试试。不过吃饭之前，谈个事，把事情谈完，我们吃得开心、安心、放心。吴高仁喝着茶，招呼急着要站起来安排午餐的钱来发。领导就是领导，我知道今天领导不可能就是来走走看看。没有事，您怎么可能在那么忙的情况下登我的门，好，您说。只要我做得到，无条件支持，您看镇区的路扫尾不是再过几天就完成了。钱来发也不含糊。别给我说无条件，太好听了我会害怕，条件当然可以有，但要恰当，别拿着大砍刀砍我，我不是肥肉，小心崩了刀口。我也不绕弯，谈谈农贸市场的事，我是第四任镇长，这个事就是个炸弹，也不是我埋的。引爆了，也伤不了我。不过，我想在我的地盘上，有颗炸弹，不爽，我想把这引信给拆了，把炸弹给挖了。我今天就尝试着做个工兵，想挖挖这炸弹。你出个条件。

镇长，镇长，您是好领导。您不知道，我这几年被这农贸市场给套进去了。股市还有个解套的希望，我这是陷进去，就是我们小时候地里的泥潭，我是越挣扎陷得越深。这样，您看，这是我历年来投入市场建设的钱，还有就是付多少欠多少，一清二楚，希望吴镇长您看看如何处理。钱来发拿出一张表格，名目繁多。吴高仁看都不看，把表格扔桌上，说你钱老板这是有准备，我不看这个。你上面肯定罗列得很清楚，你要知道，我今天是来拉你上去也好，来给你解套也好，这是你说的，其实我今天就是来擦屁股的。吴高仁把桌上的一包面纸拿起来又放下，说我就是这些面纸，能擦干净我就擦，擦不干净，那免谈，该发臭发臭，该溃烂溃烂。我不管你这农贸市场之前怎么签约，你这玩意儿怎么搅和我不想了解，你也说不清楚。很简单，农贸市场我要启用，你看看，这摆摊设点都摆到街道上去了，这农贸市场却在养蚊子。你把农贸市场里你的东西清空，那不是你的建筑仓库。把你手头的那些白条烧了或者撕了，你选择你愿意的方式，从此我们两清，你该干吗干吗去。不是，不是，镇长，我是不是听错了，您这叫解套吗？您这是打劫啊？钱来发没想到吴高仁出的是这样的点子。

别叫。我可以再指点一二。你说每次你增加的是多少？这些怎么增加的不用我指点吧。我了解过，农贸市场是几年前就交付使用的吧，当时落成剪彩的照片我昨天还看过，怎么有部分成了你家的建筑仓库？关键是，你这五层的办公楼有多少平方米？我可是看到当时有份材料，这是农贸市场的配套设施，管理用房。我是不是可以把它像畜牧兽医站那样腾挪一下？两间五层，这是什么概念？我那畜牧兽医站拍了多少钱你清楚。如果这两间拍卖，可以有多少钱？那你什么时候可以搬啊？这就是一笔糊涂账，我理不清我也不想理清，今天就快刀斩乱麻，一刀两断，你把所有的白条毁了，这栋楼归你，可以办证。这样，炸弹引信拆除，你也安心。如果要，成交；不要，你继续糊涂。

镇长，你也太狠了吧。几句话，让我手里两百多万就打水漂。不行，这我亏太多了。钱来发把茶杯放桌上。行，你不干，可以。我没有逼你啊。你当时一直要我来，你不就想问题有个解决？既然不想解决，我就没有停留的必要。不过，我再提醒你一点：你别给我哭冤，当年这水怎么注的，你清楚。你不拆引信，我也不拆，不小心，我可能还把烟头啊什么的扔到上面，一引爆，炸的不管是谁，有两点可以肯定，一肯定跟我无关，二你肯定跑不掉。我目前可以做的，就是把你列入黑名单。知道黑名单吧，你绝对有资格当选，只要列入，三年内，禁止进入本区域招投标，这本区域可不是我田东镇，是全县。你有多少个项目？你清楚。再说了，你不是说你挑担舀水吗？一边没水，你舀都没处舀，担子肯定马上倒了。水流出来，没事，湿不了两块砖，太阳一晒，保证水过无痕。

吴高仁说完，把手里的几张面巾纸团团，扔垃圾桶里。小丁，我们走。留下目瞪口呆的钱来发。吴高仁刚走到一楼，钱来发就追上来，说镇长，镇长，吃完饭再走。不吃，镇食堂有我们的饭。我们不增加企业负担。行，镇长，就按照您说的办，我们成交，这总可以留下吃饭了吧。如果钱老板有诚意，那我们这就叫工作餐，谈工作。好吧。那就吃吃工作餐，小丁，吃完饭，你把协议拟一下，让钱老板签了。

吴镇长，您这不是挥刀割肉，您这是举斧头砍肉，不，连骨头带肉地砍。钱来发牙疼一样吸气。钱老板，你没看过一句有关葵花宝典的话：要练成功，挥刀自宫。现在又没有叫你自宫。看过吃苹果吧，如果有点问题，就要把那烂的地方挖掉，要不整个苹果就烂掉了。我是在帮你，做手术，挖掉烂肉，保证你肌体健康。当领导的就是会说话，被您狠狠宰了，还要感谢您。吴高仁不搭腔，他走到旁边，发了一条短信：屁股擦干净了。收信人是高强东。吴高仁还另编写了一条短信：引信成功拆除。吴高仁张望了一下，看没有人注意，把短信发了出去。滴、滴，没过一会儿，吴高仁的手机响了两声，他知道这是高强东和另外一个人的回信，肯定是心情大好。吴高仁很高兴，在卫生间里畅快淋漓撒了一泡尿。他口里哼哼着："咱当兵的人，就是不一样。"

吴高仁让小丁发了一个通告，招聘五个人当市场管理员，附加面试。小范找到吴高仁，说为什么不从他们这二十三个人中留用，而是要另起炉灶重新招人？吴高仁也不客气，说小范，你好像管得多了，没看招聘通告，只要符合条件，之前辞退的也可以应聘啊。我为什么一定要从这二十三个人中选？我完全可以广纳贤才，我要选能干事不惹事的，就是从二十三个人中选，你怎么确定你就会入围。如果想来，好好准备去；不想，别来这指手画脚。吴高仁把小范轰出去，摇了摇头。

按照吴高仁的要求，市场管理员按照1：3进入面试。吴高仁当主考官。吴高仁最后一个问题是：如果碰到不入场经营，比如那些卖菜卖肉的违章占道经营，屡劝不听，没收的菜、肉如何处理？吴高仁让小丁把纸笔发下去，每个人书面作答。答案收上来后，吴高仁当场宣读，有说当场扔到河里的，有说分给干部职工当福利的，有说批发给别的卖菜卖肉收入当补贴的，有说拉到镇食堂的，也有说送给中小学、幼儿园的，有说送给福利院的。吴高仁看完，说这情怀不一样，境界就不同。我们要执法，但我们不是要大家没有原则，粗暴执法，要有情怀，有境界。好，都回去，明天等待通知，培训后下周开始上岗。

吴高仁让办公室张贴通知，要求所有的商贩都进农贸市场有序经营，根据报名先后，按照肉类区、蔬菜区、海产区等选择摊位，先报先选，两年内免费。有不进场经营的，一律取缔。五名市场管理员上岗后，管理到位，有不服从指挥的，经劝阻后，采取果断措施，把菜、肉等直接拉到福利院、中小学、幼儿园的食堂，几个来回，这些人全部进场经营。老百姓很高兴，说如果早这样，这条路就不会被人叫农民街了，更不会有五命九腿的说法了。吴高仁知道，这五命九腿就是因为占道经营，这几年频频发生交通事故，先后有五人丧生，重伤的有九条腿。

<h1 style="text-align:center">八</h1>

吴高仁的几个斧头挥出去，用小丁的话说，田东镇天空的云彩都不一样。吴高仁摇摇手，说这话为时尚早，而且他不想当程咬金，不只满足于有三板斧。他还有几个项目。吴高仁在省城的江滨大道不是白溜达的。田东镇地处平原地带，土地肥沃。吴高仁说这是握一把泥土，稍微一使劲，可以握出油来。田东镇有种蔬菜的历史，各类蔬菜上市的时候，来自田东镇的蔬菜可以占据县城大半。吴高仁对这点很清楚，不过，他不满足于此。这太小家子气了，县城大半就乐呵呵，我们要打出去，要占领市区的市场，还要远销到市外、省外。吴高仁在会议上说得慷慨激昂。不过，这占领市场不是喊喊口号，也不是吹牛。首先我们要提高产量，还要提高质量，靠现在各家各户顺应季节生产不行，我们要发展大棚蔬菜，要种植反季节蔬菜，打破季节限制，同时要打破一家一户种植的模式，以农业合作社的形式，集团推进。这农贸市场以后就是蔬菜的集散地，以后周边的菜价就要看我们田东

镇，我们大笑，他们也大笑，我们感冒，至少他们会打喷嚏。我们各自挂村的，开始发动。至于什么时候启动，等合适的机会。

吴高仁没有明说，他说的合适机会是什么时候？吴高仁在等待一个时机。田东镇有条河穿镇而过，人称田东河，这让田东镇很美，有水的地方，妩媚，有灵性。不过这水有个问题，那就是每年夏天台风暴雨雨季的时候，水涨了，田东镇适合种蔬菜的地方会被淹大半。大水过后，那些菜被浸泡在泥浆中，垂死挣扎。菜烂了，即使没烂，市场上也难有一席之地。水灵灵的姑娘人见人爱，放垃圾堆里生活几天，人见人闪。吴高仁知道问题的关键点，那就是要在这条河两岸建防洪堤。蔬菜基地的项目资金已经在来田东镇的路上，防洪堤项目，正在省城某部门桌上旅游，生死不明。那些处长们有个疑虑，吴高仁是否为了项目资金说了不实之词，这需要验证。吴高仁没有办法，他再怎么说，也是单方面说法。多说无益，不如不说。

吴高仁沉默的时候，田东镇的天空不沉默。暴雨比往年提前到达。吴高仁在镇里各村忙了一个晚上，四处查看情况。天亮后不久，吴高仁回到镇区，站在镇政府的窗户前，看到窗外的雨柱唰唰往下插。东拐村要出事，吴高仁忧心忡忡。东拐村是镇区的一个村，田东河到这里拐了一个弯，然后向东而去。暴雨一来，这弯拐得不是那么利索，水位就上涨，河边的田地受淹不可避免，水还会倒灌进村庄。大雨大灾，小雨小灾，这在东拐村已经成为常态。今年这雨不一样，比往年早，比往年凶。走，小丁，我们看看去。吴高仁招呼了几个人，到了东拐村河这边。浑浊的水夹杂着垃圾呼啸而来，又呼啸而去。前往东拐村的桥已经快被淹没了，水差一点点就要过桥面。我们过去，到村里，小丁，让宣传干事多拍照片和视频，注意，不要老拍我，拍空镜头。吴高仁准备过桥。镇长，那边全部安顿好了，村民已经全部到了二楼，连他们养的猪和鸡鸭也全部上楼了。东拐村书记赶来，向吴高仁汇报情况。书记不错，情况很清楚，看看你一身湿和裤脚上的泥浆，就知道你不是在家里打电话。镇长，市、县领导马上到这边，他们要你等一下。再等，就过不了桥了。吴高仁还是想先过桥。镇长，您在这边等领导，我先过去，我保证，我一定把那边的村民安顿好。东拐村书记说完就匆忙过桥。吴高仁只好停下脚步，高书记到省委党校学习，目前自己是全镇最高领导，市、县领导要到本镇指挥防抗暴雨工作，自己没有理由不等待领导到达。

　　吴高仁等得心急火燎，水位上涨飞快。这雨下得持续时间长，雨量又大。山涧里的水集体灌注田东河，平时温柔妩媚的田东河翻脸了，成为暴怒的狮子，呼啸翻腾。市、县领导在半小时后抵达。不过这桥已经全部被淹，过不去了。茫茫的水面上，树枝、杂草被裹挟而去。对岸上，有几个人影出现在屋顶。怎么回事？市领导很严厉。这三个人出现得不是时候，吴高仁在心里有点恼怒。领导，我是当地人，我清楚对面是低洼地，这一排房子全部是石头砌成的两层房子，不怕水浸泡的。每年他们都躲到二楼，他们应该是看到我们，在挥手致意。小丁连忙解释。你说什么？挥手致意？你以为写诗啊，这是大水，水火无情，你还有心思抒情？他们是在求救，不是致意。吴高仁，你这个镇长怎么当的？怎么带的队伍？人命关天的时候，信口开河，快，组织人马，把这几个群众撤到安全地带。如果出事，我拿你是问。领导很生气，小丁还想解释，吴高仁示意，让小丁不再开口。

消防大队的冲锋舟本来已经在田东镇待命，这时候他们奉命过河。水流湍急，冲锋舟绕了几个地方，还是没有能顺利过河。带队的副大队长下了命令，无论如何，冲过去。几个官兵齐吼一声：是。准备强行过河。市领导很高兴，说关键时刻，就是考验人。小丁上前说，领导，让我过去。我熟悉地形，这冲锋舟受力面积大，被水一冲，容易往下游漂，不是最佳选择。那你说，你准备怎么过去？游过去。游过去？领导说，你开什么玩笑。领导，我不开玩笑，我游过去，我在镇里多年，我已经游过多次了，您放心。我知道轻重，这时候绝对不是开玩笑的时候。几个领导交流一下，同意了小丁的请求。

小丁从身后抱起一根四五米长的杉木。他来到河面开阔的上游，这地方水流相对平缓。小丁下水，抱着杉木，让杉木往下漂，他借水流划水，向对岸斜插过去。小丁的身影在水流中越来越远，领导有点担心。小丁做事有把握，放心。吴高仁虽然这样说，心里也一直在打鼓，小丁可千万别出事，这可是人命关天。几分钟的时间，吴高仁和大家都感觉很漫长。小丁在对岸站起来挥手的时候，大家才松了口气，吴高仁发现自己的眼角不是水，是泪。小丁和村书记汇合，联合几个人，推着一艘小船，把屋顶上的几个人撤离，村庄里虽然进水，但水势平缓，而且还没到二楼的高度。群众撤离非常顺利。小丁努力挥手,吴高仁也大力挥手。多拍镜头,多拍镜头,吴高仁高声嘱咐宣传干事。市、县电视台的记者摄像机也非常忙碌,如果连这机会也把握不住,那这些记者水平也太业余了。

雨停了,田东河的水来得快,去得也快。大水过后,东拐村和镇区其他几个村,场面狼藉。没有被水冲走的垃圾这里一簇,那里一团,牵扯张挂,蔬菜倒伏,泥浆到处都是。吴高仁带着宣传干事和小丁几个人,指指点点,让他们多拍一些镜头。查看完灾情,吴高仁让小丁带着宣传干事连夜加班。吴高仁请求县电视台支持配合,把这次受灾的情况做成一个专题片。要把这次大水的凶猛、群众受的损失表达到位,画面要有冲击力。吴高仁提了要求。宣传干事有点不理解,这灾情应该是县里往上报,一个镇有必要如此大的动作吗?好像越界了。小丁拍了拍宣传干事的肩膀,我们负责干活,我看镇长另有图谋。另有图谋?图什么?镇长该不会借机表现,想调去当广电局局长吧?小丁笑笑,屁股指挥脑袋,我们现在的屁股决定我们只要按照领导的要求做事就可以了,其他不用管,多说无益,还容易引来是非。

专题片做成之后,吴高仁让小丁写了一份报告:《关于支持田东镇修筑防洪堤经费的报告》,小丁恍然大悟,有一种"果然如此"的彻悟。吴高仁拿着报告,还有专题片,直奔省城。两天之后,吴高仁高兴返回。他召集班子成员开会,说省里相关部门领导看了专题片,很是震撼,对田东镇要修防洪堤的事情没有异议,而且答应把这个项目列入省里优先扶持名单,资金下个月就可以下拨。我们可以先做前期工作，等汛期一过，马上开工。还有，我们以合作社模式，推广大棚蔬菜种植，建设菜篮子基地的事情，可以同时启动。但有一个问题要注意：我们不能干强按牛头喝水的事情，要把来龙去脉和老百姓讲清楚，要向他们讲清发展前景，主动想干，只有主动，才有积极性，也才有创造性。这个项目，有望列入明年全省民生工程建设项目，扶持力度不小，大家就放开步伐，干吧。掌声响起，大家才明白吴高仁说的合适机会是什么。

掌声中，吴高仁的思路开了一个小差：这算不算自己来田东镇之后打开了一个局面呢？在他的头脑中，水流湍急的田东河里，小丁一手抱着杉木，一手奋力划水的形象在他的脑海中反复出现。

干吧。吴高仁听到一个声音在对自己说，他有力地鼓掌。

第二章

一

　　吴高仁接到县委常委、宣传部长林凯的电话时，正在看电视。手机铃声响起的时候，吴高仁漫不经心地"喂"一声，话筒里就传来林凯有点急促的声音：吴主任，我是宣传部的林凯。吴高仁把自己放倒在沙发上的身体挺了一下，但吴高仁并没有站起来，这姿势体现了吴高仁的心态：有所尊重但又不诚惶诚恐。吴高仁接到县领导的电话已经是很稀少的风景了，吴高仁的"主任"全称是西水县政协文史委员会主任，这个职务属于靠边赋闲的位置，闲暇的时候研究研究西水县的历史，在故纸堆里发现一些历史的蛛丝马迹。吴高仁曾经在私下场合调侃自己是"早泄干部""早早勃起，草草完事"，吴高仁二十四岁时就是正科级干部，当时成为西水县政界的一颗明星，关键是这颗明星闪烁到四十岁，依然是正科级，亮度早就不再，甚至是暗淡无光。吴高仁在感慨"命里八升，莫求一斗"之后，主动找县委王书记汇报思想，要求到政协发挥余热参政议政。在政协文史委员会主任的位置上，吴高仁无欲无求，习惯了闲云野鹤的日子，今天突然接到县委常委的电话，让他有点适应不了。

吴主任，想请你到宾馆来一趟，有急事。林凯不拖泥带水。什么事这么急啊？吴高仁却不急，他早已经过了领导一个电话就兴奋得拔腿就走的年龄了，再说我吴高仁又不归你宣传部长管。哦，对，是这样的，东岭新村被媒体曝光了，题目很惊心动魄：《西水县为树典型举债建新村》，在这节骨眼上，这报道估计反响小不了，县里要有应对的准备，县委王书记亲自点将，请你参加应急小组。吴高仁一听说是王书记点将，心想八成就是戴高帽，肯定是林凯的主意。吴高仁在到田山乡当乡长之前在县委宣传部先后当过新闻科长、外宣科长，后来又从田东镇镇长任上调任县委宣传部副部长，用吴高仁的话说，自己属于"回炉干部"，淬炼一下，拉出来看看成色，然后又送回炉火当中。吴高仁前几年在副部长任上参与处理过山火致人死亡事件的危机公关处理。虽然其时宣传部长不是林凯，但林凯是本县人，当时任交通局局长，很清楚吴高仁的能力。平时不是人才，要用了才是人才，吴高仁不大情愿，言辞中就有了推托的意思：这件事您和我们主席说了吗？言下之意如果领导不同意他就不好意思出面。在机关久了，打太极是简单的事情，吴高仁玩得得心应手，根本不用什么智慧。主席那边我会和他打招呼，你现在先过来，我说不动还有王书记。林凯有点急，说话就比较冲。吴高仁却假装听不懂，说那我吃完饭就过去，总得让我把碗里的饭吃完吧，才有力气干革命工作。林凯的电话刚挂断，王书记的电话就过来了，书记的话简明扼要，你马上到宾馆，我也在路上，快到了。吴高仁这时候相信，让自己参加应急小组确实是王书记的意思。林凯刚挂断电话，不可能马上向王书记汇报说自己有推托的言辞。看来领导确实急了，这篇报道很可能让西水县一夜之间闻名于世，虽然称不上遗臭万年，但也绝对不是流芳千古。吴高仁起身穿鞋子，适当的推托是矜持，如果坚持推托就是不知道进退，甚至是不识好歹。他穿完鞋子的时候，林凯的电话过来了，说已经和王书记汇报完毕，书记说已经亲自和你通过电话，主席那边他会打招呼，请吴高仁同志尽快到位。吴高仁听出林凯言语中有酸酸的味道，但他依然不理会，他知道这不是请客吃饭，只要过去肯定就得忙活，下力气干活总得让主子知道，否则岂不是驼背打拳头，出力不好看？再说了，万一领导不是这意思，责怪下来，自己找谁喊冤？

吴高仁到宾馆的时候，发现除了林凯之外，还有县委办主任高崇明、政府办主任薛志林以及两办综合、信息以及县委宣传部新闻、外宣、网络等科室的科长、副科长，东岭镇书记刘大文、镇长何金凯、宣传委员林明金也都在场，宾馆一号接待室很是热闹。林凯见吴高仁到了，说终于等到"高人"了，吴高仁说自己接到应召电话后立刻出发，现在一口饭还在食管到胃里的路上，为了革命工作只好不惜摧残自己的身体，违背健康专家细嚼慢咽的养生要求。林凯没有心思和吴高仁探讨养生之道，抬腕看手表。吴高仁知道林凯是在等王书记的到来，发表重要指示的人物还没到场，即使时间过了也不算迟到。吴高仁把县委宣传部新闻科长郭志强拉到旁边，了解详细情况。郭志强是吴高仁的老部下，他三言两语就把事情说个大概：上周末有个记者到东岭新村采访，称要积极推广东岭建新村的工作经验，呼应即将出台的建设社会主义新农村的国务院一号文件。东岭村几个村民接受了采访，东岭镇的宣传委员林明金也在电话中说了几句，大家以为又要出经验，要在已经众人周知的东岭新村上贴金，谁知道报道出来变成《西水县为树典型举债建新村》，和大家的预测南辕北辙。报道一出来，全国各大网站全部转载，数十分钟之内全部在头条位置出现，加粗的标题呼啸而来，击中眼球。

吴高仁只看了一眼神情委顿的宣传委员林明金，后者马上凑到跟前，说我并不是说政府有强调要求老百姓集体向银行贷款，我是说针对老百姓有贷款需求，政府出于服务百姓的出发点，做了一些协调工作。林明金还想解释，刘大文喝止了他：已经说多少遍了，现在说什么也晚了。林明金嘴巴张了张，不再说什么。王书记和李县长就在这个时候走进会议室，他们从市"两会"的会场出来，一路上接了无数的电话，走进会议室的时候，王书记还在对着话筒说话，听他客气的口吻，就知道对方肯定是级别比他高的人。挂断电话，王书记环视了众人一周，说事情大家已经知道了，大家说说怎么办，如何应对此次宣传报道危机？林明金没等大家开口，先说了，书记、县长，其实我不是那样说的，我是这样说的。好了，别说了。书记很不耐烦，林明金的神情马上又委顿下去，好像被烈日暴晒过的花朵。这辈子他完了，吴高仁有点同情地看看林明金，他走不出这阴影，注定成为祥林嫂了，基本上也就到点了。

二

王书记坐下来，听林凯的汇报。在林凯的汇报中，吴高仁才真正清楚事情的来龙去脉。前往东岭镇采访的记者属于国内某知名网站，当时正是周末，该记者前来的时候已经是下午三点，这个时段来客多少有点讨人嫌，并且东岭新村出名之后，前来采访的记者不断，镇里对采访习以为常，没有引起足够的重视。书记、镇长刚好都在县城，他们都以到县里开会脱不开身为由，没有赶回乡镇接待和陪同该记者采访。该名记者就联系了镇党委宣传委员，表达了采访意图。按道理记者前来采访，镇党委书记、镇长没有出场已经不妥，宣传委员去陪同采访属于勉为其难，有降低接待标准的感觉。问题是当时宣传委员已经在从镇里回县城的路上，虽然刚刚出发没有几公里，可当天晚上是该宣传委员的老婆生日，宣传委员是个爱妻模范，已经答应在酒店为老婆大人庆祝生日，包厢、蛋糕和玫瑰花都已经事先预定。宣传委员就回应记者自己出差，让宣传干事陪同记者前往采访。记者属于知名网站的，到哪里都是前呼后拥，没想到到了东岭镇，接待标准一泻千里，居然就落下一个宣传干事陪同，心情大为不爽，在采访过程中就变了方向。该记者一到东岭新村，就让宣传干事到群众家里喝茶，自己到处转悠。宣传干事落得清闲，就在熟悉的群众家里泡茶聊天，在回镇里的路上，还顺着记者的思路唧唧呱呱地说了许多，把记者采访当成朋友往来的推心置腹，包括宣传委员在记者到来之时刚刚离开镇政府，赶回县城给老婆过生日的事情也竹筒倒豆子，讲得干脆明白。

记者还没到镇里，就从宣传干事手中要到镇党委书记刘大文、镇长何金凯的手机号码，先后给两位镇领导打电话。看到手机号码显示的属地是北京，两个人都没有接。如今属地北京的手机和体现北京区号010的固定电话，除非事先知情，否则不少时候被敬而远之。这些来自北京的电话许多时候是来推销书刊杂志或者拉广告要赞助，不少县乡基层领导要么不接，到最后可以解释为没听到。要么按掉，回个正在开会的短信。甚至因为正忙着没看清是此类电话，接了，宁愿说自己是通讯员或者干事，自降等级。记者看到两位领导都没接，走南闯北的他知道大概是怎么回事，却不说破，说自己手机快没电，让宣传干事用自己的手机挂通宣传委员的手机，把宣传委员堵住了，聊了几句。那时候，宣传委员的老婆刚要吹蜡烛，宣传委员匆匆挂断电话，挂电话前让记者把手机给宣传干事，交代宣传干事随便请记者吃个便饭，然后礼送出境。宣传委员忙中出错，居然用普通话说事，而且电话还在该记者手中，并没有安全移交给宣传干事，他的敷衍之词让记者更为怒火中烧。不过该记者并没有流露什么，婉言谢绝了宣传干事的留饭，礼貌地挥手告别。回到市里某宾馆，记者就连夜写稿，把稿件传回单位，把西水县的天捅了一个大窟窿。

吴高仁看了新闻科长郭志强从网上下载的稿件，不得不叹服该记者角度的巧妙。在国务院要出台社会主义新农村建设一号文件的节骨眼上，肯定要树立正面典型，也要寻找几个反面典型，以供借鉴参考。这么一篇报道出来，肯定引起高度关注，写一篇有分量的文章的影响力比写一大堆稿件要大得多。但对于一个地方来说，这一棍子说不定就引来灭顶之灾。吴高仁知道，一号文件出台后，这篇稿件肯定会成为各地各级的关键词，成为前车之鉴。

王书记和李县长的脸都阴得能拧出水来。尽管建东岭新村的时候他们都还不是西水县的父母官，但现在他们是。这一篇稿件，稍有不慎就让他们成为牺牲品，出现"前牛吃麦，后牛认罪"，别人风光，自己倒霉。

吴主任，你说说，要怎么应对？王书记开始点将。吴高仁知道这时候自己已经没有退路，肯定要先开口说话，否则就是临阵退缩，还要说出个一二三四，不能敷衍了事，毕竟书记点名来的，如果没有一点干货，岂不是让书记没了面子，自己也被看瘪了？书记点了，那我说说我不成熟的看法，最后以书记、县长、部长等领导的决策为主。吴高仁先说了一通正确的废话，在官场混迹多年，吴高仁知道即使明知道是废话，也得说，不能简化程序。这篇稿件一出来，西水县就被推上风口浪尖了，接下来我们要应对蜂拥而至的跟踪报道的媒体，但目前我们不知道有哪些媒体来，所以我们肯定要成立个宣传报道危机公关工作小组，同时要采取几条措施；一是要组织一篇新闻通稿，统一新闻口径，这件事建议由两办承担，东岭镇配合；二是要抚慰情绪，要让村民别再乱说，不私自接受采访，这件事可能要东岭镇为主，信访局配合；三是要密切关注，跟踪网上舆情动态，发现外来记者马上报告，跟进沟通，宣传部新闻、外宣、网络等科室为主，镇村配合；四是要把历年来上级领导前来东岭新村视察的音频、文字、视频、照片整理一份，同时梳理一份在外的西水籍新闻记者名单，备用，由宣传部新闻科牵头，广电局、报道组负责。我就先提这几个建议，不当之处请各位领导批评指正。其他领导也先后发表了看法，总体就是围绕吴高仁的建议做一些阐述、补充。王书记最后定调：就按照大家的建议，成立一个应急工作组，林部长当组长、县委办主任高崇明、政府办主任薛志林和吴高仁主任当副组长，高崇明为主负责文字材料的综合，薛志林同志负责后勤保障，吴高仁同志辛苦一下，挂常务副组长，具体负责这件事的处理，需要我和县长的地方再说，当然我和县长都会关注、支持，但还是由你们具体出面协调处理，务必要处理好，把负面影响降低到最低限度。李县长表态，要钱要物全力支持。那些科长、副科长们就分头准备，书记和县长先行离开，剩下林凯、高崇明、薛志林和吴高仁在宾馆等待，他们都清楚这不单单是等待材料，预感还会有什么事，只是没有人说出来，关键时刻，言多必失，还是关紧自己的嘴巴为是。

三

因为主要领导离开，沉闷凝重的氛围稍微缓解一些。吴高仁点着林凯散发的一根烟，长长地呼出一口气。林凯在递烟的时候，赞叹了一句，高仁是高人啊，到底经验丰富，考虑问题就是周密。吴高仁自我解嘲，说我父母也是指望我成为高人，关键他们取名字的时候没有想到自己的姓，连起来就成为"无高人"，和自己的期望背道而驰，我就注定平凡一生碌碌而为，不过我还只是小伤，不是说有人取名"寿生"吗？父母期望孩子长命百岁，不过该孩子姓秦，合起来的秦寿生谐音就是"禽兽生"，自己把自己骂到骨髓。接待室难得有了笑声，不过这笑声适可而止，否则被领导听到，或许会产生"商女不知亡国恨，隔江犹唱后庭花"的感觉，也容易让东岭镇的领导有幸灾乐祸之感，属于伤口上撒盐的举措。

半个多小时之后，王书记、李县长重返宾馆接待室，他们重返不是来关心加班的同志是否吃了夜宵之类，此小问题大家会自行解决。他们是因有神秘人物的到来，神秘人物其实并不真的神秘，是市委常委、宣传部秦部长，他是因为该篇报道匆匆而来。一个县出现一篇行业内说的负面报道，尽管和市委宣传部也算是"沾亲带故"，但打个电话，签签批示也就可以，似乎不必星夜赶来。秦部长的到来是因为这篇报道确实太敏感，适逢国务院一号文件出台前夕是一个原因，另外一个原因不能摆上台面，那就是省里正要增补一个副省长，竞争激烈，最有希望的是两个省直单位的厅长，一个是牛厅长，一个是朱厅长。牛厅长曾经在西水县担任县委书记，东岭新村的典型就是在他的任上冉冉升起。这样的时刻捅出这样的新闻，新闻背后是否有其他因素就令人琢磨。

吴高仁刚刚听林凯说这事情的时候，心里就咯噔一下，由此及彼地有丝丝联想，如今看到秦部长连夜驾到，这份联想就更加清晰，不过他知道这问题什么时候都不能说，能说的就是第一个理由。

秦部长发布了几点指示，和吴高仁说的差不多，无非多了一些要高度重视，认真对待，措施有力，成效明显，低调沉稳之类概括性的语言。他还带来了市电视台柯台长、市委宣传部新闻科科长丁铭，以及报社一名姓孙的女记者。吴高仁对孙姓女记者印象不佳，该女记者一到话就特别多，好像高屋建瓴地充分指导，分贝很高，内容很飘，笑声刺耳，即使秦部长在指示的时候也不时插嘴，好像经验丰富、学识渊博。秦部长皱皱眉头，但也没说什么。秦部长发表完重要指示，就要赶回市里，他不住下来除了公务繁忙可能还有点避嫌的意思，这报道不知道会把事情引到什么方向，要介入但又不宜太过公开明显，这就是政治智慧，牛不仅仅要会犁地，还要会抬头看天。他留下柯台长和丁科长帮忙协调处理此突发事件，同时征求县里意见，是否把孙记者也留下帮忙，孙记者高调回应，我是很忙啦，不过只要需要我可以留下来，帮着看看稿件，毕竟我写的稿件很多，不少还得到领导的批示，人头也熟悉。听到她母鸡下蛋一般，什么时候都不忘咯咯叫显摆一下自己，吴高仁就不爽，没等领导回答，他就故作调侃地说：此类熬夜辛苦，冲锋陷阵的事情就让我们男性公民上阵，还是要充分体现尊重女性，如果因为熬夜导致黑眼圈等等有损孙记者美丽容颜，那我们就责任重大。话题就此岔开，秦部长也没有坚持，他们上车而去，林凯私下问吴高仁为何不让孙记者留下，不是多个人多份力量吗？吴高仁对着夜空说了句：战争让女人走开。就不再解释，把那句成事不足之类的话吞咽下去。

东岭新村距东岭镇十公里，在连绵起伏的山岭上。该村是自然村，人口不多，只有二百三十八人，五十二户，清一色姓陈，村里地广人稀，人均有二十亩左右的山地，一亩田地，大面积种植柑橘等水果，虽然比较偏远，但收入不错，人均水平远远高于镇区水平。20 世纪 90 年代，该村青壮劳力倾巢而出，到全国各地开设家具店、面包店，又赚得盆满钵满。有了钱就想盖房子，当时上级正提农村盖房要有规划，避免杂乱无章地乱盖。镇里就请了县设计院，统一规划设计、统一样式标准，五十二户三层小楼盖起来之后，坐落在山岭之上，房前屋后是绿色的柑橘树，到了收获季节，橙红色的柑橘闪烁枝头，给人乡村别墅群的美感。东岭新村建成之后，各级媒体报道，各地前来参观学习，各级领导前来视察，一下子就成为新农村建设典型，捧回了一块块奖牌，给东岭镇、西水县贴了许多金。谁知道现在这金牌褪色，把西水县推上风口浪尖。

两办的笔杆子很快整出一份《关于东岭新村建设情况的说明》的新闻通稿，重点对"举债"做了回应说明：当时在村民的强烈要求下，东岭镇党委、政府本着急群众所急、想群众所想的出发点，把帮助群众解决建房资金问题作为服务村民的实实在在举措，遵循群众的需求和自愿的原则，协助向农村信用社沟通，为群众解决了贷款难的问题。每户贷款五千元到二万五千元，都在可承受范围之内。

　　吴高仁等几个领导，对文稿字斟句酌做了修改，交给两办打印数十份备用。对宣传部提供的西水县在外记者名单也审阅多遍，要求上级领导视察东岭新村的各种资料收集要连夜进行，明天上班一定要准备完毕，复制五十份备用。看看暂时没有其他活，吴高仁请示林凯，该加班的同志加班，其他同志回家休息，养精蓄锐，应对可能出现的问题。这个活需要搞多长时间还不确定，但肯定不可能是转眼就尘埃落定。

　　吴高仁回到家里，老婆已经睡了一觉，看吴高仁回来，问他怎么出去那么久。吴高仁说自己是劳碌命，离开宣传部后原想好好研究文史资料，却还是被抓差当消防队员，准备灭火。

四

　　吴高仁上床之后却没有一点睡意，思维异常活跃。这篇报道可谓是捅到痛处，该记者眼光毒辣，现在无论如何也阻挡不了大家的议论了，只能尽量压住不要继续跟风炒作，否则很难说事情会朝哪个方向发展。吴高仁在脑海中先谋划后面几天如何应对可能出现的记者大军。

　　吴高仁在大学时就是学生会主席，毕业后分配到县委宣传部，从普通干事干起，科员、副科长、科长，然后到乡镇，后来是乡长、镇长。吴高仁从普通干部到副科级干部、正科级干部，一步一个脚印，但是在县里头，正科到副处是一个大坎，吴高仁原来也没有什么太多的奢望，只是想干完镇长然后干一届乡镇党委书记就争取到交通局、教育局、国土资源局等一等科局占个位置，但这些位置炙手可热，岂是想去就去得了的，吴高仁在大家普遍看好的镇长任上，人生戛然转向，回到县委宣传部当副部长，其中原因一言难尽，不过这副部长一当，几乎就和一等科局绝缘已经是众所周知。

就在吴高仁心静如水的时候，一场山火烧出了吴高仁的希望，但在山火熄灭之后，他升官的希望也随之熄灭。当时西水县辖区内田西镇发生了一场大火，当场烧死两个人，重伤一个。其时正是换届前夕，只差一个星期就研究人事，那场大火让不少人措手不及，包括前县长在内。灾难事故是行政首长负责制，县长原来很有可能升任县委书记，但这场火不仅仅让这希望泡汤，弄不好还会被追究责任，丢官去职。吴高仁当时在正科级县委宣传部副部长的位置上，奉命参与处理善后事宜。吴高仁使出浑身解数，应对新闻媒体，让新闻媒体没有跟风炒作。更为关键的是处理那个重伤者，事故死亡两个人还是三个人是很重要的分水岭。吴高仁陪同县长第一时间赶到县医院，抚慰伤者家属，下令县医院全力救人，医药费全部由政府支付，死者按照最高额度赔偿，避免死者家属上访。两名死者的家属很快接受县里的赔偿方案，第二天就把死者尸体火化，没有引发波澜。伤者在县医院 ICU 病房救护，医院院长亲自挂帅，指定一名医生两名护士全权负责，其他任何人不能接近，家属也只能每天一次隔着玻璃张望一下。其他时间家属由政府出钱，在医院对面包了几个房间，提供食宿。吴高仁对医院院长下了死命令，一定要保证伤者维持生命体征，拖，你也要拖到下周。

因为另一个只是重伤，没有当场死亡，事故认定死亡两人，一周后，县长平调到市体育局当局长，属于不幸中的万幸。伤者在前县长现体育局长上任第二天死亡，不在责任追究期限。至于后面有小道消息说其实伤者在人事研究前一天就死亡，其尸体因为吴高仁和医院院长合谋，被停放 ICU 病房三天，以死亡之身瞒天过海，相关当事人都绝口不回应，小道消息流传几天后就烟消云散。吴高仁知道，最后一个死者的赔偿费用在表面和前两个死者同样数目的情况下，私下另给五万，这项措施加快了小道消息消散，最后不留痕迹，作用类似于化学反应中的催化剂高锰酸钾。

事故妥善处理之后，吴高仁却没有意料之中的提拔，前县长没有当成书记，新任书记是从市直部门下放，县长也是从县委副书记提拔，吴高仁已经没有遮荫的大树，况且县委副书记和当时的县长不和，吴高仁极力为前县长开脱责任，新县长难免会感冒，到他说了算的时候，吴高仁自然不会顺心顺意，吴高仁只好面对现实无语。吴高仁心灰意冷，继续当了一年副部长之后，主动要求去政协研究文史资料，为西水县的文化脉络寻根。吴高仁自嘲别人以为他是深谙官场江湖的水性，自己也曾误认自己是游泳好手，最终才发现自己充其量会两下狗刨式，就自愿上岸晒太阳，避免被水淹死。

吴高仁回顾自己的仕途之路，难免感慨良多，多翻了几次身。老婆不知道吴高仁的想法，睡眼蒙眬之中问吴高仁哪条筋搭错了，是不是地瓜藤搭上广播线。吴高仁和老婆推心置腹，说人其实很难做到心静如水，我那几年的平静其实是没有希望的无奈。原来以为这辈子就这样了，谁知道这时候王书记会给我扔几个小石头，让我平静的心再起波澜，至少已经泛起几道涟漪。你说，这是不是书记在考验我，想重新用我的征兆，毕竟我才四十岁啊。我看你啊，真的是贼心不死。老婆翻了个身，嘟囔一句，不和吴高仁探讨其中的征兆暗示，自顾睡去。吴高仁摇了摇头，说"知夫莫若妻"有时候纯属屁话，燕雀安知鸿鹄之志才是真的，女人不知道男人的成功许多时候需要架子撑着，他有种找不到对手的落寞，干脆起床到书房打开电脑，看各个网站有关《西水县为树典型举债建新村》的跟帖，最多的已经跟了三千多条了，骂娘的居多。现在有一些网民，跟帖已经不讲道理，见到和政府有关的就骂一气，没做事说不作为，做事了就说乱作为，反正谁也不认识谁。吴高仁看了许久，直到天快亮了，才和衣在书房的床上睡了一会儿。不到八点，就出门去宾馆。临出门时，他多带了一块手机电池，关键时刻，通讯必须保证畅通。

五

吴高仁到宾馆没多久，就接到郭志强的报告，已经有好多家媒体的记者赶到西水县，还有不少记者正在往西水县赶。吴高仁知道这些记者大多是周边的记者，相对比较容易对付，难的是正在路上那些，或者说是北京来的媒体，这些媒体新闻一出来，说不定某个中央领导看到了，一个批示，事情就有可能天翻地覆。来者都是客，吴高仁让郭志强把记者全部往宾馆会议室让，吩咐上茶上点心。会议室很热闹，记者们相互打招呼，交换意见，也有的避开问题不谈，闲聊一些无关痛痒的事情，比如天气变化，北京沙尘暴肆虐等等。吴高仁让宾馆餐厅开了两个包厢，让郭志强把记者按照西水县籍和非西水县籍分开安排就餐。在非西水县籍这个包厢，吴高仁要求外宣科以最快速度搬来一台DVD，并且和电视机连接好。

吃饭前，吴高仁告诉陪同的高崇明、薛志林，尽管耐心做好观众，一切由他当导演和男一号，大家只要注意慎重发言，这些记者可能有暗拍或者录音设备，如果不慎，可能成为跟踪报道的靶子，这些潜在的危险就让我去面对，你们都是领导，前途无量，我吴高仁不能陷你们于不义，不像我已经是夕阳西下，死猪不怕开水烫，吴高仁有种冲锋陷阵的豪气。吴高仁先到西水县籍这个包厢，他倒了三杯白酒，在面前一字排开。举杯的时候，他先说话：我敬大家三杯，你们随意。喝下这三杯之前，我有三层意思和大家互相探讨、互相学习。各位都是西水县人，第一层意思是欢迎大家回到家乡。第二层意思是子不嫌母丑，狗不嫌家贫。家乡有不尽人意的地方，请大家包涵，能说好话的尽量说好话，不能说好话的保持沉默。第三层意思是因为这几天西水县客人会比较多，吃完饭如果想回家看看就回家看看，如果不想回家的就先回自己工作的地方，招待能力有限，请大家理解。下次回西水，想吃饭了尽管找我安排。谢谢大家。说完，吴高仁把三杯白酒干了。记者们相互看看，大多数表示吃完饭就返回。有几个不表态，或者表示不以为然的，吴高仁把他们分开请到隔壁一个空的包厢，逐一单独交流。吴高仁交流的时候简明扼要，或者告诉某记者其亲戚违反计划生育的事情已经有人举报，或者告诉某记者他父亲违章建房此次在县里清查的范围，或者告诉某记者其妹妹评职称的事情遇到麻烦。吴高仁说得轻描淡写，那些单独谈话的记者可就难过了，纷纷要求吴高仁给予关照。吴高仁说得很客气：好说好说，互相支持，互相关照。那些人就很感激地和吴高仁握手，称兄道弟。吴高仁把这摊记者交给高崇明，说声失陪，就到另外一间包厢。

　　吴高仁一进包厢，就连声道歉，说宾馆服务能力比较差，到现在还没上菜，只好让宣传部的给大家一点资料，大家聊以消磨时光。我去厨房看了一下，上菜还要等几分钟，既然菜还没上来，文字资料和图片大家看了，还有点视频资料也请大家观赏，权当消遣。外宣科长马上放映东岭新村建成以来，各级领导参观视察的视频资料，当然这些资料已经做了剪辑，按照一定顺序排列。几年来，东岭新村迎来不少重量级人物，好几个现在几乎天天晚上在本省新闻联播出现，到处开会、视察、发表重要讲话，发布重要指示，他们到东岭新村视察的时候，无一不是充分肯定，要求推广该村建设经验。看完视频资料，菜刚好上来，吴高仁劝菜倒酒，忙得不亦乐乎，只字不提东岭新村报道的事情。市委宣传部新闻科长丁铭进来敬了一圈酒，说刚好来西水县调研，看到这么多记者前来，肯定要过来喝几杯。丁铭出去没多久，在座许多记者陆续接到电话，回话基本上就是是、是，吃完饭我马上赶回去。午餐吃完，两个包厢的记者全部告别，吴高仁和宣传部几个科长一一握别，每人送本地土特产一份，土特产包装袋里都放有一个信封。大家热情握手，互道珍重，气氛热烈。

回到接待室，吴高仁和柯台长、丁铭科长坐下喝茶，他们知道这仅仅是开始，本地及周边的记者都好说，比较麻烦的是那些正在路上的记者，他们级别高，很容易就居高临下。吴高仁要宣传部新闻科、外宣科两个科长，逐一告知县城的所有酒店、宾馆，所有入住的旅客全部要登记，发现是记者或者携带摄像机、照相机的人员马上报告。那天下午，两个科长穿梭在县城的酒店宾馆，每到一个点，都按照吴高仁的意思复述一遍，口气严肃，遇到个把不以为然的大堂经理，两个人就不仅仅是严肃，而是严厉，让那些大堂经理顿时不敢掉以轻心，满口答应全力配合。

六

在宣传部两个科长穿梭于县城宾馆酒店的时候，吴高仁驱车前往东岭新村。到了东岭镇，吴高仁叫上宣传委员林明金。车子刚在东岭新村休闲广场停下，东岭村村民小组组长陈大顺就迎上来。陈大顺和吴高仁很熟悉，当年东岭新村声名鹊起的时候，还是宣传部新闻科长的吴高仁经常和他打交道。东岭新村属于老典型，声名在外已经是十几年前，当时宣传部组织邀请一批批记者，把东岭新村从不为人知的山旮旯推上各级媒体，推到大众面前，推上各级领奖台和典型经验发言台。光环造就之后，东岭新村就挂在西水县熠熠生辉。吴高仁看到五十二幢别墅依着山势在阳光中很有阵势地站立，非常整齐漂亮，房子旁边、屋后是柑橘树，远一点的是茂盛的竹林，再远一点是连绵的山脉，一直延续到天边，天边的白云就从山峰长上去，挂在天际缓缓摇曳身姿。脚下是盘旋而上的盘山公路，公路两旁，也全部都是柑橘树，山谷之间有山涧里的水哗哗流淌，看不到路的出口，路从山脚下绕了过去，好像突然断了。停车的休闲广场有篮球场，绿化也做得挺有品位，广场旁边一溜儿平房，那是村民们放农具、化肥的地方。这样漂亮的地方，原来收获的一直是赞美的声音，这次看来要毁了。这次的报道属于另外一种声音，关键是这声音是记重锤，会连绵不绝。看来应验了"成也萧何败也萧何"那句老话了。

吴高仁不接陈大顺的香烟，让陈大顺把村民招呼到休闲广场。不大的工夫，村民就陆陆续续地来了。其实吴高仁的车一上来，那些等在屋里的村民大多就有走出来的念头，村民们都知道，这回的事情不少。陈大顺说村民都召集过来了，吴高仁不说话，目光镜头一般，在每个村民脸上停留了一会儿。有的村民没有感觉似的，有的就躲躲闪闪，有的无所谓，有的又是脖子一硬装出不在乎，也有几个挑衅一般把目光迎上来。吴高仁知道今天这场戏也是关键一战，他迎着那目光，黑着脸，使劲盯着。吴高仁知道这几个人是关键。那几个人的目光先还是硬的，后来就慢慢软了，开始闪烁，然后好像看天边的云彩或者什么东西，装着无意地移开了。吴高仁知道自己略占上风，但事情没有那么简单，现在还没开口，一开口就是新的一场较量。

吴高仁先不理会那几个硬角色，他知道要先争取多数。今天的天气不错，景色也很美，画一般。这路也不错，水泥路都修到家门口了，在山村里都享受到城里花上百万甚至几百万都享受不到的日子。在这里，我请大家看几张照片。吴高仁示意同来的宣传部新闻科长把一摞照片分给大家，村民们感觉很奇怪，但还是接了。这些照片都是东岭新村建成之前的老照片，老房子稀稀落落地分布在不同的地方，简陋的乡村厕所随意搭盖，村里到处坑坑洼洼，有的是土路，有的随便用几块石板铺了，癞痢头一般，进村的道路是土路，弯弯曲曲，只能走手扶拖拉机、小型农用车等，有的路段路面被水冲出了一条条沟。大家看着，小声地议论起来，吴高仁不吭声，等大家议论了一会，他才咳嗽一声。村民们停止议论，大多看着吴高仁。我不知道大家看了这些照片有什么想法，其实不用照片提醒，我想你们也都清楚，你们的日子发生了多大的变化，如果没有这个新村，你们走出去都不敢说自己是顶窟人。顶窟，顶窟，一听就是在山里头，以前你们有几个人理直气壮地说自己是顶窟人，恐怕一说人家就不正眼瞧你，你们这里恐怕还有许多人娶不起老婆。可是有了这新村，你们呢，一说就说自己是东岭新村的人，如果有人简单说你们是东岭人，你们就会马上补充一句，是新村那里的人。如果是我，应该很满足，可是，你们有些人好像觉得好日子太多了，非得要弄出一点动静，你们说，把这好日子毁了你们就高兴，啊。吴高仁的声调扬了起来，目光非常严厉地扫了一遍，在那几个目光挑衅的人身上不做停留，晃了一下就收回来。

吃饱不会饿啊，你们有些人。陈大顺破口大骂。你们以为会说几句话就是人啊，好好的日子不过，神经病还是脑膜炎？当时你们是怎么求着要批宅基地建房子？是怎么说外面的房子多漂亮？怎么说房子不可能经常改，要盖就盖漂亮一点，差点钱就借，柑橘收成就可以还？怎么求我去找镇干部帮忙贷款？你们有些人是冷了找被，暖了踢被，良心让狗给吃了。做人要凭良心，乱嚼舌头是要绝后的。陈大顺一通骂，有不少村民也跟着议论，说不应该这样给自己的面抹屎，以后出去还怎么做人？吴高仁不吭声，让大家议论了一阵，知道大多数人过来了，他才开口。借债建房？有的人以为这事情多委屈，谁建房子没有借钱的经历？以前还借米、借油、借盐呢。不要说这么漂亮的房子，就是你们以前的土房子，就是个夯墙的，连装修也没有，你们不也多数借过钱？有的还好多年才还清。再说了，现在你看多少人买房子不也都是按揭贷款？哪套房子不是贷个十万八万，甚至几十万。你们当初贷的就是几千块，最多的也就是三万块。再说了，你们还不起这个钱吗？我来给你们算算账，你们这个村民小组二百三十八人，五十二户，人均有二十亩左右的山地，一亩田地，大面积种植柑橘等水果，当年盖房子的时候，人均收入就将近三千元，后来逐年增长，近五年来，人均收入从七千元涨到去年的一万二千三百元，这些还不包括每个家庭外出办家具店、面包店等的收入。二百三十八人里面有一百二十三人在外做生意或者打工，平均每个家庭有两个人在外，哪个家庭一年没有收入个几万块？如果没有，你们家里的柑橘何必雇用外省人来管理？你们又不是不会算账。就你们东岭新村，长年雇用十一名外省的民工管理柑橘树。还有，除了这套房子，你们东岭新村拥有小汽车二十二部，摩托车八十六部，你们赶集要么小汽车、要么摩托车。你们在镇区买房的有十六户，在县城买房的十二户，在市区买房的有三户。你们存款超过十万元的至少有十五户，存款几万元的基本上每户都有，你们还说还不起那几千块，两三万块？我看你们是根本不想还，你们觉得公家的钱拖久了就不用还，公家的债拖久了就不是债。

　　吴高仁讲话的时候，人群里一片安静。他的话音停了，人群里才开始唧唧喳喳地说开了。吴高仁知道这些数据直接就冲抵大多数村民的心坎，他们不会无动于衷。果然，村民们开始有人说话了，说接受采访的人没有良心，说欠债不还的人丢了东岭新村人的脸，有几个还欠着一点尾巴的人说等会立刻就去还钱，丢不起这个人。那几个接受采访的村民顿时被孤立了一样。陈大定，你说你没有那一万块吗？你儿子订婚，你花了多少钱？你未来的儿媳妇在县民政局上班，她上下班开的是你送的订婚礼物凯美瑞，比科局长还牛。还有陈新火，一万三千元对你来说是什么？你县城那套一百五十平方米的房子值多少钱？你的孙子在县城读小学，专门雇一个保姆接送、做饭，那一年要多少钱？陈新火脸红到脖子，我错了我错了，我不该乱说，我等会儿就去还钱。陈大定都要哭出来了，那夭寿记者，我根本不是那么说的，他乱写。我昨晚还打电话找他，骂他害死我了。你看，这是我的通话记录。陈大定掏出手机，手忙脚乱地要找出通话记录给吴高仁看，慌乱之下却调不出来。吴高仁按住他的手，好，我知道了。吴高仁知道，陈大定或者陈新火今天的表现在他的预料之中。昨晚，他已经列出东岭新村外出干部的名单，包括亲戚关系的，本县的要求其单位领导出面谈话或者打电话，让他们做家人或者亲戚的思想工作，外县的通过不同的关系打过招呼，同时还要求东岭镇书记、镇长和包村干部给所有东岭新村在外做生意、打工的人打过电话，务必不再掀起波澜。

此次接受采访说得最激烈的，也是刚才目光挑衅意味最浓的是陈开林和陈米国。陈开林曾经是个混混，高中读书的时候就开始惹是生非，他的父亲屡被气病。高中毕业，他的父亲通过关系送他参军，严厉的军队纪律让他乖了三年。退伍后，他旧病复发，和以前的难兄难弟混在一起，有次和人打架，把人打伤了，他父亲原来想撒手不管，让陈开林去坐牢，后来耐不住母亲、妻子的啼哭，四处托人，才免除牢狱之灾。陈米国则是原来的村民小组长，东岭新村建成五年后才退了下来，让陈大顺接班。陈米国以前卖过菜籽，属于口舌灵便之人。这两个人属于刺头，虽然东岭新村旧债未清的有十九户，但大多属于能拖就拖或有样学样的心态，为主起作用的是这两个人。大家都认为吴高仁要拿陈开林和陈米国说事了，陈开林和陈米国也把目光抬了起来，寻找吴高仁的目光对接，准备迎接挑战。吴高仁的手机响了起来，他接通了手机，只听他连连说了几声：好的，好的，我马上赶回去。吴高仁挂断电话，只是说了声我有急事，先回去了。没有任何交代，也没有什么客套话，他匆匆上车而去。吴高仁的车刚启动，另一辆小车就上来了，车上下来的是东岭镇前任镇党委书记，退休老干部陈柳生。两车交会，司机各按了一声喇叭，既是招呼，也是提醒交会车。吴高仁一上车，就给刚才接的手机发了一条短信：看你的了。陈柳生下车前，手机短信提示音响了，他打开一看，微微一笑，盖上手机翻盖，下车。

七

　　吴高仁的车直驱县城，已经有两拨从北京赶来的记者到了县城。其中一拨主动联系县委宣传部，要求采访东岭新村。另一拨却不声张，悄悄地入住县城某个小酒店，想单方面行动，她没有预料到，自己刚把行李提进房间，只来得及擦把脸，西水县委宣传部的人已经敲响房门。她很是佩服：你们的消息很灵通啊。宣传部人员回答得虚虚实实：你们刚进入县城，城市监控系统的摄像头就已经告诉我们了。当然这仅仅是开玩笑。

　　主动联系采访的这一拨记者当头的是男的，姓雷。而另外一拨记者牵头的则是女的，姓汤。交换名片之后，发现他们居然都来自北京某大媒体，还是同一个栏目。一条新闻居然让同一栏目派出两组记者，让人感觉该单位人员严重过剩。吴高仁让人到电脑上搜索一番，发现他们单位的网站上没有这两个人的相关信息，无从判断真假。吴高仁想起如今北京文化公司颇多，拉广告的、卖书的，都扛着某某记者的头衔，其危害程度不仅仅停留在挂羊头卖狗肉的层面。吴高仁和雷记者谈起汤记者，雷记者表示不认识该女性同行，雷记者还善意提醒，要吴主任不要被误导了，把假佛当成真神。吴高仁借故到外面，给接待汤记者的郭志强打了个电话，郭志强那边的情况和这边相同，汤记者想破那顶着一头秀发的脑袋，也想不起有雷记者这号同事。看来问题严重，可能一方是李逵，一方是李鬼，甚至也可能双方都是李鬼。吴高仁让郭志强把汤记者请到西水宾馆用餐，但不要说是和雷记者同桌，让他们直接面对，看看虚实。

　　汤记者到达的时候，雷记者这帮人已经落座。两个人见面，依然一脸迷茫。互换名片，白纸黑字同一个单位同一个栏目，两个人认真研讨，发现所说的领导都对上号，研讨结果是他们确实是同事，只是两个人到单位都不满一年，栏目人员近百，且隶属于不同的小组，因为常年在外奔走采访，居然还没见上面，导致大水冲了龙王庙，一家人不识一家人。此次他们奉各自小组长的指令，从在外采访的途中直奔西水县，属于为了一个共同的目标，走到一起来了。两组人员谈得热烈，把吴高仁等陪同人员晾在一边，剩下闷头吃饭、吃菜。吴高仁用目光制止了想起身敬酒的郭志强，让两组人员充分交流。后来还是汤记者发现冷落了吴高仁，停止研讨，开始招呼，双方热烈喝酒，场面热闹。频频举杯之间，汤记者表示想听听吴高仁对东岭新村报道事件的解释。

　　吴高仁把下午在东岭新村现场所说的数据复述一遍，还深入拓展阐述：村民的这些收入说明，该村村民是有偿还能力，之所以欠债不还，也不是说该村村民就是刁民，其实他们更多的是有点狡黠式的小聪明，觉得公家的钱能拖就拖，能赖就赖，说不定拖久了就拖没了，赖久了就赖成了。说到底，这是诚信缺失的问题，当初贷款，他们也是热烈期盼，按了手印，签上按时还款付息的保证。除了他们的诚信问题，对他们的小聪明造成推波助澜的，还有上面政策的没有连贯性，当时由于农信社催款和一再要求镇政府出面协调，镇政府也召集欠债的村民协商，基本达成一致，后来上面一条政策下来，村民就再也不愿意接受协商了。导致村民变卦的是上面终止统筹费的征收。农民被征收统筹费已经习惯，终止统筹费征收是惠民措施，也是好事。问题的关键是上面一纸通知，没有任何的缓冲，戛然而止，当年度的统筹费，交了没有退回，欠的不用补交，包括以往历年有积欠的也一笔勾销，属于急刹车。村民们恍然发现，以前老老实实交费，积极完成任务的，反倒吃亏了。这个发现让他们把要掏出来的钱重新塞回口袋，拒绝还钱了。他们指望说不定哪一天信用社把这些欠款全部当呆账处理掉，自己也就不用还钱了。

　　对吴高仁的说法，记者们也基本认同，记者走南闯北，见多识广，他们提出一个个细节，佐证吴高仁的论点，气氛热烈。期间，吴高仁外出接打了两次电话。吃完饭，两组记者已经达成一致：既然是同一栏目的，那就没有必要重复劳动。汤记者第二天一早先行撤离，到外地采访另一条新闻。雷记者到东岭新村，是否进一步报道看看具体情况再行决定。第二天早餐后，送走汤记者一行，在吴高仁的陪同下，雷记者一行到东岭新村实地采访，和村民座谈之后，他们还前往信用社，查看原来的各项贷款凭证。仔细核对之后，雷记者认为原来的报道有失偏颇，个别地方被放大了。雷记者和自己的领导汇报沟通之后，决定撤销这个选题。

雷记者在东岭新村的时候，陈开林和陈米国也都在场，但他们的目光已经不再强硬。吴高仁故意不去看他们的目光，他知道他们两个软下来是因为陈柳生。

陈柳生在前一天吴高仁离开东岭新村的时候到场。下车后，他也不吭声，直接要陈大顺拿来一把香，点燃，分成三撮，一撮交给陈开林，一撮交给陈米国，一撮留给自己。陈柳生说得很简单，拿着这三把香，如果你们还不起钱，老天责罚我，不得好死；如果你们还得起钱却故意不还，老天责罚你，断子绝孙。我们三个站一起，一起说明。陈开林、陈米国被烫了一般，往后退。村民也没想到陈柳生会来这招，说不出话。陈柳生冷笑一声，我还不清楚你们是什么人，以为自己出息了啊。不敢说，就是心虚了，说鬼话了。现在知道话不能乱说，做人要凭良心，不能为了自己一点好处昧了良心。陈柳生也不多说，反手把香一扬，上车而去。

八

雷记者一行中午离开西水县。柯台长和丁铭也将返回市里。吴高仁和柯台长握手的时候，两个人都笑笑：不说再见。问题是愿望是良好的，可是现实往往事与愿违。柯台长刚回到小区，车还没停好，吴高仁的电话就到了：接到报告，又有两路记者到了。柯台长掉头，接上丁铭，返回西水县。

这两路记者都是悄悄前来，没有和县委宣传部联系，是酒店服务员发现他们背着照相机，立马报告宣传部新闻科。两路记者都来自北京，根据入住登记，一个姓刘，一个姓柯。吴高仁和柯台长开玩笑，姓柯的是你本家，就由你出面接待。谁知道一见面，岂止是本家，柯记者和柯台长同村，属于侄儿辈，原来是柯台长的手下。柯台长一发现是他，就知道这回麻烦大了。倒不是说这个柯记者多神通广大，关键当年这小柯记者大学毕业后，找到柯台长，叔叔长叔叔短缠着，被招聘进入市电视台当记者。按道理他应该好好干，给柯台长长脸。可实际上，他一点都不认真，工作上吊儿郎当，差错不断，只有一件事情认真，就是泡妞。整天和女孩子约会，走马灯一样的换女朋友，不时有被甩的女孩子找上门，哭哭啼啼。由柯台长自己提议，台里把他解聘。当柯台长代表台里谈话的时候，他用怨恨的目光盯着柯台长，起身出去，从此和柯台长断绝联系。谁知道他晃来晃去，居然被北京的某新闻单位聘用。柯台长十分感慨，现在有些新闻从业人员，就像候鸟，飞来飞去，不知道哪天就飞到哪个枝头了。

柯台长还在感慨，小柯也认出他了。他大大咧咧地说：地方台的领导就是重视，我们一到就来看望了，其实不用那么客气。柯台长把小柯两个字吞进肚里，人家不认亲就不必套近乎：我们是略尽地主之谊。两个人绕开以前，漫无边际地闲聊。表面很客气，但柯台长知道关键的东西迟早会出现。果然，小柯记者开始接触东岭新村的话题了，说这绝对是吸引眼球的大新闻，领导很重视，否则就不必派出以他为首的强大的三人采访小组前来。柯台长心里骂着狗屁，就你这素质也会是骨干。但如今人在屋檐下，不能直接得罪，只好装聋作哑了。

吴高仁知道了柯台长和小柯接触的情况，搂着他的肩膀说：为难您老兄了。柯台长苦笑，谁让我命里会遭遇这克星。这回他要把上次在我这里丢的面子连本带利地收回了。丁铭无限同情：你不入地狱，谁入地狱。估计这小子肯定会要求你陪他回台里转转，抖抖他的威风。吴高仁说你还好，至少正面接触。另一拨姓刘的，根本不吭声，连房间门也不开。我呢，先不出招，让新闻科的人在房间门前守着，每隔五分钟敲一次门，耗吧，我这是守株待兔。他总不能不出来，他又不是来西水县睡觉的。查查来头？查了，身份证号码显示是黑龙江人，无法判断其他信息。再敲嘛，如果不开，我会让公安局查房。不要搞得针对性太明显，丁铭提醒。不会的，我会让公安局对县城所有宾馆、酒店查房，全县统一行动，他无话可说。吴高仁微笑着说。

半小时后，刘记者的房门被敲开。吴高仁正式和他见面。刘记者解释路途劳累，睡着了，没听到敲门声。吴高仁表示理解，让郭志强去拿一些好点的茶叶，换掉宾馆里的袋泡茶。刘记者要吴高仁不必客气，对吴高仁陪同采访的安排也表示拒绝，说不用麻烦当地政府，他们已经租好车，等会就自行前往。吴高仁坚决用热情反对：来者都是客，不管如何报道，哪有让记者自己辛苦前往的道理，县里一定派车派人陪同。不等刘记者说什么，吴高仁要求郭志强马上联系车行，把刘记者预定的车辆取消。

郭志强给车行打电话，车行老板有点不乐意，觉得好好的一笔生意黄了。郭志强也不含糊：赚钱是长久的事情，这是大事，如果你再执意租车给他们，后果自负。车行老板一听，这事情不简单，也就不敢再坚持，满口答应配合。刘记者听郭志强已经把预订车辆取消了，也就既来之则安之，服从吴高仁的安排，先去吃饭，然后下午看看相关材料，第二天再去采访。饭桌上，小柯记者听了吴高仁的安排，也表示同意第二天再去采访。不过，材料我可以晚上看，我想利用下午的时间，到市电视台看看老同事，不知道柯台长是否有时间陪我走走？小柯果然提出要求，柯台长深吸了一口气，知道这一招躲不过，同意陪同小柯到市台看望老同事。

柯台长回到县城的时候，铁青着脸。吴高仁从同去的郭志强口中得知，小柯记者到了台里的时候，要柯台长陪着，一个一个科室走过去，一一同大家握手，对各科室的工作评点一番，还不时回头和柯台长说几句建议什么的，如同上级领导视察，柯台长像陪同视察的跟班一样。狗娘养的。吴高仁有点咬牙切齿。吃饭的时候，小柯记者依然很高调。这样的人得意忘形，不给点苦头吃还不知道自己姓什么。吴高仁小声对郭志强说了几句，然后频频举杯敬酒。

九

把记者送回房间，吴高仁他们又碰头了一次，就第二天的采访做了梳理。柯台长显得很郁闷，吴高仁丢过一根烟：别闷闷不乐，说不定会有好戏让你开心的。柯台长问什么好戏，吴高仁却笑而不答：有悬念才有意思。柯台长也就不再追问，以为吴高仁是逗他开心。

吴高仁回到家里的时候，老婆已经睡着了。吴高仁把她叫醒，和她说白天发生的事情。吴高仁的老婆心不在焉，说吴高仁是否提前得了男人更年期综合征，变得像个碎嘴男人。吴高仁有点不高兴，长叹一声："道不同，不相为谋。"吴高仁不睡觉不是他不累，关键是他觉得应该有什么事情要发生，他在等待。哎，你们是否要对那些老百姓秋后算账？秋后算账？为什么啊？根本没这回事。老百姓考虑的肯定是自己的利益，他们为了自己的利益说了一些过头话，这很正常。如果他们每个人都想得非常全面，那他们就是干部，不是老百姓了。那就好，我们今天上班的时候，大家还在说，这些接受采访的人会不会被你们"整"了。老婆来了精神。我们现在想的只是把这报道平息下去，一个地方，如果被媒体盯上了，尤其是负面报道，那这个地方就得小心翼翼了。原来很正常的事情，都会被盯出不正常，或者很小的偏差，都会被上纲上线放大，这不利于这个地方的发展。悲哀就在于，这个出问题的地方会被反复提及，指导下次别的地方出现新的或者更大的问题。舆论能助力一个地方发展，也会淹没一个地方的发展。

吴高仁的老婆还想和吴高仁探讨一下那些老百姓的命运，女人就是这样，总想先得到一点消息，然后她就可以发布，显得自己与众不同。吴高仁不想和老婆探讨这些，他在等待自己需要的消息，他想起柯台长铁青的脸就有种咬牙切齿的欲望。手机响了，是郭志强的。小柯记者召娼，被逮住现行，现在人在派出所，小柯和暗娼在床上的镜头被电视台的记者拍到了。小柯要求面见吴高仁或者柯台长。告诉他，领导暂时都联系不上，你正在积极联系。悄悄告诉派出所，把小柯记者用手铐铐在大厅，一个小时后我过去。你搞什么名堂？抓记者，你疯了。吴高仁的老婆听说派出所的把记者抓了，盯着吴高仁看。没事，抓一个偷腥的猫，出来混，又不守规矩，总是要付出点代价。你可别玩过头啊。老婆还是有点担忧。没事，我会把握的。

吴高仁估计小柯在派出所把头抬了，又低了，才赶过去。一见到小柯，没等小柯说什么，吴高仁就发话让警察把手铐给打开了，说记者也是人，是人就难免犯错误。你们怎么能把远方的客人铐在楼梯呢，要是被人拍照了传到网上，多不好。小柯低着头，说吴主任您就别说了。我都是酒喝多了，糊涂了。唉，酒真不是好东西，以后都得少喝点，省得迷迷糊糊做错事。警察还要小柯做个笔录，做什么笔录，我担保了，做笔录就有档案了，你让人家小柯以后怎么做人了。吴高仁带着小柯回到宾馆，柯台长和丁铭等在小柯的房间，见到柯台长，小柯腿一软，跪了下去：叔，您可得帮帮我。别，别，别，您是远来的客人，怎么能这样呢。到底出了什么事？小柯吞吞吐吐，好一会才把事情说个大概：我喝完酒，那个女的打房间电话，说要不要按摩。我想这几天跑来跑去，脖子有点酸，就让她来按摩，结果……刚好派出所查房，就被堵住了，电视台录了像。叔，你一定要帮帮我，派出所说要把处罚结果和录像寄当事人单位，如果这样我就完了。电视台还录了像啊，吴高仁回过头，告诉郭志强：小郭啊，你回头找电视台一下，把小柯记者这一段录像给删了吧，年轻人，如果让单位知道了，那可就待不住了。小郭答应了。小柯见了，说我现在就收拾行李，明天一早就回去。柯台长想说什么，吴高仁挡住了，说什么也别说了，这件事到此为止，谁也别提。小柯你也别有包袱，早点休息。

　　一行人离开小柯的房间，到了柯台长的房间，柯台长擂了吴高仁一拳，这就是你说的好戏啊，你也够狠的。吴高仁说对付狠人还真得有点狠招，年轻人吃点亏有好处，否则他们以为顶着一个旗号就可以扫荡天下。关键的还是他自己，苍蝇不叮无缝的蛋。好了，休息，什么事也没有发生，明天还有个刘记者呢。但愿早点结束，我这几天啊，宾馆餐厅上一道菜，我就知道下道菜是什么了。我都吃腻了，现在最想吃的啊，就是家常饭菜，我现在说看的不知道吃的累，肯定会有人说是矫情，可这是事实。

十

天一亮，小柯就自行离开了。吃早餐的时候，刘记者问起小柯，吴高仁说小柯临时有采访任务，先行离开。刘记者沉思了一会儿，点点头，不再说什么，埋头吃早餐。早餐后，刘记者在一群人的陪同下，前往东岭新村。东岭新村的太阳依旧，老百姓看到车队，已经习惯了，只是看了一眼，并没有多说什么。刘记者出了这家走进那家，吴高仁出于礼节，陪同刘记者走访了几个家庭，就在刘记者的坚持下，歇在一个家庭喝茶，让刘记者自行去参观采访。吴高仁完全放心，村民不会再胡乱说什么。用陈大顺的话说，村民原来想把钱赖过去，后来发现赖不了，也就不会去乱说。都是乡亲们，谁家有钱没钱，还不是一清二楚，乱嚼舌头，一人一口唾沫就可以把人淹死。想清楚了，事情就简单了，十九户人家欠下的钱全部还清，农信社主任很开心，拖了这么久的债，讨了一次又一次，都没有明显效果，没想到一篇报道稿就全部收回来了。

刘记者显然没有问到什么新的东西，看他好像有点不甘愿的样子，吴高仁说我给你说几个细节。当年东岭新村刚建成的时候，老百姓感恩戴德，春节了往镇政府送柑橘、送煮熟的鸡鸭、送自家酿的米酒，说的全部是感谢的词，有人来参观了，都争着往自己家拉，不用说，卫生都打扫得十分干净。后来，村民们变了，变得无所谓，好像什么事都没发生过。再后来，开始有怨言了，说政府要大家盖新房子，有人来参观了，要么说没时间，卫生干脆不打扫，要打扫也可以，发工钱。甚至个别的家庭，被评上五好家庭什么的，挂个牌子，连铁钉都不出，说那是给县、镇政府脸上增光，要挂就得政府出，好像让挂牌子还是给政府莫大的面子。典型这时候在村民的心里已经变味了，淳朴的村民已经不全是淳朴了，他们认为这都是给政府贴金，自己纯属付出。以前邻居家借勺盐借两把柴火都按时还，最后借钱却不还了。吴高仁说得很平静，刘记者却听得目瞪口呆，随行的镇干部证实，吴高仁并没有添油加醋。

刘记者在回到县城之后，接到一个电话，马上和吴高仁他们告辞，说另有采访任务要赶回去。谁挂的电话？郭志强偷偷问吴高仁。不知道就别问，知道得越多未必是好事。我们就是负责做好接待、解释。吴高仁黑着脸，郭志强偷偷吐了吐舌头。

送走刘记者，吴高仁握着柯台长和丁铭的手说：我也不想再留你们。送战友，希望你们不再半路返回。柯台长也拍了拍吴高仁的肩膀：希望如此。柯台长和丁铭上车而去。吴高仁要大家都赶快回家休息，最近几天大家体力和精力都严重透支，希望不要再横生枝节。郭志强他们挥手告别，吴高仁也起身准备回家，休整几天，继续研究西水县的文史资料，希望能整理出一本书，也留下点文名。吴高仁刚刚骑车走出政府大门，手机的铃声很是震撼地响了。

第三章

一

吴高仁这一天醉得不是时候。

这天吴高仁"坐大位",这是当地一种礼仪。吴高仁的一个远房堂姐娶儿媳妇,吴高仁虽然只是一个科级干部,并且是在政协研究文史,但在他的家族里,依然是"显赫人物",当天他是作为家族贵宾出场。姐妹家有喜事,当地是要娘家兄弟坐首席,也就是所谓的"坐大位",没有亲兄弟的,这位置也不能随意,就根据血缘关系由近及远类推,坐在这个位置上的人是当天的核心人物。恰巧吴高仁的堂姐没有亲兄弟,吴高仁就被推到"大位"接受众人的恭敬。吴高仁酒量不错,当天许多亲戚又礼节到位,吴高仁就"喝高"了,迷迷糊糊被亲戚送回家。到家后,吴高仁直接上床睡觉,手机也随意掏出来,放在胡乱堆在床头柜的衣裤之上。当天吴高仁的老婆刚好回娘家,家中只有吴高仁一人,喝多的吴高仁对手机里的来电一无所知,放置震动状态的手机因为来电众多，滑落地上，一个跟斗溜进床下，那震动的声音更是被淹没在吴高仁高一声低一声的鼾声里。

　　第二天，吴高仁醒来，想拿手机看时间，却找不到手机，以为是前一天晚上喝多了把手机丢了，此时手机在床下地板上发出嗡嗡的声响，吴高仁趴在地板上把手机扒拉出来，来电已经中断，吴高仁发现有五十二个未接电话，这创纪录的密度让吴高仁大吃一惊，以为西水县又出现什么重大事情，以至自己边缘到政协也无法被忽略。吴高仁看到电话里有科局长、普通干部，也有几个县领导。顾不得穿上衣服的吴高仁连忙回拨电话给私交较深的民政局长，该局长一接通电话就开骂：是不是刚有好事就翘尾巴，不把兄弟放在眼里？吴高仁连忙喊冤，说自己压根没有好事，西水县的文史研究到现在，除开始时有几个兴奋点外至今没有新的发现。一个月前利用所谓的文史研讨会去了一趟省城，属于走得最远的一次出差。会议期间虽然无意之中和某位女作家有过自认为惊心动魄的斗嘴斗酒，但没有其他故事发生，也不属于艳遇。自己想破脑袋也想不出自己有可以翘尾巴的理由，所以民政局长不能欺负"弱势群体"，故意调侃退居政协研究文史的"老同志"。民政局长不等吴高仁说完，继续骂他得了便宜还卖乖，都要到工业园区当管委会主任了，还说没有好事。吴高仁嘴巴张得很大，不相信天上会掉馅饼，而且不偏不倚正好砸在他的头上。不相信你问王书记去。民政局长没有好声气，估计他认为县委常委会都开了，吴高仁还这样一味否认是不够意思，没想到吴高仁真的不知情，昨晚这场酒让吴高仁把自己放逐到信息的核心之外，用吴高仁后来的话说是置身度外。

吴高仁后来又回了一个电话，确认昨晚就在吴高仁"坐大位，做舅公"的时候，西水县召开了县委常委会。会议最后一项的议程是研究有关人事变动，部分科局长和乡镇干部做了小幅度调整，吴高仁从西水县政协文史委主任调任该县工业园区管委会主任。这次人事变动已经传了一段时间，小道消息刚开始的时候，不少人望眼欲穿，以至每次开县委常委会的时候都有人坐立不安，被折磨得心力交瘁。自从吴高仁临危受命，协调处理"东岭新村为树典型举债建新村"的新闻报道后，吴高仁曾经沉寂的心也有点热乎，指望王书记能够论功行赏，调整一个好位置。不过事件结束后，不管吴高仁找机会试探或者委托他人摸心思，王书记从来没透过口风，甚至对吴高仁的做法不高兴，明里暗里敲打他不要跑官要官。吴高仁长叹一声，说古往今来卸磨杀驴的情况不少，天上不仅仅会掉馅饼也会掉石头，心头的涟漪荡尽之后归于平静，不再关心常委会何时召开。后来王书记调离，王德高调任县委书记，县长也换人了，李金文调任县长。两个主官都调整，用吴高仁的话说，都是"走在大街上的陌生人"，偶尔在会议室，也是一个台上，一个是台下众多人中的一个，吴高仁更没有想法。吴高仁听一个退休领导说过：跑官要官不对，但如果连你是谁都不知道，领导怎么知道你是个人才，是个可以放心使用的人？吴高仁认为这是个实话，现在王书记连吴高仁是谁都不知道，吴高仁肯定提拔无门。

　　吴高仁不热心并不代表其他人也不热心，关注常委会召开的目光依然很多，甚至有愈演愈烈的趋势，后来王书记在某次会上发话，说自己刚到位，要先考察一下在座的是马还是骡子，大家该干啥干啥，不要老考虑自己的屁股要朝哪个位置上放，先把现在的事情干好再说。考虑位置的是领导，有句话"群众的眼睛是雪亮的"，但大家要记得还有一句话"领导的眼睛也是雪亮的"。王书记的安民告示让不少浮躁的心暂时落地，不再在半空中飘来飘去。没想到王书记虚晃一枪，话落地不到两个月，迅速调整了人事，让某些人措手不及。

　　兴高采烈的吴高仁接到组织部正式通知，上午十点组织部长要进行任前谈话，下午马上到岗报到。吴高仁立刻给老婆打电话，报告重大消息，同时找出刮胡子刀，把为数不多的几根胡须刮得干干净净，闻讯赶回的老婆说吴高仁当年结婚的时候都没如此用心。吴高仁笑嘻嘻地说当年两人已经谈了一年多的恋爱，还没买票就已经先乘车，这结婚类似于办公司，结婚只是开业典礼，借此热闹场合当众告知本公司是合法经营，领取结婚证就是办理公司营业执照，孩子出生属于产品研发成功，而开办公司大多有试营业，开业典礼有点形式化，早已经过了兴奋期。老婆掐了吴高仁一把，说越老越没个正经，嘴巴不闲动作也不落下，赶快给吴高仁找衣服让他正装出场。看着吴高仁人模人样，老婆感慨说老天再次开眼，让吴高仁重新披挂上阵。吴高仁很严肃说，这是组织信任，不是老天开眼，老天如果会开眼，早就开眼了，不会长时间打瞌睡。其实吴高仁从知道自己的任命消息开始就心中有数，大概是王明娟起的作用，王明娟就是一个月前吴高仁参加文史研讨会碰到的那位女作家，不过吴高仁不敢在老婆面前吭声，这属于打死也不说的机密，万一说漏嘴打翻老婆的醋坛子，那可是自己挖坑往下跳，活得不耐烦。

二

　　主任，不好了，不好了。吴高仁这天刚上班，屁股还没把凳子坐热，办公室主任小高就惊慌失措地跑进来，脑袋一进门框就开始叫唤。慌什么慌。吴高仁横了小高一眼。吴高仁知道要求属下"泰山崩于前而色不变"不现实，但也反感小高慌乱成这个样子。什么主任不好了，我好着呢。什么事，慢慢说。越急越乱。吴主任压抑着自己的火气，放慢说话的节奏。控制节奏是领导的艺术，属下乱属下慌都可以，但领导不能慌不能乱，要不就全乱了。再说吴高仁在乡镇摸爬滚打多年，什么阵势没有见过。那些人来上访了，已经要到工业园区门口了，有几十个人。小高看吴高仁很镇静，自己也镇静下来。

　　那些人是左一组的村民，因为防洪堤征地的事情，已经来找过吴高仁了。吴高仁走马上任第二天就接到他们的上访。那天才十几个人，闹哄哄地，有说赔偿不合理，有说地少量了，有说当时签合同受骗了。吴高仁抽着烟，听他们说，不制止不打断，等他们嚷嚷够了，才慢条斯理地说：说完了？你们说完了，该我说了。大家在说的时候看吴高仁不搭腔，声调已经越来越低，说的人越来越少，好像四处挥舞拳头的人找不到靶子，只好没劲地停下来。这时候见吴高仁要开口，忙不迭点头，好像自己突然有了审批权。

这事情你们说了不算。吴高仁一开口，看大家要激动，忙摇摇手，我现在说了也不算。我昨天才到任，工业园区还没走一遍呢。我都不知道工业园区的地盘有多大，自然也还不知道你们说的这些问题是真是假，你们总得有时间让我去调查去了解，否则你们今天就是把我堵在办公室也没用，要解决问题就得让我工作。我保证，我会尽快了解这些事情，并且妥善解决。你们可不能还没看到我工作就先劈头盖脑地给我一棍子啊。几句话，就把群众说得哑口无声，小高适时开口：先回去吧先回去吧，你们要说法也要给领导时间啊，有这时间回家去干活啊。你们的活可没有人争没有人抢，不干就留在那里，越来越多。群众你看我，我看你，留下"我等领导的说法啊""希望领导早点帮我们解决问题"等几句话，然后就散了。

把衬衣的下摆塞到裤里去。吴高仁看人都走了，冷不丁对小高说。小高很不好意思，赶快把白色衬衣的下摆塞到裤里去。你看这不是精神多了？原来衬衣下摆在那飘来飘去，找不到活的民工一样，没有个章法。人，关键是要有精神。没有精神，一点感觉没有，还干什么活。

没有谁想到，吴高仁走马上任之后的第一把火居然是着装，也就是穿衣服。小高走后，吴高仁咀嚼着自己的话，他感觉自己抓到一点什么了。精神，对，就是精神，也就是士气。第一天报到，吴高仁就感觉有点不对劲，这感觉滑溜溜的，好像要抓到了，又溜走了。这时候他抓住了。他发现工业园区的干部职工着装很随意，有的穿个半截的跑裤，有的头发乱糟糟，有的穿拖鞋，就是穿皮鞋，也是很久没擦，鞋面灰尘不少，甚至皱巴巴的，走路也无精打采，甚至可以说萎靡不振，什么都无所谓的样子。

吴高仁打电话把小高找来，小高是办公室副主任兼财务。吴高仁昨天就看了家底，工业园区的账上还有五十多万元，工业园区一共有干部职工三十七名，在岗的干部职工是二十五名，长期请假的有十二个，病假的八个，事假的四个。吴高仁让小高马上造册，给每位在岗的干部职工发放五千元，要求每个人去添置衣服鞋子，把自己穿精神了，谁不添置，钱收回。小高没想到吴高仁来这招，嘴巴张得很大，吴高仁笑笑，没听清楚啊？就这么办，就这么说，还有这是预付的考核奖励，下阶段谁没有完成任务，我就把谁的钱扣回来。那些请假的呢？请假我没扣他们的工资就不错了，还想领钱啊，这是工作补贴。还有，那些请假的，我知道以往什么补贴都没落下，记住，去对照劳动法，该扣的钱一分不少，那些补贴一分不发，赏罚不明，怎么调动积极性？吴高仁很干脆。小高吞吞吐吐地说：那些人？要不我用手机群发个短信，说根据劳动法规定，长期不在岗的，福利将受影响，给个半个月期限，有回来上班的就发？吴高仁看了他一眼，三天，三天回来上班的发，其他的不管。我知道那些人，有两个主任科员，三个副主任科员，其他的不是这领导亲戚就是那领导亲戚，真正有病的只有一个，真病的这个我们下午去看他，你准备三千元慰问金，我们要雪中送炭，不要锦上添花。

还有个请示：这事情你们领导班子要不要研究一下？省得以后您自己面对压力。吴高仁看了小高一眼，心里一暖。知道小高说这话不太合适，一个属下不能对领导的决定说三道四，这是官场大忌。但吴高仁知道小高是为自己考虑，这份补贴一发，说不定会引发许多说法，把自己置于舆论的风口浪尖，甚至引来问责。吴高仁想起自己上任前王书记的谈话：你要把工业园区抓起来，我给你特别的支持。这特别的支持会不会包括发补贴这样的举措呢？吴高仁知道这件事情没有答案，但要做事，总得有些超常规的思维和做法，每件事结果都很清晰，那就别干事了。没事，你去制表，我签发。

有些事，吴高仁不会也不可能和小高说，工业园区领导班子除了自己，还有一名副书记，两名副主任。副书记是年龄快到点了，什么事情也不干，整天抱着茶杯这间办公室那间办公室瞎逛闲聊，美其名曰了解思想动态。林副主任是个认活的人，哪个领导来他都是默默干活，不掺杂是非，有点怕事。丁副主任老是想把副字去掉，哪个主任来，他想的就是把这主任拱走，把自己扶正。尽管四年换了三个主任，但前两个主任走后，丁副主任也没有成为丁主任，吴高仁来了，他依然是带头当刺头的感觉。那些主任科员、副主任科员严格上不算领导，只是理顺个待遇，不管是不是领导，他们都不上班了。吴高仁有点孤军奋战的悲壮。站在窗前，默默地抽烟。

三

补贴一发，事情果然来了。丁副主任开火了，说发补贴的事情我怎么不知道？吴高仁不发火，反而淡淡笑了笑，说工业园区的事情很多，丁副主任要集中精力，把自己分管的那摊事情抓好。正常支出的财务签发是主任的权利，也是责任，一支笔签批，所有的人都清楚，丁副主任经验丰富，没有必要再解释。丁副主任没有想到吴高仁如此直截了当，有点一剑封喉的味道，一时说不出话来。副书记也慢吞吞开口，说那些请假的都是工业园区的老干部、职工，是否考虑减半发放，有利于安定团结？没有原则就没有立场，这事没得商量。班不上还有补贴领，这样的好事不可能继续在工业园区存在。再说请假问题，他们向谁请假？只有那生病的职工有手续，其他的，最近的一张请假条是两年前的，请假一周。现在一百多周过去了，还请假？按《劳动法》规定，早就该辞退了，还算什么请假。林副主任照例不开口。

既然大家都在，我正要召集大家开个会，那就开会吧。分工的事情暂时不变，还是先按照原来的格局，关键是该谁管要真正管起来，同舟共济，希望大家出力朝同一个方向划船。工业园区在一定时间内景象没有改变，我们领导班子准备集体下课吧。我吴高仁算是来过把瘾。其他不变，但办公室主任的人选要先调整，我提议小高任办公室主任，原主任先免职，他不是请了病假吗？哪有干活的有实无名，没干活的挂个名。如果他真病，休息两年也该康复了，两年还没康复，我们就要去关心，否则就是失职。其他的事情我熟悉情况后大家再研究，当前先从干部职工的精神状态抓起，明天小高开始督察，衣冠不整的让他来找我。

这会开得很短。吴高仁连礼貌性地征求其他人是否有意见的程序都没做，连珠炮地说完就宣布散会。吴高仁知道，自己一客气，可能就是扯皮的开始。铁腕有些时候是必要的，尤其是在有点散乱无序的时候，一种声音才能决定方向。

补贴发下去，请假的十二个人有七个人回来上班了。事假的全部回来，病假的回来三个，其中一个副主任科员。那两个主任科员、两个副主任科员以及真病的那个职工没有回来。小高汇报了，吴高仁淡淡地说了一句，回来了就好，再也没话。等小高走后，吴高仁才松了口气，他也担心这些人一个也不回来，只要有人回来，这棋就活了，何况一下子回来七个人。下午开干部职工大会。吴高仁打电话让小高发出通知。会上，吴高仁依然唱独角戏，重申了劳动纪律，宣布第二天开始签到，如果没有按时签到，则给予通报，记旷工，旷工三次给予纪律处理，累计半个月按照规定予以辞退。吴高仁不理会下面的嗡嗡声，强调签到包括所有的干部职工。这不是我的规定，是县里的规定。吴高仁拿出一份县委组织部、县纪委联合下发的红头文件，要求小高复印分送到每个人手中。如果身体确实有毛病，可以申请病退，符合提前退休政策的，可以办理提前退休，既然选择留下来，就必须拿出勇气拿出气势，干事创业。吴高仁还讲了补贴，讲了着装，讲了精神状态。你看，现在齐刷刷的，精神状态不是大改观了？只有你们心中有希望，生活才有希望。只有工业园区有明天，你们才有明天。吴高仁的话，引得了阵阵自发的掌声。会后，小高兴奋地说：主任，工业园区很久没有这掌声了。会的，以后这掌声会越来越多。吴高仁让小高抓紧修订规章制度，细化责任和工作目标。个别人可以不干事，但大多数人要干事，还要会干事，干成事。

签到表一发，那几个没来的依然没来。吴高仁也不理会，第一天就把没有签到的人名单在公示栏通报了。第二天，县效能办前来督察，当天就把缺勤人员以效能办的名义在全县通报。第三天，县委常委、纪委书记亲自到工业园区调研督察，通知三天没有签到的人前来谈话。主任科员、副主任科员是给待遇，不是可以赋闲享受，不能没有待遇要待遇，有了待遇想轻松。现在有些人认为，主任科员、副主任科员就是靠边站，就是可以合理轻松，这样的思维习惯要改变。县委常委、纪委宫书记很严肃。县委为什么要开展集中专项督察，就是为了扭转这错误的思想。如果不干事，就请让位，不能占着茅坑不拉屎。纪委书记的话是响锣，敲得嗡嗡响，大家都清楚，这位的工作可是涉及摘帽子的，而且还不仅仅是摘帽子那么简单。小高现在才明白，吴高仁为什么如此有底气，原来他已经知道县里要开展专项督察，他的大手笔有了天时啊。那两个主任科员、两个副主任科员申请提前退休。丁副主任也在宫书记和他单独谈了几分钟之后，明显收敛了很多。工业园区开始运转起来了，没想到轻松没几天，集中上访的事情再次出现，并且规模扩大了。

四

看来大家还是没忍住。吴高仁一看到上访的人，就开始说话。不过，我能理解，有的人想来解决问题，有些人想来看热闹，然后顺便看看有没有什么便宜货，有些人呢，你们都来了我不好意思不来，否则以后在小组里没地位，这就像赶集，各种想法的人都有。无论你们怎么想，你们能来找我，就是好事，是对我的信任。所以，我一定要把这事情处理好，我刚到这里，不可能马上调走。这次，我给大家一个时间段，三天。三天内，我保证有人上门听你们的要求，不是我，就是我同事。所以，留三个人，其他的还请先回去。我上午只能安排和三个人先谈，谁留下来都可以，自己报名，或者你们推选，还是我点名？

上访的人你看我我看你，有人嘀咕说我只能代表我自己。那行，我点了，吴高仁眼光一扫，你，你，还有你，你们三个留下来，我和你们分别谈，其他的先回去。我们得想办法解决问题不是？只有坐下谈，问题才可能解决，赶集买菜都得一个一个来，要不你抓一棵我抢一把，到头来谁也别想买成菜。上访的人看了一会，三三两两地散了。有人边走边说：三天，就三天啊。三天后如果不解决，我们还来。这里解决不了，我们就到县里，到市里。吴高仁没有搭腔，他知道这些村民的话没有必要搭腔，好像和人吵架，要离开总得找个台阶下，你一接话，平息下来的火气又上来了，容易再起波澜。

　　吴高仁和那三个人谈了，每个人半小时。吴高仁点的时候，就有意识点了一个老人，一个中年人，一个年轻人，可谓老中青结合，代表了各个年龄段。吴高仁大多时候是听，偶尔提几个问题，话不多，却引着对方按照自己的思路提供信息，这就是领导艺术。

　　送走最后一个人，吴高仁点燃一根香烟，今天的谈话和之前了解的情况，让他明白了事情的原委。这防洪堤征地是以前的尾巴，时髦的话讲是历史遗留问题。该工业园区中间有条河流，穿过工业园区。当年工业园区创建的时候，曾经想建造防洪堤，并启动征地工作。有的地征了，付了款，有的签了协议，还没拿钱，有的正在丈量，后来工业园区领导调走，征地工作搁置。还没签协议的人还好，自己种自己的地，拿到钱的不敢再去耕种，签了协议的等着拿钱，后来看没有下文，才去继续耕种，问题是已经抛荒几年了。后面几任工业园区领导，这些村民都上访过，签协议的要求补偿经济损失，拿过钱的要求追加补偿标准。这问题好像痔疮，逢上火就时不时发作一下。几任领导都没有彻底解决，来闹就多少给点小钱，花钱买平安，让村民感觉小闹得小钱，大闹赚大钱，不闹没有钱，这闹就没个停止，连还没签协议的也来闹，说工业园区偏心眼，或者说旁边的地征后抛荒，影响了他们的劳动，增加了劳动成本，反正有理由没有理由一起上。吴高仁了解到，这防洪堤征地牵涉到一百四十三户村民。

　　要动手术，把这病灶给切除了。吴高仁在全区干部职工会上发出声音。你们看，大家着装整齐了，精神面貌多好。可是我们不能只想到自己着装整齐，要让工业园区着装整齐。要把工业园区的道路、供电、供水等基础设施建好，配套好。没有品位的工业园区，就像村庄里划一个角落，挂个牌子，穿得破破烂烂的叫花子一样，谁来工业园区投资？如果我是老板，我也不来。我已经跑了一趟省里，把防洪堤项目重新续上了，有望争取到项目资金扶持。现在，我们就要在项目未动的时候把地征好，要不然，等你用地的时候才征，老百姓就可能提价了，因为你急，老百姓不急，很多情况就是你只好提价。百姓一看，哇，真好，这一吊胃口啊，可以多赚钱，以后就恶性循环。所以这次征地，只说解决遗留问题，不说防洪堤建设。历史遗留问题用历史的眼光看，前两年的标准确实过时了，那时候真正征起来的没几户。按照今年的标准，赔偿透明及时，底线不突破，不能会哭的孩子有奶喝，要改变别的地方征地的做法，不能谁闹得厉害，为了推进就悄悄多补点钱。村民再答应给你保密，过后也像下蛋的母鸡一样，忍不住咯咯叫，把这多赚钱当成秘诀传授亲友或者当成有面子显摆，最后是我们工作被动。不仅仅是防洪堤这点地，我们要做好土地储备工作，不能"屎急才挖坑"，等企业要进来才征地，永远被动。我们要征好地，平整好，招企业进来。企业一来考察投资环境，发现环境这么好，自然就想投资，这好像相亲，如果是打扮得体、光彩照人的女孩子，总是能吸引眼球，如果是头发乱糟糟、脸都没洗，穿着随意，谁正眼看你？我可不想当只会给你们发补贴买衣服的主任，你们的目光也不能只盯在五千元的标准上，那多没出息。

　　吴高仁看火烧得差不多了，开始布置任务。甘蔗一节一节啃，当务之急是把防洪堤征地上访这火先灭了，不能临时捂着、拖着，要彻底解决。全区干部职工三十二人，每个人挂钩两户，按工资表顺序，倒着挑对象，表格上最后一个先挑。五个领导班子成员，每人增加十五户，剩下四户，我和丁副主任各两户，责任到人，三天之内必须全部见面一次以上，摸清底细，八仙过海，各显神通，想方设法尽量解决。完成任务的有奖，拖后腿或者故意制造麻烦的，追究相应责任。这件事我负总责，具体分成两组，副书记和丁副主任各带一组，具体负责，开展竞赛。林副主任在完成自己任务的时候，着重协调园区水电配套。刘东民考虑制作招商指南，刘东民是那个回来上班的副主任科员。

　　小高感觉很奇怪，副书记破例没有推辞，丁副主任也没有发牢骚，刘东民爽快地接受了任务。普通干部职工开始找小高申报自己的工作对象了。小高不知道，吴高仁为了开这个会，可是提前做了功课。吴高仁先找了丁副主任，说了要啃这块骨头的事情。丁副主任一脸不在乎，吴高仁很诚恳：丁副，这工业园区的工作必须迅速打开局面，防洪堤征地是突破口。我向王书记汇报了，他基本同意，年底人事调整，给你先理个主任科员，正科级待遇先上去，这关键时刻，你要把握。几句话，高手出招一般，好像很轻松，却点到对手的命穴。丁副主任想当主任很迫切，后来退而求其次，主任当不上理顺个主任科员也行，可是前几任主任都不同意，组织征求意见的时候都提出反对意见，他更加故意设障碍制造麻烦，吴高仁来了，他也不例外，没想到吴高仁却主动找书记要解决他的事。丁副一激动，拍了胸脯：吴主任，我不是不识好歹的人，我也知道主任不是谁想当就能当得了，既然你对我好，我也坦诚相待，肯定认真干。对副书记和林副主任，吴高仁则是登门拜访，以诚感人。吴高仁对副书记说：碌碌无为退也是退，轰轰烈烈退也是退，政声人去后，谁不想光荣退休？你还得再拱一把。副书记其实和吴高仁共事过一段时间，原来就有感情基础。不说别的，同事是缘，既然我们再共事，何况你上任第二天就登门拜访，今天已经是第二次了，我不是诸葛亮，无须三顾茅庐，我怎么着也得支持你。副书记也很爽快。

林副主任的老婆在乡镇当教师，一直想调回县城，可是哪有那么容易。吴高仁找了县委常委、宣传部长、教育工委书记，把这事办成了。吴高仁告诉林副主任的时候，林副主任的老婆眼泪啪嗒落下来，夫妻俩千恩万谢。对刘东民，吴高仁则是给了他一个看得到的苹果，告诉他工业园区要增设一个纪检组长，虽然也是副科级，但是领导职务。刘东民一听就明白了，马上表态以工作业绩论英雄。做完这些，吴高仁松了口气，他感觉可以出手，也应该出手了。发着装补贴的事情已经传开了，有些杂音，杂音必须及时消除，否则容易声调渐高，甚至成主调。消除杂音，最好的办法不是解释，而是制造出主旋律。

五

吴高仁密集地找人谈话。他在找人谈话的时候，要求哪个干部职工有进展，短信汇报。突破一户就在内部公布一户，造成工作氛围施加工作压力。吴高仁要干部职工先易后难，采取外围包抄的方式，推土机、挖掘机时刻待命，一户定了，马上推平，防洪堤路段就这里一块那里一块推进，好像多点开花，平整的地块增加，杂草丛生的地块减少，给还没签合同的群众压力。吴高仁自己，找硬骨头啃。

吴高仁先找高水生聊天。高水生是个老革命，当年还是个孩子的高水生参加了游击队，然后参军，大小战斗参加了二十多次，身上有五处伤疤。吴高仁找到高水生的时候，高水生很有警惕性地看他，吴高仁不说征地的事，高水生也不说。高水生就等着吴高仁开口，肚子里早准备好那说了很多遍的说辞，只要吴高仁提高声音，高水生就准备和以往一样，顿着拐杖开骂：我当年参加革命的时候你还不知道在哪个角落猫着呢？今天你想算计我那块地，有本事你先把我这老骨头收拾了。当年国民党没要了我的命，你共产党的领导干部敢收我的命？高水生已经用这句话骂走了后几拨劝说的人了。

吴高仁不说征地，和高水生聊天。聊当年的革命故事，聊当年的老战友。聊完，吴高仁起身，邀请高水生第二天到学校给学生讲革命故事：您应该把当年抛头颅洒热血的故事讲给现在的孩子听，要不大家都不知道当年的故事了。说到做报告讲故事，高水生很高兴地答应了。只要吴高仁不说征地的事，高水生就很痛快。吴高仁挥手告别，高水生站在门里，还很纳闷：这新来的吴主任，葫芦里卖什么药？

吴高仁从高水生家里出来，盯上了高水木。高水木是个中年人，是个赌徒。吴高仁到他家的时候，他压根没在家。吴高仁也不指望马上能找到高水木，他就来认个门。当天晚上，吴高仁又来了三趟，高水木都不在家，家里只有一个十二岁的女儿，问起她爸爸去哪里，只是一脸淡漠地说：肯定去赌钱了。问是否知道在哪里赌，女孩子摇了摇头。高水木原来有老婆，可是高水木喜欢赌博胜过喜欢老婆，他老婆哭过闹过，后来见拉不回高水木，自己把自己嫁给了外地的一个男人，换了三千元留给女儿，走了。她知道这钱最后肯定也是高水木拿去赌了，但好像留下这三千元，自己会轻松一些。她做了自己该做的，把女儿的眼泪和哭叫留在身后。

吴高仁是深夜两点把高水木等到的。高水木知道吴高仁在找他，赌局结束后还故意磨蹭许久才回家，他想第二天一早再出门，你连人都没看到还谈什么征地。没想到他小心翼翼地推开门的时候，藏在角落树荫里的吴高仁就走出来了。赌输了？知道回来了？吴高仁调侃道。高水木无所谓地摇摇头，输赢是我的事，那田地我可是不给你们。给我们？地是国家的，你只不过临时使用而已，再说你那叫田地？荒草埔还差不多。不签合同也可以啊，我们来算算账。算账？算什么账？高水木有点紧张。你最近天天赌，赌一次罚款三千元，拘留十五天。你说就这几天，你该罚多少？该在牢里蹲几天？还有，你上个月赌输了，偷了邻居两只鸡去做汤吃夜宵抵债。你还以要打断腿为由恐吓赌伴借给你钱让你去翻本，这些事情说小，也不大。说大，就是盗窃、暴力抢夺，你恐怕就不是在拘留所，而是要移到看守所了。

主任，你别抓我爸爸，要不我不仅仅没有妈妈，连爸爸也没有了。白天见到的小姑娘睡眼蒙眬地从里间出来，听到爸爸可能被关进牢里，吓哭了。高水木还要嘴硬，看到女儿哭了，就软了下来，说不是没事干玩玩嘛。还玩玩，你玩得家都没有了，玩得连女儿没去读书都不管了，还玩？你真要把自己玩进监狱啊。我今天先不和你说征地，明天你先把女儿送到学校读书，她欠的学费我垫上了，以后从你的钱里扣除。明天你到办公室找小高报到，到工业园区打工，拉尺子丈量土地。如果发现你再赌博，知道一次抓一次，绝不轻饶。吴高仁站起来，一点也不耽搁，摔门而去。

吴高仁第二天要去接高水生的时候，看到高水木已经在征地现场了，正和征地组的人在丈量他家的那块地。吴高仁故意不看他，从他远处绕过去，去了高水生的家。高水生已经等在家里，穿戴整齐，还把几枚奖章整整齐齐地挂起来。高水生的故事讲得很生动，这故事他讲了许多遍了。结束的时候，高水生看到后排和吴高仁坐在一起的几个人有点眼熟。那几个人笑哈哈地走过来，说老战友你讲得很有激情嘛。高水生才知道，这几个人都是他的战友，不过有的在省城，有的在市里，他们今天一起来，肯定是吴高仁请来的。吴高仁不接高水生的目光，热情地招呼大家到工业园区食堂吃饭。

吃饭的时候，吴高仁一再道歉，说条件有限，工业园区又在打拼的时候，只好委屈各位在食堂吃饭。省里来的那位是老团长，他说得很干脆：如果是大吃大喝，我们就不用到你这旮旯里来了。今天如果你安排在大酒店，我们肯定转身就走，我们来这里可不是为了吃吃喝喝。那今天你们是为什么会集体到这里啊？没听说你们要过来嘛。高水生问得有点忐忑。问得好，这事要先说，要不吃个饭都不安心，很堵，干脆就不用吃了。老团长倒了一杯酒，要敬高水生。你很厉害嘛，今天的故事讲得那么精彩。当年我们怎么说的？我们这些活着的人要替牺牲的战友多干事情，为了家乡的发展，要对得起那些牺牲的战友。可是你厉害啊，仗着当年你没有牺牲，有老本了，为了自己家的那块地能多得点赔偿，听说你还和征地的干部要拼命，厉害，你老当益壮。高水生没料到老团长一开口就炮火猛烈。他刚想解释，老团长不让他说话，小高，老团长按年轻的时候叫着他，我看啊，你那几枚奖章就别挂了，以后也别给那些孩子讲故事，要不孩子们会说这老头子挂着奖章阻挡家乡发展，躺在功劳簿上拉后腿。

其他的几个老战友也纷纷开口，老高啊，你真的不应该。老高啊，你忘本了，当年你还是个小长工，现在你一个月离休工资好几千，看病全报销，你要那么多钱干什么？死后当枕头啊。吴高仁也没料到这些老战友如此不留情面，他原来想让这些老战友帮着说说话，敲打敲打老高，可是一上来就是铺天盖地，不留情面。他插不上话，干脆悄悄退出来，站在走廊里抽烟，听里面我一句你一句地说老高。吴高仁知道，这高水生今天难受了。

吴高仁的烟抽到第三根的时候，老团长来叫他了。吴主任，这老高一时糊涂，这会儿他明白了，我们得敬他一杯不是，为他清醒高兴高兴。我敬，我敬老前辈，我三杯，你们随意。吴高仁把本地酿的米酒倒满，一口一杯。老团长高兴了，说这米酒喝得够味，当年在山上，又饿又渴，老百姓偷偷送去米酒，一人一碗，既解渴又充饥。现在喝什么高档白酒，进口葡萄酒，一点这种米酒的味道都没有。吴高仁暗自高兴，自己这功课做得足，知道这几个老前辈喝酒只喝米酒，特意从村民家里找来这藏了好几年的米酒，倒出来都黏稠黏稠的。吴高仁临醉的时候，听到已经醉了的老团长在大呼小叫，说高水生家族大，如果这次防洪堤征地遇到难题，只管找他。如果他没解决好，这些老战友饶不了他，集体和他断交。高水生也醉得一塌糊涂，把胸脯拍得啪啪响：如果我没协助吴主任把地征下来，我自己到烈士陵园，跪在那些牺牲的战友面前谢罪。吴高仁又灌了一杯酒，彻底醉了。

六

吴高仁醒来之后，已经是第二天中午。他的喉咙已经干燥得要冒火了，眼角粘满眼屎，他咕噜噜地喝下老婆煮好凉好的绿豆汤，讨好一样地感慨：这米酒还是很燥的，醉起来不得了。看来老婆还是原配的好，知根知底。你能不能少喝点。老婆有点心疼。没办法少喝，喝酒也是战斗力，喝酒也是有力的工作手段，你不知道，高水生的战友把高水生灌趴了，呜呜地哭，小孩子一样。这道坎算是过去了，我知道，这时候征地工作正迅速推进。

高水生的族人、亲戚可是占了五十多户，高水生是他们的标杆，是他们的底气，高水生动了，其他都好办。

我都不知道你有那么多鬼点子，我看你太狡猾了，哪天我被你卖了还不知道。老婆揪了一下吴高仁的耳朵。这不叫鬼点子，这叫工作方法，谋定而后动，推进工作是靠思路，不是靠嗓门，你看现在有些拆迁征地，动辄组织几十号上百号甚至几百号人，其实那是内心底气不足，虚张声势，没意思。我这个主任可来之不易，我属于咸鱼翻身，那就要翻好，不能烤焦了，否则这辈子没戏。好了，放心吧，我这么忙，根本没有心思考虑卖你的问题，再说好老婆要自己享用，不能转让的。我上班去了。

吴高仁往工业园区赶的时候，才记起手机还没开机。一开机，短信就像泉水一样，咕噜咕噜往外冒，大部分是汇报征地进度的。吴高仁边看边删，看得心花怒放。这进度如他所料，噌噌地往上，吴高仁放松身体，靠在后背上。擒贼先擒王，这五个字流传千年，确实精辟。不过擒王要有擒王力，让普通干部去攻克高水生，根本不可能，领导就是要关键时候出手，一招搞定。吴高仁让司机把音乐声音调大，吴高仁喜欢听《烟花三月下扬州》。

吴高仁一下车，小高就兴奋地汇报：主任，今天上午已经签了三十三户了，加上昨天签的，一共五十六户，今天有望再签一批。好，再接再厉，签一户推土机、挖掘机马上跟上。吴高仁也兴奋起来。高水生来了，小高眼尖。吴高仁赶快迎上去，高老前辈，您今天精神好啊。我可不行，昨天醉惨了。高水生很不好意思，我也醉了。我不是昨天醉了，我是醉了好久，昨天让老战友的酒给灌醒了。放心吧，吴主任，其他我不敢说，这防洪堤征地的事情，我全力支持，估计没什么问题，不过我们可说好了，地征了，企业进来了，以后这村民你可要安排他们到企业打工，要给他们饭吃，不能征地时嘴里灌了蜜，征完地就翻脸不认人。要不啊，我到时候带头去上访。放心吧，高老前辈，我保证，以后失地农民每家至少安排一个劳动力就业，上不封顶。至于妇女和年纪比较大的人，我考虑成立后勤集团，由工业园区投资，办食堂，开超市，建设租给外来人员的公寓楼，由后勤集团经营管理，力争多创设符合他们的就业岗位。工业园区发展要靠当地村民支持，我不会过河拆桥。吴高仁顿了一下，我还想把工业园区的小学改建了，让孩子们在好的环境学习，全面放开接收外来人员子女就读，搞寄宿制，由后勤集团提供服务。好，高水生也很爽快，征地的事情就交给我了，你让干部量地就是了。你去考虑更重要的事情，你要记住你说的话，人在做，天在看。

　　吴高仁上车之后，对司机说：到处转转。转了一圈，回到办公室的吴高仁看着工业园区的区域图，好像要从里面看出名堂。太小了，吴高仁明白自己死盯的原因，工业园区占地太小，要扩大。吴高仁叫上司机，直奔分管县领导的办公室。在县领导办公室，吴高仁和分管副县长谈了一个多小时，两个人又一起到了县长的办公室。半个小时后，吴高仁从县长办公室出来，马上掏电话和县委王书记联系，要求当面汇报工作。

　　昨天的酒醒了？王书记这句话充满玄机，一个表示关心，另一个隐藏的意思是你们所有的事情我都知道，包括喝醉酒。这也是领导的掌控能力之一。领导明察秋毫，当下属的就得夹着尾巴做人。人家说群众的眼睛是雪亮的，其实领导的眼睛更雪亮，吴高仁笑笑对书记说。我今天来，一个是汇报前阶段的工作，另一个是汇报下阶段工作思路。吴高仁直奔主题，他知道县委书记很忙，没有多少时间闲聊。吴高仁汇报了征地和争取防洪堤建设的事情。我还有个思路，就是扩大工业园区，麻雀的鸟窝引不来凤凰，现在工业园区太小，投资商一看就没兴趣；征地我考虑拓展西区，东区大多是田地，关系到老百姓的生存，西区是山地，并且是小山包而已，容易平整，阻力比较小，成本比较低。计划征三千亩，要就一举拿下，不要零敲碎打，敲麦芽糖一样老是纠缠在征地上，耗费人力不说，还给自己时刻背着个炸药包，不知道什么时候就因为征地出现群众上访，征地要有个提前量，不要临到用才来一块，把规划和配套先做起来，投资商一看就有前途。征地除了补偿之外，觉得政府应该让利，为所有的失地农民交保险，农民没有后顾之忧，征地就比较容易，关系到以后一个时期的社会维稳工作。进来的企业要设门槛，高耗能有污染的企业不让进来，我们的条件是比较差，但不能阿猫阿狗的都让进来，看起来热闹了，对财税没贡献，还污染环境，陷入引进、搬迁、取缔、整治的怪圈，最后还得擦屁股，划不来。

嗯，看来你去工业园区不仅仅是喝酒和发补贴买衣服，我支持你，你去做个方案，下周上常委会，同时按照你的思路，解决工业园区领导班子配备问题，为你稳定后方。吴高仁听书记说到发补贴买衣服，心里咯噔一下，看书记没再说，才稍稍放下心。

那个王明娟问起你。谈完工作，吴高仁刚要站起来，书记冒出的一句话让他差点又跌坐回去。王明娟就是吴高仁上任工业园区主任之前，在省城文史研讨会上和吴高仁斗嘴斗酒的女作家。当时，王明娟说吴高仁尘缘未了，看似看破红尘淡化官职，其实只是说说而已，从吴高仁不经意之间就说到领导以及言语中说到某个领导赏识时难以抑制的得意和在意，就可以看出他六根未净，骨子里还是个官迷。要不要我帮帮你的忙？王明娟略带嘲讽地问吴高仁。如果你帮忙，可能就是在你的笔下小说里给我个什么官职，估计还是很带煎熬的那类，一不高兴了，就成为贪官阶下囚或者遭遇什么不测的。吴高仁针锋相对。好心当成驴肝肺，终有你后悔的时候。吴高仁不以为意，那我先敬你一杯，没有在你的笔下流芳，也没有遗臭。两个人哐当哐当连喝三杯啤酒。

王明娟是我的妹妹，大学毕业留在北京。写作是她业余爱好，在商务部的某个角落，有她的一张办公桌。王书记轻描淡写的几句话对于吴高仁却如惊天霹雳。原来是这样，怪不得王明娟说要帮他的忙，自己还以为才华得到领导赏识，是领导慧眼识才了，原来还是某根神秘的线提了自己一下，否则现在还在政协里研究文史资料呢。难得她欣赏你，我这个妹妹眼界很高，我在她嘴里都是小官僚小官僚的。

七

吴高仁第二天才给王明娟打了个电话。电话一通，王明娟就说小官吏感觉如何？有没有中流砥柱的自豪感？或者疲于奔命？吴高仁笑嘻嘻地说，什么感觉现在提炼还不到位，和来自北京的王作家喝酒之后才有感觉，酒酣耳热说不定总结到位。只是想知道在王作家笔下我到底是什么形象？兢兢业业或者碌碌无为？吴高仁听出电话中王明娟的不屑，就你刚当上小官吏没几天就想纸上留名，无论是流芳还是遗臭都还不够资格，根本就还没进入视线之内。那就欢迎王作家找时间来西水县采风，丰富创作素材，积累生活。我看你是黄鼠狼给鸡拜年，没安好心，想报研讨会被我灌酒的一箭之仇。就你那点事情，两分钟就可以说完，实在没有什么看头，还说什么采风？王明娟直接回绝。看来王作家看不起西水县这穷乡僻壤，确实西水县土地贫瘠，经济落后，比不得首都的繁华，蚊子特别大，有蚊子的地方就有壁虎，对王作家实在是不相宜。只是北京也有壁虎，未必北京的壁虎就比西水县的壁虎不吓人。

你可不要故意说恶心人的话，我当时只是随口说我最怕的不是蛇啊、癞蛤蟆什么的，而是壁虎，没想到你却记住了。看来为了记住这点，我得到西水县去一趟，顺便喝你那陈年米酒。吴高仁很高兴，看，不是我记住壁虎，某些人也记住了我随口说的陈年米酒，不过这样才是生活的有心人，你来之前给我电话，我到机场接机。用不着你拍马屁，如果我在机场看到你，我立马买票回北京，如果你只是会点头哈腰，我犯不着到你那儿去。我宁愿在工业园区的工地上看到你。王明娟挂了电话，连再见都没说，丝毫不拖泥带水。

　　两个月过去，防洪堤征地全面结束，土地平整正火热进行中。内部消息透露，防洪堤已经纳入今年省重点扶持的项目，有望在近期获得审批。吴高仁连续跑了三趟省城，跑工业园区拓展的用地审批等等，虽然不是一帆风顺，总算有进展。在忙得脚不沾地的时候，吴高仁还记着王明娟说过的话，但他不知道王明娟什么时候来，又不能催，一催，可能就坏事了，再说这也不是吴高仁的风格。纯粹是文友，吴高仁可以很坦荡，知道她是县委书记的妹妹，还是商务部官员，吴高仁就多少有点不自在了。农民，吴高仁的老婆笑话他，你骨子里还是自卑得要命，你的自信只是装点门面的新衣，即使不合身，也要勉强穿着，要不你说不出话。吴高仁佩服得要命，说老婆你简直是哲学家了，说话特别有深度。

　　吴高仁是在下午的时候接到王明娟电话的。小官吏，我到了你的地盘了，你准备好陈年米酒了没有？吴高仁问清王明娟已经到了西水宾馆，叫上司机马上出发，边走边打电话让人往宾馆送陈年米酒，这米酒吴高仁从和王明娟打电话之后就准备好了，吴高仁知道她说要来喝就肯定会来的，而且不会浅尝辄止。

　　吴高仁在宾馆房间见到王明娟，她依然是几个月前的样子，一袭白色淡雅的连衣裙，扎成马尾巴的头发，清清爽爽，看不出她的伶牙俐齿，很像个大学老师。坐定之后，王明娟说我去看过你的工业园区了，还和几个群众聊了几句，看来小官吏群众基础不错嘛，都是说你好话，没有批评，难得。你去过工业园区了？吴高仁很吃惊。没什么，我这不属于微服私访，我只是路过工业园区，让出租车司机绕进去转了一圈，随便看看。要不，我怎么和你这小官吏对话，被你忽悠了都不知道。怎么样？我哥去市里开会了，我连车都没让他派，自己打的前来，今天谁也不通知，就和你喝酒。明天你带我去感受感受西水县的文化底蕴，看看你这小官吏的文史知识是否都忘光了。

吴高仁让宾馆安排了一间安静的包厢，上了几道西水县的特色菜，让司机送来两坛西水陈年米酒，每坛五斤。来，每人一坛，任务包干，谁也不欠，谁也不剩。换大碗，王明娟推开一口杯，用这杯子喝什么酒，酒还没到喉咙就没有了，一点意思没有。倒了一碗酒，金黄的酒液，带点蜜的黏滞，喝下去，温顺，甜。好喝，王明娟一口气喝下三分之一。看来小官吏没有坑蒙拐变，没有随便拿个刷锅水来应付我。今晚，我们敞开喝。两个人边喝边聊，嬉笑斗嘴，语锋犀利，确实是棋逢对手，谁也不让谁。五斤酒喝完，两个人都有了八分酒意，送王明娟到房间之后，吴高仁急忙回家，他知道酒劲开始要上来了。

吴高仁接到王明娟电话的时候，已经是第二天上午十点。王明娟开口就说小官吏是否五斤陈年米酒就想对付她，连早餐也不管。吴高仁从大堂匆匆赶往王明娟的房间，说自己已经在大堂等了将近两个小时，只是不知道王明娟是否醒来，不敢打扰，肚子已经咕噜噜直叫。王明娟也不藏着，说自己终于感受到西水陈年米酒后劲的厉害，昨晚回到房间就休息，直到天亮的时候起来喝了一杯水又继续睡觉。来到西水第一天就以醉酒开始，看来以后不能吹牛自己酒量厉害。吴高仁笑笑说，王作家已经不是作家，摇身一变成为领导，善于总结善于提炼，看来以后要紧跟步伐才会不断进步。王明娟瞪了他一眼：官迷就是官迷，三绕两绕就习惯性绕回当官的角度，看来你今后写不出小说了，只好一门心思当好官，希望能做出点成绩，即使不流芳也别遗臭。不过不管今后如何，现在先去吃早餐，不，应该说是午餐了，饿着肚子说出来的话也营养不良，听起来干瘪瘪的，一点也不滋润，听起来累人。

八

吴高仁全程陪同了王明娟三天。他们把西水县的主要文化景点走了一遍，期间王明娟还到吴高仁的工业园区停留数小时。王明娟到了的时候，吴高仁说向领导汇报工作，坚持把自己勾勒的工业园区发展蓝图详细说了一遍，包括防洪堤开工之后，拓展工业园区、改建工业园区小学、组建后勤集团、建设工业园区公益廉租房和对企业设立准入门槛等等。王明娟笑对吴高仁，自己和吴高仁八竿子打不着，吴高仁不必如此详细汇报，自己不会对此做出一二三指示，也不会强调几点。吴高仁却不理会，说当领导的不会宣传自己的工作思路就没有前途，对于工业园区来说，还涉及没有"钱途"。多汇报多请示，争取理解支持是当领导的基本功，基本功不合格，只好闲置一旁等身体慢慢生锈变老。王明娟破例没有再说吴高仁小官吏，而是建议吴高仁带自己到工业园区走一走。不乘车，就走路，把你的地盘走一遍。我帮你深入基层，要不你可能连自己的地盘有多大都是在车窗里张望的。吴高仁大喊冤枉，自己能当工业园区主任，让他在船靠码头车到站的波澜不惊中荡起诸多涟漪，工业园区自己不仅时常乘车绕几圈，还用自己的脚步丈量了多次。我知道工业园区肯定会发展，我要做的就是推进发展的加速度。实话实说我想当官，我并不讳言这点。想当官不是坏事，关键是要把这官当好，要做事。王明娟说吴高仁属于善于给自己行为找个说法的人，你需要理由支撑你的行动，是因为内心里你担心自己迷失方向。

王明娟离开前，王书记请自己的妹妹吃饭，吴高仁作陪。王明娟说实地考察三天，她对基层官员有了新的认识，有助于她下一步的写作，塑造官员形象，为此她和吴高仁连喝三杯。吴高仁碰杯的时候，要求王明娟笔下留情。你可别把我写得太坏，要不以后自己真的遗臭，虽然不一定万年，但肯定也不是几阵风就能吹散。王明娟拒绝得很干脆，你没有流芳就是遗臭，没有中间过渡。我会注意你的信息，如果要让你遗臭，我就把你的真名实姓写进小说，让你一臭到底。我这次可见识了基层小官吏了，处级干部有专车有秘书，出入前呼后拥。就是你个正科级干部，也是专车出入，这才有当官的感觉，我个副厅级干部，还得自己打水扫办公室地板。吴高仁这时候才知道王明娟的具体级别，开玩笑说要不你空降到地方，这地方官员也就看着风光，其实责任重大压力也大，所以过劳死、未老先衰等大多是基层官员。王明娟不回应吴高仁的话，给了吴高仁一张名片，想想，又讨回去，在上面写了一个号码，说真有急事可以打这个号码。还有，把你工业园区的资料给我一套，我看看。王书记大呼王明娟偏心，说兄妹数十年，自己非常清楚，这号码认识多年的朋友都不知道，自己也是前两年才知道，吴高仁认识没多久，就有了这号码。王明娟笑言你这当哥哥的吃这个醋没道理，这号码我刚用两年你当然只能知道两年，再说我帮这个小官吏也是帮你这小官僚。兄妹斗嘴，吴高仁不好插话，低头研究王明娟的名片，发现她是商务部某司副司长。

王明娟回到北京半个月之后，有关防洪堤的项目批下来了，扶持资金一千六百万元，其中中央财政资金一千二百万元，西水县是原中央苏区县，在扶持发展上有优惠政策。拓展园区规模的申请省国土资源厅等部门也原则通过，吴高仁边报批边征地，已经征了部分山地了。他请高水生等人组成顾问组，为征地出谋划策，同时成立由各方人士组成的监督组，实时监督征地赔偿等问题，确保公平公正，征地推进速度很快。虽然王明娟没说，但吴高仁知道她肯定和有关部门打了招呼，否则审批没那么快。他给王明娟发了信息，就两个字：谢谢。王明娟回复：小心遗臭。

工业园区这巢开始筑起来，我们就得准备引凤了。我们不能等巢筑好了才引，要边筑巢边引凤。大家要把握原则，这引的要确实是凤，不能是个鸟就往这巢拉，别麻雀、乌鸦、斑鸠什么的都要。这巢就这么大，你什么都引，百鸟争鸣，唧唧喳喳倒是热闹，关键是没有个好听的声音，最后可能热闹过了，除了鸟屎，什么都没留下。吴高仁在全区招商会上说了一大通鸟，他自嘲说是招商鸟论。说得专业一点，就是要建立企业准入制度，我们要招商，也要择商。高耗能、污染企业不要，产能太小的企业不要，财税贡献太小的企业不要。我们要把目光放长远点，穿境的高速公路、国道都要开工了，以后还怕没企业过来？有目光的企业他也要先占地盘，我们就主动出击，宣传优势，开展大招商，招大商的活动。吴高仁在会上宣布成立招商办、征地办等内设机构，调整了中层配备。县委常委会也研究通过，丁副主任提主任科员，虽然是非领导职务，毕竟级别上去了，丁副主任很满意。刘东民任县纪委派驻工业园区纪检组长，这工业园区建设项目多，动辄都是大项目，要有个人时刻盯着，预防干部犯错误。我要建立工业园区招投标办公室，所有项目全部公开招投标。吴高仁当时和县委王书记汇报就谈了自己的思路。要把领导从项目招投标工作脱身出来，专心抓大事，不要每个领导都成为基建办主任。吴高仁还让小高制定了详尽的考核方案，细化到每个岗位每个人的工作任务、奖惩措施。工业园区的士气高涨，每个人都铆足劲工作。工业园区的士气是起来了，精神状态起来了，后面的事情就是招商，没有企业进驻，再好的工业园区也是风景。

九

吴高仁出台了一系列招商政策，到几个大城市开展招商推介，在媒体上造势宣传西水工业园区。成立招商代理机制，鼓励以商招商、以情招商，承诺只要招商成功，按照实际到资额给予一定奖励。开展企业都是 VIP 活动，有专门人员帮助企业跑审批跑手续；推行招商后服务，避免落户前是大爷，落户后是孙子的情形出现。吴高仁忙得团团转，隔三岔五有客商过来考察投资环境，吴高仁介绍投资环境，陪同考察，回到家头一沾枕头就睡着了。老婆说吴高仁已经走火入魔，吴高仁说现在只是基础阶段，没有大项目进驻，工业园区很难支撑起来，只是看着热闹而已。这好像练功的人，其他功夫是一个层面，只有打通任督二脉，才有可能登堂入室，成为顶级高手。大项目就是工业园区的任督二脉，我是睡觉都在渴望这个大项目。

吴高仁等着大项目，却又把一个大项目给辞了。这是个造纸项目，计划投资八个亿，八个亿在发达地区也许不算什么，但对于西水县却是最大项目。吴高仁在和投资商接触之后，回到办公室就在那儿转圈，咬咬牙给书记打了电话，说要当面汇报工作。这个事很大，这个项目就是一个台阶，能让人上去，但也能让人下来，没有这个台阶，下来还不稳妥，很可能是摔下来。王书记听完吴高仁的汇报，也在那儿转圈，吴高仁点燃一根烟，看书记转圈。转了好久，吴高仁感觉头都被转晕了，王书记终于开口：你的意见？吴高仁的意见其实已经很明确，就是拒绝这个项目。很痛苦又很清晰的决定。书记问他，其实内心也已经决定，只是为了印证而已。这空气就有点沉闷。那就定吧。书记吐出个烟圈。定吧，那我去处理。您就当不知道这件事，万一上面压下来，您就批评我擅自做主，没有汇报没有请示。吴高仁站起来。那不行，我做的决定哪能让你承受压力。书记断然否决。书记，说真的，我对于您给我这个平台很感激，没必要您也陷进去。不过现在市里都在评比，拒绝这样的项目，后果很严重。但无论怎样，我都绕不过去，而您，还可能置身度外，所以您还是先不要出面，将来有人批我，还有个替我说话的呢。书记重重地拍了拍吴高仁的肩膀。

小官吏，有没有在写引咎辞职的报告了？吴高仁刚回到办公室，王明娟的电话就追来了。这辞职报告怎么写都发表不了，所以不用字斟句酌，我不浪费纸张和脑细胞，计划口头阐述即可。你还担心什么纸张，不是有个造纸厂要进来吗？有这样的造纸厂，你还担心没纸张？那时候纸张倒不用担心，但我担心上次你来的时候那片让你有写诗冲动的树林就没有了。还有，你记得防洪堤那条河吗？那河水多清，鱼儿游来游去，我有纸张了，那些鱼儿可就要断子绝孙了。下次我们的孩子如果要认识泥鳅、鲫鱼什么的也要靠图片，那些纸给我们擦眼泪擦得干吗？之前存在的几家，好像癞皮，我一直想找个膏药，看能否涂一涂，让它消失，但这膏药不好找，我就不能随意去揭这些伤疤，否则容易血淋淋，不仅仅影响观感，还可能得破伤风之类。但新增这么一个大伤疤，我心里这坎过不去。我觉得每个人心里还是要有个坎，才不会漫无边际。听小官吏说得如此动情，我估计你这时候已经红了眼睛要掉眼泪了，要不要我从北京给你快递个纸巾过去。快递纸巾不用，不过这时候能接到你的电话，我心情好了许多，我义无反顾，准备上阵。我这主任当了几个月，也算过把瘾，下次到北京找你继续探讨西水历史文化，看能否有什么新发现。

吴高仁和造纸厂投资商洽谈之后，婉言谢绝了对方的投资计划。带着八个亿投资计划的老总瞪大了眼睛，感觉吴高仁不是发疯就是脑袋进水了，对吴高仁告别的握手连理都不理，上车扬长而去。吴高仁让司机开车，回到工业园区，没有进办公室。他绕着工业园区慢慢地走，司机开着车，远远地跟在身后。防洪堤进展很快，西区征地也突破一千亩了，园区规划好的道路也开始硬化。小学改建的工程已经在勘探设计，吴高仁争取把该项目挤进校安工程项目，中央和省全额出资。工业园区每天都在变化，自己却要走了。吴高仁看到夕阳挂在山顶，晚霞很美丽，以前一忙没有注意到，现在注意到了可是马上要成过客了。

　　三天，吴高仁听了各种各样的议论和小道消息。听说县里不少领导对吴高仁擅自拒绝大项目落户颇有微词，有人嘲讽说他不该是工业园区主任，应该去当环保局局长或者分管生态建设的副县长。市里挂钩西水县的领导也大为光火，声称要严肃追究责任，王书记替吴高仁说了几句话，也被狠批一通，说生态是很重要，但生态好并不能不发展，GDP上不去，县域经济不发展，乌纱帽都没了，你还怎么天天看着好生态微笑？先让那工业园区主任停职检查，组织个班子把那个造纸项目追回来。吴高仁听了之后，给书记打了个电话。就按照领导的指示处理我，什么都别再说，你是关键，容不得闪失。

　　吴高仁开始收拾办公桌，小高愤愤不平，说怎么能这样，都说生态文明建设，可是为了政绩就不要生态了，看来这生态文明建设也只是挂在嘴上说说而已。吴高仁拍了拍小高的肩膀：年轻人，言多必失，别多说话，牢骚太盛防肠断。我才不管呢，你这样的好领导都是这样的结局，您不知道，大家都为您抱不平。高水生都在发动大家，如果您被撤职了，大家就到市里上访。千万别，我得找高水生，这不是为我好，这是害我啊，小高，你要做做工作。我不管，这工作我做不了，我自己都想去，还怎么让别人不要去。小高，我还没被撤职呢，我的话你就不听了？再说，不是还没接到通知吗？也许事情还有转机。吴高仁的话很严厉，后面一句又软了，毕竟小高是为了自己。但愿有转机，要不老天就瞎了眼。小高还念念叨叨。我自己的事情，怪老天干什么。

吴高仁说的转机，其实很渺茫。他已经从县委组织部副部长那里得知，自己停职的决定马上就要宣布了。不过他那句话也不全是安慰小高，隐隐之中，他觉得事情还没到最后的结局。这感觉还真准，就在前来宣布他停职的县委常委、组织部长的车辆开出县城之后，王书记接到市政府电话通知，五天之后，有个企业家培训班四十名学员要到西水县参观考察投资环境，该培训班是珠三角、长三角的民营企业家，能够进入这培训班的都颇具实力。培训班指定参观西水工业园区，指定吴高仁介绍。王书记当即向市里分管领导请示，该领导已经知道这件事情，对王书记说让吴高仁将功补过，好好接待。王书记松了一口气，赶快让县委组织部部长返回，然后给吴高仁打了电话。吴高仁知道是王明娟关键时刻帮了自己，发了一个字的短信：谢。王明娟回了一个敲脑袋的表情。

十

五天之后，企业家培训班学员如期前来。吴高仁看到了王明娟。他冲王明娟点了点头，王明娟示意吴高仁认真介绍。吴高仁对此次接待高度重视，不仅仅是因为这次参观把自己从被免职的边缘拉回来，关键是如果这次考察能够促成一两个大项目，对工业园区的发展意义不可估量，也才可能真正把自己拉回来，否则，考察团走后，很可能这顶临时戴回去的乌纱帽还得拿下来，继续停职检查去。吴高仁把工业园区的定位、发展目标、优惠措施介绍得清楚明白、简明扼要，可以说没有遗漏，也没有废话。这些老总走南闯北，听过的招商介绍多了，不少要么云里雾里，要么啰里啰唆，听得很烦。到吴高仁这里，很清晰的思路，很简洁的语言，让大家耳目一新。尤其是改建学校的举措，组建后勤集团和公益性廉租房的思路，让不少老总很感兴趣。

大家可以多看看，这个主任目前是戴罪立功的时候，几天前他刚刚拒绝了一个八亿元的投资项目，因为在座的企业家要来参观，否则他这时候已经被停职，窝在家里写检查。吴高仁没想到王明娟在这样的场合把事情捅出来，他看到王书记和市里那位分管领导的表情都不大自然，王明娟说完故意看天，不看他们两位。企业家却极为兴趣，纷纷问为什么，因为根据他们的观察，工业园区属于起步阶段，大项目基本没有，应该没有那样的底气。只是因为这位工业园区的主任不愿意为了自己的乌纱帽拿生态去赌明天。王明娟介绍完这一句，企业家就议论开了，好像今天不是考察投资环境，而是研讨生态保护。省发改委的一个副主任还低声和王书记交流好一会，吴高仁意识到是在说自己，不动声色地走开几步，避免给人故意偷听的感觉。

当天下午，企业家培训班学员离开西水县，自行离会。吴高仁才知道本来昨天企业家培训班就结束培训，是王明娟拉这些学员延长两天，目的就是拉到西水县来参观考察。有几个老总和王明娟留下来，当晚和吴高仁在西水宾馆上演精彩的斗酒，有三个当场酒醉。王书记和王明娟以及吴高仁也基本酒醉。酒醒之后，已经是第二天上午。早餐前，吴高仁和王明娟在房间见面，两人聊了将近十五分钟。吴高仁感慨说自己不能免俗，觉得还是要当面和王明娟说声谢谢，否则于心不安。王明娟说自己不是来收拾这两个字，有些事情说出来之后感觉就不一样。王明娟说了小时候做游戏，用木头手枪或者拇指和食指比画成枪的形状，对准某个人，啪的一声，虽然没有子弹，但被指着时还是会心里一紧。许多时候，孩子喜欢对着人虚晃一枪，让人心里不断有错觉。现在大人了，不玩这游戏了，可是虚晃一枪的记忆还在，忘不了。王明娟说完，轻轻叹气：北京和西水的距离太远。然后就不再说话，吴高仁也不说话，过了一会儿，吴高仁端起茶杯，和王明娟的杯子轻轻碰了一下，他们的杯子里都是水。

企业家全部离开之后，没有谁再提起吴高仁停职检查的事，吴高仁继续上班。然后，忙于接待，当天来参观考察的企业家培训班里有六家分别派了工作组前来深入考察，深度对接。所有的谈判都不轻松，双方讨价还价，吴高仁告诉大家，不要怕辛苦，不要嫌复杂，我们现在不怕他们谈条件，就怕他们不谈，越认真谈说明他们前来投资的可能性越大。

经过拉锯战的谈判，有四家公司与工业园区达成投资协议，一共投资二十亿元，这是西水县历史上最大的招商成果，市委书记、市长都破例参加签约仪式。签约之后半个月，就有三个项目开工，另外一个也紧锣密鼓地在准备。没有谁再提起吴高仁拒绝造纸项目的事情，吴高仁成为西水县招商引资的功臣。吴高仁和王明娟联系也不多，宾馆十五分钟的谈话之后，两个人都有一种感觉，自觉停顿了联系的密度，好像公园里长椅上坐着一个人，原来没感觉，自然而然地坐得比较紧密，不经意间，感觉有点事，两个人不约而同挪开一点，距离产生了，又不合适主动再靠近，即使春节，两个人也只是互相发了一条祝福短信。王书记也极少在吴高仁面前说起他妹妹。

吴高仁给王明娟打电话已经是春节后了。有个事情和您说下，昨天市委组织部找我谈话，征求我的意见，想调我到市里，去市政协，先平调，去市政协文史委，安排正科级，下步考虑副处级。听说是上次培训班学员参观考察时在场的那位省发改委副主任向市委组织部部长推荐的。好啊，小官吏又要更上层楼了，不是可以更张牙舞爪了？要我请客啊。请客你在北京，把酒顺话筒灌过来啊。想得美，你不怕我灌个假酒过去，让你酒精中毒，雄心壮志化为烟云。两个人调侃几句，发现中间那若有若无的隔膜消失了，又回到刚认识的时候，伶牙俐齿。哎，说真的，你要去市政协吗？你希望我去吗？废话，是我问你，先回答。吴高仁忍住不笑了，要是想去我还和你说，早跑步去了。我感觉现在工业园区刚起步，我可以做点事情，如果去政协，那就一杯茶一张报上上网聊聊天，我可能得抑郁症。这还差不多，我以为你那么

在意级别，不就是个副处级吗？级别我还是想的，可是我不想虚
晃一枪就跑，能做点事情就做吧。找个时间过来喝酒，那陈年米
酒管够。

　　挂断电话，吴高仁点起一根烟。外面的阳光很灿烂，把远处
的青山照耀得很有层次感的温暖，吴高仁突然想什么时候找个人
画一张山水画，他举起手机拍下一张照片。吴高仁叫上小高，他
想在工业园区走一圈。工业园区更大了，走一圈也要不少时间，
不过吴高仁不怕，现在还走得动，那就走吧。

第四章

一

上班之后，吴高仁坐在办公室看报纸。吴高仁不是无事可干，他就是喜欢看报纸。吴高仁看报纸有瘾，上班的第一件事基本就是抓过桌上的报纸翻阅一番，看到兴趣的就慢慢看，有的还反复多遍，老牛反刍一般。哪天确实忙不过来报纸没看，他就要找时间补看，或者把报纸带到车上，在车上看。吴高仁说这叫"好好学习，天天向上"。吴高仁不指望从报纸里找出颜如玉，他的眼睛瞄在黄金屋。"发现一个政策动向，就掌握了先机。先机就是效益，先机就是成功，先机当然也就是金钱。"吴高仁对手下苦口婆心，要求他们也要找时间读报看报。丁副主任就曾经和吴高仁开过玩笑，说邮政局局长应该好好请主任吃饭，不遗余力替他宣传报纸。吴高仁笑嘻嘻，说邮政局局长整天就会算卖一份报可以赚多少钱，属于钻进钱眼的报童，吃一餐饭等会一直在心里估算要卖多少份报，没多大意思，请客要找宣传部长，人家看的是政治。

　　吴高仁看着报纸，想着和丁副主任斗嘴的事情。其实吴高仁看报纸也不是事无巨细，他边翻边把翻过的报纸放到一边。吴高仁曾经说看报纸就像看街上的女性，眼睛总是想遇到美女，可是美女不多，能让眼睛一亮的美女更少，所以就没必要在每个女性脸上平均浪费时间，否则很容易就弄一顶色狼的帽子回来，这帽子不好玩，不保暖，只是容易引来不屑的目光。吴高仁突然眼睛一亮，当然不是看到美女，而是看到省报头条，其时他正在读有关新任省委书记在一次会议上讲话的新闻报道。他把这篇报道中的一段连续看了几遍，掏出手机叫司机准备出发，前往省城。

　　路上，司机问吴高仁说好像之前没有接到要开会的通知啊。吴高仁回说不是开会，到省城办事。司机就不再吭声，专心开车。吴高仁也不说话，眯着眼。司机知道吴高仁不是在睡觉，那是在思考问题。吴高仁喜欢在车上思考问题，他说这是劳碌命，有的人上车就是睡觉，下车精神抖擞，可是自己在车上，脑袋转得比车轮还快，这边车刚出发，脑袋里已经到了省城，想着到了之后先去找谁。期间吴高仁掏出手机，想发个短信，内容都编好了，可是没有按下发送，而是把短信删了，手机就丢在旁边的座位上，继续苦思冥想。

　　到了省城，已经快中午了。吴高仁让司机先找个地方吃饭，然后登记房间。司机熟练地把吴高仁带到一家小饭店，两个菜，一个汤，各来一碗白米饭，两个人稀里哗啦吃完，然后到常去的宾馆登记房间住下。

　　吴高仁进了房间，看看 12：30，吴高仁对司机很满意，时间掐算得很好。吴高仁挂通杜教授的电话。"杜老，您好，您好。我是小吴，下午我想去您家里拜访您，请教几个问题。您有时间吗？对，对，对，我刚好到省城来办事，现在就在省城，那好，下午 4：00，我准时到。"吴高仁约好杜教授，心情很好，给司机发了个短信，告知出车时间，很快就睡着了。

　　吴高仁在杜教授家里的客厅坐下来的时候，是下午 4：01，杜教授很满意。杜教授在十分钟之前就从窗户看到吴高仁的车停在楼下，约会不迟到是种美德，早到不随意打扰更是一种美德。杜教授是吴高仁在那次和王明娟斗酒斗嘴的文史研讨会上认识的，之后两人保持联系。杜教授认为吴高仁适合做文史工作，耐得住寂寞是文史工作的必修课。坐下后，吴高仁开门见山，和杜教授提出想举办陈高丁学术研讨会，陈高丁是个死去数百年的人，不要说呼吸，连尸骨也消失得无影无踪。陈高丁是明朝的一个县令，这个七品官之所以能够留名，就是因为清廉。他当过三个县的知县，在仕途上止步不前，不过清廉的美名传播四方。陈高丁后来告老还乡，是否遗憾自己原地踏步不得而知，不过回到家乡之后热心公益事业更是让他加分不少。陈高丁去世之后，族人把他葬在高山之巅，不过当时的族人考虑的只是周边的高山之巅，陈高丁的坟墓也就落在工业园区附近，吴高仁一扩张，陈高丁的坟墓就和工业园区毗邻了。

　　吴高仁对陈高丁不陌生。吴高仁在政协文史委的时候，认真研究西水县的文化历史，包括各朝名人。陈高丁在县志里有单独一段，其故事在《西水县民间故事》里有几篇。吴高仁很感兴趣，曾经四处奔走，收集有关陈高丁的故事，渴望在陈高丁的研究上做点名堂。当时在研讨会上，吴高仁和王明娟斗嘴斗酒就因陈高丁。吴高仁在会上抛出这个人，他当时的观点就是陈高丁数次平调还保持清廉，是内心约束或者制度规范？碰巧王明娟也知道这个人，看来人真的不容易，陈高丁都死去数百年了，还能引发学术争论。吴高仁和王明娟各抒己见，这样的研讨会，男女斗斗嘴也是一道风景，没有偏离会议主持，还让新闻记者有了可写的内容，不至于沉闷地自顾念一念手头的稿件，一点意思没有。当时杜教授是会议主持人，他看着吴高仁和王明娟斗嘴，不参与，只是挂着微笑倾听。会议总结时，杜教授才就问题提出看法，他一发言，吴高仁就意识到自己是小巫见大巫。吴高仁尽管第一次见到杜教授，但之前看过他的一些文章，知道杜教授是研究明史的专家，颇有造诣。吴高仁不知道的是，杜教授是第一个对陈高丁有比较系统研究的人。会后，吴高仁就盯上杜教授，和杜教授多次联系，讨教也好，探讨也罢，话题绕来绕去就是陈高丁。杜教授学问大，但没有架子，乐得和这个基层文史工作者交流心得。吴高仁去当了工业园区管委会主任，杜教授一声叹息，认为多了一个小官员，少了一个基层文史专家。吴高仁当了主任之后，还保持和杜教授联系，有几次到省城开会或者办事，还抽空登门拜访，让杜教授心里稍稍好受。

　　杜教授对吴高仁想举办陈高丁研讨会的想法大力支持。当官就应该这样，趁自己在位有点权力，多做一些有文化的事，多做一些给后代子孙留点念想的事。杜教授欣慰的是吴高仁还没有完全钻进钱眼里去。吴高仁趁机提出邀请杜教授届时莅临参加研讨会并做主旨发言，吴高仁知道研讨会要有几个比较有影响的人坐镇，其他的人作为陪衬，当地话说就是斗阵。这就像吃宴，有几道有特色的主菜，档次自然就上去了，至于配菜，仅仅是增添数目而已。杜教授欣然答应，说清楚吴高仁上门说这件事就是为了让自己出场，学者不能故作高深，要乐意与大家分享。杜教授还答应至少帮着拉三五个教授前往，自己会先拟个名单，和他们通气后告诉吴高仁，到时再正式发邀请函。事情确定，吴高仁说回去做个具体方案，再请杜教授指导，然后就和杜教授海阔天空闲聊。闲聊中，杜教授说王明娟到了省城，说参加一个什么活动，吴高仁心里一动，在内心调整行程，原来他计划要么请杜教授出去吃饭，要么在杜教授家蹭一顿，现在看来得改变安排。吴高仁和杜教授聊得尽兴，看看快下午六点了，谢绝杜教授留饭，提出告辞，他十分歉意地说傍晚还要办事，没办法请杜教授吃饭，心里十分过意不去，好在来日方长，以后一并补上。

从杜教授家出来，吴高仁给王明娟发了条短信，说想请她吃饭，不知道是否赏光。王明娟的短信回得挺快，说远在天边做什么假人情。吴高仁回了一条：掐指一算，感觉你应该就在眼前。吴高仁没等到王明娟的短信，五分钟后吴高仁的电话响起，当时他已经上车，要司机随便开，到处转转。王明娟的声音顺电话飘出来："小官吏，什么时候改行当算命先生了？还掐指一算。"吴高仁笑着回答，基层官员就是命苦，什么都要会，属于万金油的那种，头痛是它，肚子痛也是它，不像高层官员，术业有专攻。"好了，好了。我不是信访局长，不听诉苦。我虽然到了你们省城，可是离你那也挺远，估计要等你请一餐，至少自己要先饿晕几回。"吴高仁说知道有机会请领导吃饭，心里高兴，所以提前到省城候着，这有个说法。王明娟说什么说法，难不成你真事先知道我来你们省城，我可是连我哥都没说。吴高仁说我是个农民，就拿着个锄头守在一棵树下，等着那什么跑过来。王明娟在电话那头抗议，说你把我当兔子啊，还希望我一头撞死。两个人斗了几句，吴高仁才告诉王明娟自己到省城办事，偶然机会知道王明娟大驾光临，想请京官吃顿便饭，不知道是否赏脸。王明娟愉快答应，告诉吴高仁自己开会的地点，让吴高仁去接她。

二

　　吴高仁和王明娟去吃牛排。按照吴高仁的性格，他喜欢买一块牛排回家炖着吃，也不愿意花钱到西餐厅动刀动叉吃那么一片牛排。不过，吴高仁喜欢学习，他知道在西餐厅吃牛排是文雅，在家炖牛排吃是果腹。这很有点在家吃地瓜叶是瓜菜代，是穷苦，在酒家吃地瓜叶那可就是雅事，上档次。

　　在等牛排上来的时候，吴高仁不说话，只是看着王明娟。王明娟突然脸就红了，吴高仁开始的时候以为是灯光效果，后来才发现不是，吴高仁想女人到了这年纪还会脸红，真是有意思的事情。不过，吴高仁没敢让这思绪停留太长时间，他找了个话题问王明娟怎么会突然出现在省城，搞得像微服私访一样。王明娟抿嘴一笑，说哪是微服私访，是你们省开一个研讨会，和我们的业务有点关联，就邀请我来参加了。吴高仁呵呵一笑，原来是来做重要讲话的。王明娟反击，说哪有那么多的重要讲话，我们就重要讲话，那中央部委领导乃至更高层级别的领导讲话又该如何称呼？我就纯粹来凑热闹，时髦的话讲就是打酱油的。不知道吴主任到省城是来跑项目还是看风景。吴高仁说像我等基层人士整天在一线奔跑，直接和老百姓打交道，脑袋里基本装的就是进度、效益、指标，哪有闲情雅致来省城看风景。何况小地方的小百姓，到了省城就像刘姥姥进了大观园，眼花缭乱，都不知道街道是通哪里？王明娟打断吴高仁的话，说小官吏就是小官吏，到什么时候什么地方都不忘为自己评功摆好，可惜自己不是组织人事部门，也不会像某些人传递什么信息，看起来吴主任找错说道的对象。吴高仁又是喊冤，说自己纯粹顺口一说，向领导汇报真实感受，没想到又被解读成不同的用意，甚至包含居心不良的成分。两个人你来我往，唇枪舌战一番。

不过，我这次来真不是为项目，也不是为资金。我是想举办个陈高丁研讨会。吴高仁的话一出口，王明娟眼睛就大了。王明娟知道陈高丁，她就是在那次研讨会上认识吴高仁的。不过陈高丁已经死去数百年，吴高仁也已经调离政协文史委。你该不是想重续郑新主任的推荐，到市政协文史委的吧？郑新就是那位省发改委副主任，曾经推荐吴高仁到市政协文史委研究文史工作，后来吴高仁婉言谢绝。哈哈，看你想到哪儿去了？难道研究陈高丁就要调到文史委？文史委适合研究文史工作，但不是唯一的部门。那是不是想调整你的工作，我没听我哥说啊。前段时间你拒绝八亿元项目的风波已经过了，你不是干得挺好的。该不会是市里那位分管领导秋后算账吧。王明娟有点担心。没有，没有，纯属多虑。瞧，看我这嘴巴，真不会说话，谢谢你的关心。吴高仁知道今天不说清楚，恐怕问题会比较麻烦，人家如此关心，还藏着掖着不够朋友。他从公文包里拿出一张图，摊开放在桌上，指着一个小山包。你看，这就是陈高丁的坟墓，这是我工业园区扩张的区域，看出问题了吧？王明娟恍然大悟，你要动他的坟墓？我别无选择。他的坟墓在那里，马上就要进入我下阶段扩张的范围，不迁走，一个工业园区弄一个大坟墓在那儿，不知道的人以为那是陵园，那块地谁要？关键这坟墓就在路边，实在是吸引眼球。更要命的是，现在陈高丁的后裔已经在动议修缮坟墓。

陈高丁的坟墓位于工业园区左侧山坡上。该地形原来类似于一把"交椅"，坟墓居于正中，背后倚靠青山，两边各有山陵隆起，类似于椅子的靠手，坟墓前方有一条小河，蜿蜒而去。此地形是地理先生的追求好地，前有流水后有靠山，流水是钱财，靠山是稳重、权势。不过左边的靠山因为山体滑坡，出现一个大缺口，同时因为工业园区的防洪堤建设，原来蜿蜒曲折的流水河道被取直，坟墓前需要水，但忌看到出水口，一览无余也就是一泄无余，大好就成为大败。陈高丁的后裔就动了修缮坟墓的念头，在内部征求意见。陈高丁官运不怎么样，一直在知县这个层面上，但陈高丁的生育能力很强，居然留下了十二个儿子。十二个儿子后来或者经商，或者务农，或者走上仕途，无论从事何种行当，却都遗传了陈高丁生育能力强的特点，而且都一代传一代，到现在，陈高丁的后裔已经达到四万多人，散居多个地方，从政或者经商的都有，最为出名的有两个，一个是陈运哲，官至副市长，一个是陈运开，运开集团董事长，据说企业资产上百亿。尽管这两个人都不是居住在工业园区这个村子，这个地方只能说是祖籍地，但他们都曾经来祭拜过陈高丁。族谱那泛黄的纸张里，家族的脉络很是清晰，不容置疑。这样的家族不容忽视。

那你是准备拍副市长的马屁还是董事长的马屁？王明娟把一小块牛肉丁塞进嘴里，很优雅地咀嚼。看到吴高仁有点不高兴，王明娟有点得意，看来小官吏的修炼还不到家，喜怒形于色。吴高仁有点被击打却找不到还击机会的无奈，只好直接兜出底牌：我想把这件事炒大，或者说把陈高丁炒热。我觉得你应该做的是让陈高丁的后裔把坟墓迁走。只有迁走坟墓，你的工业园区北扩才有空间。否则，你刚才说的那些问题就无法解决，到时候，一个"青山挂白"就够你忙活。王明娟还是有点不解，不过只停顿了一下，她马上明白了：看来，小官吏有思路，把他炒热了，就好办了。吴高仁看到王明娟明白了他的想法，嘿嘿一笑：大方向定了，不过过程肯定复杂，所以我今天到省城就是来拜访杜教授，请他出马，替我扫清障碍。哈，小官吏够可以，让一个全国闻名的教授去当你的马前卒。吴高仁赶快纠正，话可不能这么说，我是让他就感兴趣的话题发表看法，他对我的真实想法一无所知。现在你是第二个知道的人，我连你哥王书记都还没汇报。

这事只能先做着，看推进情况再说。王明娟喝了一口水：你说了那么多无非就是要让我闭紧口风，累不累啊。我是那种人吗？吴高仁不说话，切了一块牛肉，吃得起劲，女人真是变得够快，有时候还是沉默好。不过这句话他可不敢说出来。

　　吴高仁吃牛肉的时候，王明娟的手机响了。她说了几句，就说我和西水县工业园区的吴主任在一起吃饭呢。对，对，对，就是那个人。方便吗？那好，我们一会儿过去，我们直接过去，一得阁，好的，好的。谢谢啊。吴高仁没有出声，开始时听到王明娟说他，以为是她的哥哥县委王书记，后来才知道不是，但她不知道王明娟为什么要说他。吴高仁知道一得阁，省城里一家有名的茶楼，肯定有人请王明娟喝茶，王明娟说和自己在一起，就是为了把自己也带过去找个合适的理由。这到底是谁？吴高仁还在想，接完电话的王明娟告诉吴高仁，赶快结束，去一得阁喝茶。是郑新主任请我喝茶，他知道我和你在一起吃饭，请你也一起过去喝茶。吴高仁很明白，如果不是王明娟那样刻意说和自己在一起，郑新才不会请他去。郑新吴高仁也熟，那次去工业园区参观后，郑新对吴高仁印象很好，后来还推荐吴高仁到市政协，尽管吴高仁没有去，但后来吴高仁曾经借到省城的机会去拜访过他几次，逢年过节也发发短信问好。吴高仁明白王明娟是想让自己在郑新那儿多留下印象，也是，省发改委副主任，工业园区的项目许多都是要经过他那儿，多少人想套近乎都没机会。吴高仁也就不敢流露出其他意思，赶快买单跟王明娟出发。

　　喝茶的时候，吴高仁心里一动，把想举办陈高丁研讨会的事情说了。郑新副主任听了以后，说，这个关键应该是迁走陈高丁的坟墓，其他的活动要围绕这个主题来做。吴高仁一听，内心直呼高手。那你想把陈高丁的坟墓迁到哪里？吴高仁指着地图说，初步想动员其族人迁到这里，工业园区道路平行五公里的地方，小地名叫顶窟。我记得上次你说过，那地方附近有个道路规划项目？郑新听后发问。是的，在将近三公里的地方，未来有一条道路通过。吴高仁内心一动，好像什么东西被触动了一下。有意思，有想法。郑新拍了拍吴高仁的手。王明娟意味深长地看了看吴高仁，低头喝茶。

<h1 style="text-align:center">三</h1>

吴高仁从省城回来的时候，并没有直接回西水县。他的车出了省城，沿高速公路走了八十公里，就下了高速，然后走了一段国道，拐上另一条高速。吴高仁想去拜访陈运哲，陈高丁后裔目前官位最高的人。吴高仁和陈运哲有过两次见面，但不熟。吴高仁和陈运哲第一次见面是陈运哲回老家祭拜陈高丁坟墓的时候，那次并不是清明节，也不是大规模的祭拜。陈运哲来去匆匆，在几个宗亲陪同下到陈高丁坟墓前烧了一炷香，谢绝了闻讯赶去的吴高仁的吃饭邀请，匆匆而去。另外一次，也是陈运哲回老家，不过那次是公开行动，市、县都有人陪同，加上宗亲，前呼后拥，陈运哲也仅仅是和吴高仁握握手，客气几句，没有什么实质性的交往。陈运哲不是在本地为官，这个副市长离得就有点距

离，客气，但不深入。

吴高仁到了陈运哲那个市，找了市政府的一个朋友。这个朋友原来是个中央驻地方新闻单位的记者，后来奔波累了，转入地方，就任市政府研究室副主任，也算是地方政府的智囊人物。吴高仁和他也是在政协文史委那次研讨会上认识的，当时他们两个同住一个房间，聊得来。吴高仁和他见面之后，直截了当说想拜会下陈副市长，作为家乡人有必要礼节性拜会。该朋友在新闻界多年，有成精趋势，知道吴高仁肯定不会奔跑数百公里就是来向家乡人问候一声，不过吴高仁没有具体说，他也就不再问，只是答应马上和陈副市长联系。他随即和副市长秘书取得联系，说了副市长老家的工业园区管委会主任刚好来到本市，想拜会副市长，请秘书代为报告。秘书报告之后回复，正巧此时陈副市长在办公室，也没有客人，请吴主任马上过去。吴高仁的朋友把吴高仁带到陈运哲副市长的办公室，然后就说自己要先回办公室赶个材料，让吴高仁主任和市长谈完后他再到办公室找他。吴高仁知道朋友是要回避，让自己和副市长有单独谈话的时间，也不客气，挥手告别。

陈副市长亲自泡茶，吴高仁也不客气，只是从自己带来的几盒茶叶中拿出一泡茶，说尝尝家乡茶的味道。吴高仁来之前就有准备，知道陈副市长就喜欢喝老家的那种茶。陈副市长的父亲原来还是在工业园区所在的村子长大、结婚，陈副市长也是出生在那个村子。只是在陈副市长还只有五岁的时候，父亲出外谋生，然后就在那个小城市生存下来，把整个家庭接过去，老家的概念就逐渐模糊。陈副市长刚懂事包括后来离开村里，喝的茶都是老家山上采来的茶叶加工的。陈副市长泡完茶，端了一杯，先不喝，凑到鼻孔前，深深地吸了一口，然后慢慢地喝一口，含在嘴里，让茶水在口腔里滚动，慢慢地吞下去，似乎那茶香就在五脏六腑里游走。

　　和身处外地的游子谈话，家乡就是最好的话题。吴高仁也不绕弯，直接和陈副市长说起陈高丁坟墓的事情，说陈高丁的坟墓有必要修缮，但不想在原地小修，想把坟墓换个地方。我明白了，坟墓在那儿确实不宜，制约了工业园区北扩，同时，在路边动静搞太大，青山挂白，说不过去。陈副市长也不绕弯子。他明白眼前这个主任不简单，陈高丁的坟墓怎么修？修到什么程度？尽管是其他人在张罗，最后肯定会把情况反馈到陈副市长这儿来，或者说陈副市长的思路最后可能就是族人的决策，吴高仁这是跑在前面了。陈副市长同意迁墓，陈高丁的坟墓也就基本上要动了，所以陈副市长要吴高仁多做群众的工作，吴高仁答应得很干脆。那你有什么想法？吴高仁明白陈副市长这句话并不是问他要怎么做群众的工作，这个是细节，是过程，陈副市长大可不管，领导要的仅仅是结果，而不是过程。吴高仁清楚陈副市长问的是要把陈高丁的坟墓迁往哪里？顶窟。吴高仁毫不含糊。顶窟？哦。陈副市长先是一愣，然后马上恢复平静。吴高仁算定陈副市长会是如此。顶窟这两个字，很土的名字，可以说一听这名字就知道是个旮旯角落的地方。不过这顶窟两个字，对于陈高丁后裔来说，确是沉甸甸的，那是血的记忆，鲜血的分量很重。是的。顶窟。吴高仁很坚定地回答。好，按照你的思路去做，我支持你。陈副市长很高兴，站起来和吴高仁握手。吴高仁的目的已经达到，马上告辞，谢绝了陈副市长请吃饭的想法。吴高仁也不纯粹是客气，他有一个担心，如果饭桌上陈副市长问起操作的具体细节，自己要怎么说？有时候，和领导在一起的时间太多也不是好事。吴高仁让政府政策研究室副主任专心研究政策，赶材料，说自己有急事要赶回去处理。

汽车重新上了高速，吴高仁在车上又陷入沉思。把陈高丁的坟墓迁到顶窟，这个想法吴高仁早就动过，不过要实施有难度，而且相当大。顶窟是个小山村，偏僻，不过这顶窟是陈高丁的出生地，俗话说叫胞衣窟。陈高丁并不是顶窟人，但和顶窟关系密切，他的母亲是顶窟人。当年这位知县的母亲回娘家，用意是在坐月子前先回家看看父母，没想到儿子提前出生。在当地，有借死不借生的说法，意思是一个地方可以借人去世，但不能借人生育。借死看起来比较恐怖，生育是高兴的事情，但当地传统，相信外人在当地生育，新生婴儿会把当地的地气尽情吸去，就是福气全部会归到这婴儿身上，对当地不利。这说法没有什么依据，可是一代代人传下来。陈高丁出生的时候，肚脐带还没剪断，当地就有人上门要把婴儿抢去，抢去婴儿当然不是为了看护或者疼爱，而是要把这吸福气的婴儿溺毙。陈高丁的父亲生了几个儿子，这时候都站出来，拿着锄头扁担和族人对峙，保护外甥。村人只好骂骂咧咧地离去。陈高丁的外公为了安慰村人，就做出决定，把陈高丁过继给自己一个儿子当"契子"，取名高丁，顶窟就是高地嘛，高丁意思就是高处的男丁，这样陈高丁就不是外人了。刚好陈高丁的父亲和母亲都姓陈，双方也就没有意见，陈高丁得以暂时没事。不过事情没有那么简单，后来随着陈高丁中了秀才、举人、进士，当了知县，而顶窟的男丁越来越少，没有人在科举上有什么出息，本来也难怪，小地方能够供得起读书的人本来就不多，何况读书也未必就能成才。不过顶窟人不检讨自己的基因和后天的努力，而是旧事重提，说起陈高丁就咬牙切齿，陈高丁的外祖父和外祖母已经去世，几个舅舅成天活在村人仇视的目光和各种各样的冷言之中，干脆就搬到另外一个地方。

陈高丁去世之后，风水先生看了一穴好地，说如果下葬此地，后代子孙非富即贵，当官至少可到尚书级别，做生意富可敌国。陈高丁的族人很兴奋，只是当风水先生说出好墓地位于顶窟的时候，陈高丁的族人就知道麻烦了。特别顶窟人派代表咨询了另外一名风水先生后得知，如果陈高丁下葬该处，对陈高丁后裔确实很好，但该村要三年"鸡不鸣，狗不吠"，村民至少要死伤多人。顶窟全村人集体出动，守卫在山岭上，不让陈高丁的亲属去挖墓地，动手打断了三名挖墓地工人的大腿，差点闹出人命。顶窟人还公开宣布，只要陈高丁下葬该村，就是被治罪，也要把他从地下挖出来，抛尸荒野，埋一次挖一次。陈高丁族人看无法解决，只好另外选地，陈高丁因此落葬如今工业园区这地方。陈高丁虽然安葬数百年，但陈高丁的后裔对于自己祖宗未能下葬风水宝穴耿耿于怀，每每谈起，都无限惆怅：如果高丁公下葬顶窟，我们现在肯定不是这样。这句话代代相传，类似于族谱首页的一句话了。

把陈高丁的坟墓迁到顶窟，陈高丁的族人应该会同意，为了预防万一，还要再加一把火。更为关键的是，顶窟人如何同意呢？吴高仁的思维一直在奔跑。

四

吴高仁掏出手机，想给陈运开发条短信，想想如前几天一样，依然作罢。陈运开就是陈高丁后裔中显赫的另一个，运开集团董事长，资产上百亿。该董事长和陈运哲不一样，他是真正出生、成长在老家的人，直到二十多岁才外出打工，后来自己经商，企业一再扩张。陈运开一度曾经回老家西水县办企业，数年后因故迁走。吴高仁曾经专门去拜访过他，如此一个规模的集团董事长，又和工业园区管委会有着千丝万缕的联系，作为工业园区管委会主任，不去拜访那不仅仅是说不过去，简直是失职。不过那次拜访让吴高仁很难堪，吴高仁到达运开集团总部，秘书通报之后，出来后说董事长很忙，有什么事情可以请秘书转告。吴高仁不甘心，跑老远的路不是来等一句可以转告这样的答复，但面对资产上百亿的集团董事长，自己实在是小猫猫，无法不允许人家不忙。吴高仁只好赔笑，让秘书再次通报，强调是家乡人来拜访。吴高仁说得相当诚恳，甚至可以说低声下气。以致后来吴高仁离开集团总部的时候，恨不得扇自己的耳光，惩罚这热脸去贴人家的冷屁股。

秘书看吴高仁如此说，也就代为通报。陈董事长有松口，说当时确实忙，只好请家乡的主任稍为等待。吴高仁决定耗着，既然九十九跪已经跪了，也就不差这一跪。秘书倒茶、添水很是积极。尽管她想不通董事长为什么如此，当天是难得清闲，没有外出也没有会客，为什么要把家乡人撂在那里坐冷板凳？想不通归想不通，但老板说忙自己绝不能说老板不忙，自己唯一能做的就是客气。这些人可是老板的家乡人，今天遭遇冷落，难保哪天摇身一变就是老板的座上宾。

当天陈运开董事长让吴高仁等了两个小时，才让秘书带进去。吴高仁觉得自己至少会得到一句抱歉或者解释之类，但是没有。陈运开并没有觉得什么不妥，只是任凭秘书让座、倒水，自己翻阅着一张报纸。吴高仁送上名片，陈运开也是接过顺手放在一边，顿了一下，才起身拿出自己的名片给了吴高仁。吴高仁只好找话题说客套话，说为家乡出了这么个企业家而感到骄傲。陈运开不领情，说自己是个商人，无所谓骄傲和荣光。吴高仁有点尴尬，转移话题说感谢董事长对家乡的关心，希望董事长在合适的时候回家乡看看。哪知道陈运开回得更绝，我只是个被家乡抛弃的游子，对家乡不关心不过问，回去也不受欢迎，何必呢？气氛一时尴尬。吴高仁知道今天这话说得艰难，突然也来了脾气，站起来告辞。临出门，说了一句，无论家乡如何，您有一天会回去的。"头发白沙沙整天想外家"，吴高仁知道这句老家方言陈运开听得懂，外家就是娘家，这句话的表面意思是嫁出去的女儿到年老头发都白了，一直想的就是回娘家。引申开就是一个正常人无论走到哪里都会思念家乡，其实就是叶落归根的意思。吴高仁不等陈运开接腔，继续往下说：当年陈高丁的母亲为什么会在陈高丁出生前回娘家？就是因为思念自己的家乡。女人这样，男人也如此。无论您何时回去，相信家乡人会欢迎您。吴高仁说完，不等陈运开说什么，掉头离去。

吴高仁知道今天的角色属于"前牛吃麦，后牛担罪"，委屈无处诉说。当年陈运开回家乡办了一个企业，因为拒绝为县里一个活动的捐赠要求，得罪了某领导，该领导三番五次让某职能部门去找毛病，甚至要拘捕陈运开，最后陈运开关闭了在西水县的企业，伤心离去。吴高仁知道事出有因，他今天前来已经做好了充分准备。虽然当时的事情和吴高仁无关，但吴高仁知道，不能放开任何一个客户，何况西水县条件限制，外来投资相当一部分是走出去的西水人返乡投资兴业，有个名称是"回归工程"。吴高仁今天来，属于"明知山有虎，偏向虎山行"。

当天吴高仁不仅仅是收到冷遇，甚至可以说受到凌辱。吴高仁在车上的时候，长叹一声，却不说话。有些事情"甘苦寸心知，不足与外人道也"。这是政治家的智慧，也是素质。既然你走上这条路，许多辛苦和委屈只能自己吞下去，继续往前走。尽管自己连七品芝麻官都算不上，最多就是八品。用王明娟的话说，就是个小官吏，但用吴高仁的话说，他是把自己"提拔"成领导干部，严格要求自己。走到半路，吴高仁的短信提示音响了，打开一看，是陈运开发来的："抱歉。陈运开。"只有五个字，吴高仁发现阴霾里透出了几缕阳光，吴高仁清楚，这是自己用陈高丁这几个字硬是扯开了一点点缺口。吴高仁回了两个字："理解。"再也无话，但心情逐渐好了起来。后来，吴高仁和陈运开曾经有数次短信往来，尽管是节假日的互致问候，但这也是一种联系管道，如果连这些都没有，那就更为悲哀。

吴高仁知道陈运开对陈高丁感兴趣，也知道必须拿下陈运开，否则陈高丁坟墓的搬迁依然是个大问题。陈运哲能决定方向，但真正要落实的需要陈运开支持经费。迁移陈高丁的坟墓，不是随便弄个土包子，这经费不在少数。想凭借陈高丁后裔每个人收点钱，不仅时间长，难度大，缺口更大，只有依靠陈运开大笔一挥，才能快速解决问题。而且吴高仁对陈运开另有想法。

吴高仁想想，没有发短信，而是打电话给陈月升。陈月升说自己正在回乡的路上，问家乡的父母官有什么指示？吴高仁很高兴，正是打瞌睡捡到枕头。马上告诉陈月升第二天中午请他吃饭，陪同人员由陈月升指定。陈月升也是陈高丁的后裔，陈月升是个地理先生，陈月升原来属于在地里扒食的人，受不了辛苦，自己跑出去。晃荡几年之后，居然成为地理先生，算命看风水，样样都插一手，嘴里念着不是哪个大老板就是哪个官员，神秘叨叨。开始的时候，家乡人对他很是不屑，说他就是一个走江湖的混混，骗了这家骗那家。不过没几年，陈月升居然让人瞠目结舌，他说哪个官员他给算了一下，替他老祖宗找了个好地，马上提拔；哪个人他为他家里的孩子选定了书桌的方向，原来读书不怎么样的孩子考上大学；哪个生意场的老板因为他发了大财。如果说说而已，谁也不信。关键陈月升在西水县城买了房子，在市区也买了房子，把老婆孩子都接过去。陈月升说这些钱都是来自那些官员和老板。这可是真金白银，如果不灵验，谁也不会白给钱。更为关键的是，陈月升成为陈运开的座上宾，陈运开的所有项目开工都是陈月升选日子，看方位。陈运开送了陈月升一辆奥迪车，每个月还有不少于十万元的花销。陈月升回乡，也就抖起来了，许多人看到他，都是陈大师陈大师地称呼他。

　　陈月升准时赴吴高仁的宴请，带了七八个人，都是陈月升平时的朋友之类。吴高仁知道陈月升喜欢这个，多少有点挣面子的感觉。既然陈月升喜欢，吴高仁就给。吴高仁知道陈月升这个人不知道什么时候用得着，平时回来也会请他吃吃饭唱唱歌，其实在吴高仁当宣传部副部长的时候，就曾数次请陈月升喝酒吃饭。圈子大小决定视野大小，有些圈子就依靠平时建着护着。

　　几个人你来我往，喝得热闹。中途，见陈月升出去接电话，稍等一会，吴高仁也出去。刚好陈月升接完电话，两个人就站在走廊里聊了一会。吴高仁说了陈高丁坟墓的事，陈月升赞同迁墓，说这次也是回来看看陈高丁坟墓究竟成什么样子了。陈董事长那边，我会去说。陈月升吸了一口烟，随烟圈吐出这句话。吴高仁很高兴，内心里直说陈月升是明白人。那就有劳兄弟了。陈月升也不含糊，说你吴主任看得起我，从当年宣传部的吴副部长就没有拿我当蒙吃骗喝的角色，我会让陈董事长同意迁墓，还有尽量让他出大头的资金。两个人回到包厢，满满地干了三杯葡萄酒。当天，陈月升和吴高仁都喝得差不多，互相拍着肩膀，不时说着哥俩好。一句话翻来覆去说了好几遍。

吴高仁拟了个名单，发给杜教授。过了几天，杜教授就回话，事情基本敲定，就看吴高仁最后定下研讨会的具体时间。陈月升那边还没有消息，吴高仁觉得应该再用什么事情推动一下，最好迁墓和研讨会的时间不要错开太久。但用什么方式呢？陈月升已经就迁墓的事情在陈高丁后裔中说了出去，迁墓的声音强了一些，但依然不是唯一的声音。这边要推，顶窟的事情也要解决，否则到时候麻烦。不过要解决顶窟的问题，他要等待，等待一个契机，其实吴高仁为这个已经等待了一段时间了。

五

吴高仁接到一个好消息。县国土局局长给他带来的。顶窟被确定为省地质灾害点整体搬迁示范点。吴高仁放下电话，长长地舒了一口气。顶窟村庄后方山体开裂，地质灾害点整体搬迁申报了一段时间。其实，在此之前已经有不少住户自行搬迁到集镇所在地建新房。当时吴高仁和县长、县委书记都汇报过，如果顶窟地质灾害点整体搬迁示范点获批，那县里将及时配套资金推进。毕竟那开裂的山体就像个血盆大口，谁也不知道在哪场台风暴雨后要吞噬人口，那可是时刻高悬的利剑，让书记和县长都睡不好觉。当时吴高仁在和省发改委郑新副主任以及王明娟喝茶的时候，说到陈高丁坟墓打算搬迁，也说到顶窟地质灾害点的整体搬迁。被确定为示范点，资金由上级补助百分之七十，这可不是小数目。

吴高仁兴奋还没过去，手机又响了。电话里传来一个消息：陈高丁的坟墓被破坏。吴高仁赶快给工业园区管委会派出所所长打电话，派出所所长已经出警，目前正在山道上爬得气喘吁吁，说话也就断断续续。吴高仁让派出所所长赶快到位，有什么具体情况马上汇报。吴高仁在放下电话的时候，说了一句：赶快减肥。派出所所长不知道是没有听清楚或者什么，只是说我将尽快汇报。吴高仁放下电话的时候，脑中出现的是派出所所长肥胖的身躯。

十分钟后，派出所所长电话汇报，他已经赶到现场，陈高丁的坟墓被锄头挖得乱七八糟，有大大小小五个洞，最深的有三十五厘米，浅的十三厘米，开口都在二十厘米以上。现场抓住破坏坟墓的人，也是陈高丁的后裔，一个叫陈疯子的人。陈疯子是个"半丁"，也就是疯疯癫癫的人，头脑时而清醒时而模糊，做事没有章法。现在正要把陈疯子带回派出所。把陈疯子带回派出所也治不了罪，毕竟陈疯子是个"半丁"，无法承担多少责任。关键是不把陈疯子带回派出所，估计陆续赶来的陈氏族人会把陈疯子打死。坟墓被挖事小，出了人命就不是小事。还有点脑子，你处理吧。吴高仁想想，给陈月升打了个电话。电话那头，陈月升连声惋惜：完了，这风水就算彻底完了。我马上向陈董事长报告，马上赶回去。吴高仁听到陈月升的哀叹，头脑中迅速明亮：契机来了。这念头在他刚接到陈高丁坟墓被损害的电话就在他的头脑中闪现，陈月升的一番话让他迅速明了。他给派出所所长打了一个电话，提示说陈疯子是副市长陈运哲的一个远亲。平息陈氏族人的怒火，但要保护好陈疯子，一定不能出现其他事件。

吴高仁立刻给挂钩顶窟的工作队队长打电话，让他找顶窟组组长和几个有声望的村民代表，马上到他的办公室。其实这代表名单，早已经在吴高仁的脑海中，这几个人也已经在履行村民代表职责，找吴高仁多次。他们也希望整体搬迁，但又不想全额承担搬迁费用，期望政府承担得多一些。吴高仁把顶窟作为地质灾害点整体搬迁示范点往上报的时候，还专门找了王书记汇报。王书记听了汇报，肯定了吴高仁的做法，给予支持。王书记这一票至关重要，顶窟地质灾害点整体搬迁示范点方案得以顺利上报。在等人的空隙，吴高仁给杜教授去电，约定陈高丁研讨会在十天后举行。杜教授很欣赏吴高仁的果断，说他将约定五位教授出场。杜教授还建议吴高仁把研讨会放在省城开，方便教授出场和新闻媒体跟进报道。类似的研讨会，关键的是哪个重量级的人物参加，而不是会议的地点。吴高仁当场答应，说马上向县委、县政府主要领导汇报。

顶窟工作队队长和村民代表到达的时候，吴高仁正在对着办公桌上的电脑出神。吴高仁并不把示范点的事情说出来，只是问那些村民代表，村民对搬离顶窟有何反响。村民代表七嘴八舌发言，虽然有点乱，吴高仁还是听出头绪：村民反响强烈，对那些安全隐患很不放心。希望政府支持搬迁，对之前确定的集体安置点没有意见，但集体搬迁费用确实太高，原来确定政府支持百分之三十，但村民无力承担剩下的百分之七十，希望至少扶持百分之五十。如果这些条件我们尽量争取，你们能否保证村民全部及时搬迁，不再提出其他要求？吴高仁抽了几口烟，才抛出个问题。如果政府支持百分之五十，剩下的事情我们包了，谁不及时搬，大家吐口口水就可以把他淹死。那原来就说的，那些老房子可要拆除复耕复林。都搬下来了，那些老房子有什么用啊。这些都没问题。村民代表回答得大包大揽。吴高仁在室内转圈。那几个村民代表也不敢吭声，看他转圈。吴高仁转了十几圈，挠了多次头发，好像费了很大的力，才下定决心：好，就按照原来测算的费用，政府支持百分之五十，因为老房子无偿拆除复耕还林，我争取再加百分之五的支持，五天内全部签协议的，最后追加百分之五。同时安置点的道路由政府投资铺设水泥路。我这可是割肉啊，你们要把事情办好。那些村民代表听了，眼睛直了：吴主任，你这样仗义，如果我们再不做好，以后就无脸见你了。放心，我们下午马上开村民大会。谁落后，我们先不放过他。吴高仁当即要求挂钩工作队队长全程参与，务必在五天内签订协议。同时和建设规划部门联系，那些安置点的规划设计锁在橱柜里，可以出来见天日了。

　　五天后，工作队队长把所有的协议放到吴高仁的面前，吴高仁很欣赏地拍拍他的肩膀：小伙子，不错。小伙子受到表扬很激动，把胸脯挺了一挺。陈疯子还关在派出所里，吴高仁告诉派出所，每天准时给他送饭。吴高仁让派出所所长告诉陈疯子的家人，这时候把陈疯子关在派出所，是对他的保护。如果放出去，情绪愤慨的陈氏族人可能把他砸死。吴高仁了解到，陈疯子之所以去挖陈高丁的坟墓，是说陈高丁没有保佑他，偏心眼。其他陈氏族人要么升官，要么发财，要么娶漂亮老婆，要么生儿育女，只有他单身一人，还是个"半丁"，整天被人嘲笑。那天他刚好在路上闲逛，被其他同宗的小孩子追着叫他陈半丁，火一起，回家拿把锄头，想把陈高丁挖出来。陈高丁没有挖出来，陈氏族人不安静了。好几个风水先生看了之后，都摇头叹息，本来陈高丁的坟墓因为前面的水直流而受损，已经不好了，再被陈疯子一挖，龙气泄尽，重修没有什么意义，唯一的出路就是搬迁。陈月升赶回来，端着个罗盘上上下下，还跑到远处，往回张望，最后的结论也是要搬迁坟墓。

在陈氏族人讨论坟墓搬往哪里的时候。吴高仁赶往省城，参加陈高丁研讨会。县委王书记、宣传部长、人大一名副主任、政协一名副主席，还有陈运哲、陈运开等陈高丁后裔代表都参加研讨会。王明娟也从北京赶来，她还拉了省发改委的郑新副主任到研讨会上坐了半个小时，这半个小时已经足够，让王书记、陈运哲、陈运开等都兴奋不已，也让他们对吴高仁刮目相看。杜教授他们都准时出席，专家们在会上对挖掘陈高丁的历史和现实意义多角度阐述，杜教授在研讨会上是当然的权威，抛出了许多新的观点和论断。最终记者的报道都提到这点：在经济发展的同时，要注重文化的挖掘和保护。挖掘陈高丁的文化价值以及清廉思想等等，对西水县的经济发展有重要意义。

王明娟参加完研讨会，即将飞回北京。吴高仁送她到机场，王明娟说小官吏，我这次可是为你鞍前马后，你记得欠我一个人情。吴高仁说当然记得，看来来世我做牛做马，衔环结草也无以回报。王明娟看着窗外，说我才不要什么下辈子呢？那太虚泛，记得什么时候好好请我喝顿酒。小官吏你可别告诉我，你这么折腾仅仅是为了迁走陈高丁的坟墓。如果仅仅是这样，我可帮错了。吴高仁长叹一声，说和聪明的女人打交道就是不一样。高手啊，高手。除了佩服，没有其他选择。我是想借陈高丁拉项目，搞个陈高丁文化园之类的，文化搭台，经济唱戏，把死人拉出来当道具。

机场已到，王明娟谢绝吴高仁送到安检门口的建议，说小官吏，你的事情还很多。我认得路，也知道办理登机手续。你就回去忙活你的事情吧。看在你坦诚相待的份上，告诉你个爆炸性的内部消息：郑新副主任将空降你们市当市委书记，好好把握机会吧。吴高仁听了目瞪口呆，直到王明娟已经消失在入口处，他还没缓过劲来。老半天，他给王书记发了一条短信。王书记的回信很简短：马上回来，好好筹划。

六

陈高丁坟墓的搬迁顺利进行。顶窟的村民对此没有多少异议，他们正忙于自己村庄的整体搬迁。有少数几个人提出看法，被村民小组长一顿呵斥：地理先生吃饭靠的不就是一张嘴，说好也是他，说不好也是他。再说了，村庄搬迁了，都要复耕还林了，不要说三年，三十年也听不到鸡鸣声。要听到也只有野鸡的鸣叫，你还操什么心？村庄进度上不去，县里把补助给你扣下来，到时候听不到鸡叫声，倒可以听到你们的哭声。一顿骂，那几个人赶快低头去干活。吴高仁在办公室里听到小组长表示忠心的汇报，从抽屉里掏出两包烟，扔给小组长：不错，加快进度，保证质量，还有，注意安全。

陈高丁坟墓搬迁得到陈运哲和陈运开的支持。陈运哲对报送过去的规划设计很满意，图纸中，陈高丁的坟墓就落在传说中的宝穴，墓园大气，墓碑前有石马、石像，甬道悠长，两边绿化考虑周详，设置山门、凉亭、碑亭，整个效果不是一个墓而已，而是一个以墓为核心的文化公园。陈运开表态，陈高丁坟墓的搬迁费用，包括从山脚下直通坟墓的道路，陈高丁后裔随缘捐赠，不足部分由运开集团负责。有了钱，地又不成问题，施工自然紧锣密鼓地进行。

吴高仁正在办公室看着报纸。突然一个标题让他的心猛地一跳《西水县毁林修坟墓，死人复活争抢地盘》，文章把修建陈高丁墓大肆渲染，还有正在修墓的图片，几棵被挖倒的树木横卧在那里，枝干被修剪过，那些枝叶显得伤心欲绝。吴高仁打电话叫来小高，问他这几天是否有媒体记者前来采访。小高回忆半天，也没有想起接待过哪家媒体，也没有接到电话联系。吴高仁用报纸敲着桌面：说话要经过脑袋，人家是来捅你的屁股，还会事先张扬？只有那些锦上添花、歌功颂德的记者才会生怕你不知道。吴高仁就是担心记者会抓住"青山挂白"做文章。"青山挂白"这名词听得文雅，其实就是在青山中修坟墓，破坏观感还破坏生态，顶窟虽然不在路旁，关键这坟墓修得有点大。吴高仁让小高去了解一下，自我解嘲说这阵子就和陈高丁耗上了，数百年前的死人能让今天的他不得安宁，看来平时忽略这位知县大人，没想到他的能耐可以超越时空。

不到一个小时，小高就跑回来复命。前几天陈高丁坟墓来了个陌生人，因为吴高仁有交代，驻场监督施工的工作队队长轻易不让陌生人靠近。当天去工地的陌生人是个农民工，身穿一身破旧的衣裳，头戴一顶斗笠，声称是受雇在旁边的果园里干活，因为忘记带火，烟瘾上来了，看到有人干活，就跑过来借火。他说得有板有眼，工作队队长就放松警惕，还接过他递来的香烟聊天，说到天气、说到干活辛苦、钱不好赚，还说到反腐败和美国总统等等，话题宽泛轻松，跳跃性极大。接到小高电话，工作队队长才恍惚想起，当时该人还问起修的是谁的坟墓，后裔真有钱等等。听施工人员说是陈高丁的坟墓，他还赞叹陈高丁是个清官。回忆起这样的细节，感觉不对劲的工作队队长到四周搜寻一遍，在不远处的果园里看到当天陌生人穿的旧衣裳，戴的破斗笠，还有干活的一把锄头。工作队队长才知道这些是陌生人的道具，他是记者无疑。工作队队长知道坏事了，让小高赶快汇报吴主任，自己也从山上赶过来，接受批评处理。

吴高仁告诉小高，让他打电话给工作队队长，要他不必赶过来，继续坚守施工现场，该干啥干啥。明确告诉他，说主任说了，不会因这件事追究他的责任，让他安心干活。小高有点怀疑，吴高仁笑骂：你们这些人，脑袋就是一条筋。看什么事情就看一面，你们怎么不会从另外一个方面来看这件事？塞翁失马，焉知非福，这个故事读过没有？如果没有，那就赶快去补课。小高看主任高兴，知道他刚才说的让工作队队长安心干活的话不是冷嘲热讽，就赶快去打电话。

吴高仁看着电脑，给王明娟发了一条短信，告诉她有媒体在炒作陈高丁坟墓搬迁的事情，后面还加了一句：老天爷看我干活辛苦，来帮我了。王明娟没有马上回短信，时隔十几分钟才回短信，吴高仁知道她肯定是先上网查看，他相信这阵子网上的舆论肯定多了起来。小心玩过头。王明娟的短信很简单，里面的信息量丰富。放心，我开研讨会的目的是什么？把陈高丁炒热啊。现在不是送上门来了吗？助我一臂之力了，这舆论套用一句广告语：可防、可控、可治。王明娟回了一个敲脑袋的表情，看着那小铁锤一下一下地敲着脑袋，吴高仁摸摸自己的头，好像扯动了某条神经，有点痛。

吴高仁给县委常委、宣传部长打了个电话，汇报媒体上有关陈高丁坟墓的报道。吴高仁说估计这篇报道会火，我立即让人准备新闻通稿，积极应对。他还向正好外出考察的王书记打电话，汇报此事之后重点说想通过炒热陈高丁这件事，借此引进文化开发项目，搞个陈高丁文化博览园，打名人牌，来个文化搭台，经济唱戏。原来只想让陈高丁腾地，后来想到这个思路，但不知外界影响反应如何，还不敢声张，只是悄悄做准备。还悄悄准备，都把陈高丁的坟墓搞得这样大，你如果不是有想法，吃饱了撑着啊？吴高仁说领导就是领导，目光独到，明察秋毫，把手下的想法看得一清二楚。看来以后得更加夹紧尾巴做人，要不会让领导提起后脚。

　　王书记在电话那头哈哈大笑，说你还夹着尾巴做人？尾巴已经翘上天了，这么大的思路都不事先汇报。吴高仁赶紧检讨，同时为自己辩解：领导不是说要把工业园区做大吗？可是您没有要求如何做大每个细节都要汇报，我哪敢用不成熟的思路来烦领导，如果那样岂不是让领导批评没有办事能力？我听说当领导的都是只问结果不问过程。我上次研讨会之后回来可是有向您汇报要拿陈高丁做点文章。他老人家占了我一块地盘，安逸几百年，还让我给他修墓，我不拿他做点文章不是亏大了？王书记也不多说，让吴高仁赶快找县长汇报去，让县长对整个想法心中有数。吴高仁不敢声张，这想法当时就和县长透露过，县长也有此想法。吴高仁当即答应，立即找县长汇报。和书记通完话，吴高仁让小高先拟份新闻通稿，要点有三：一是陈高丁迁坟墓是给工业园区发展腾地，新的坟墓要和他的旧墓以及他的历史地位相称，还有略有提升，才有利工作顺利推进；二是陈高丁是个历史名人，西水县要借助陈高丁的名人效应，提升文化品位，就要先做大文化名人品牌，挖掘内涵的同时，必须有个载体；三是工业园区要借力陈高丁的名人效应，发展以陈高丁为文化核心的文化项目，文化搭台，经济唱戏，谋划发展。

　　媒体的反应在吴高仁的预料之内，数天之内，各路媒体蜂拥而来。吴高仁让小高协助县委宣传部新闻科、外宣科全权接待，安排好住宿、安排好生活、安排好车辆，记者要前往现场，热情陪同，要采访群众放开采访，采访到政府工作人员，就送上一份新闻通稿，吴高仁及其他领导概不接受采访。几乎每天，都有记者前来，也都有文章见报，一时间，陈高丁和西水工业园区成为热词，本市及周边地区都知道西水县有个历史名人陈高丁，也知道西水县有意打名人牌，有意在西水工业园区引进以陈高丁为文化核心的文化项目。

热闹过后，媒体逐渐冷下来了，后来也就没有记者过来了，这也正常，再热的点都会冷却，时间长短而已。吴高仁很得意，毕竟采访到的老百姓都支持陈高丁坟墓迁移。再说迁坟墓是和给工业园区腾地挂钩，还是和未来开发项目挂在一起，动个几亩山地就不是什么事了。现在随便哪个项目不用动到耕地？动山地是很小的事情了。吴高仁现在考虑的是：吆喝出去了，要认真选买家了。这陈高丁文化园谁来投资呢？普通的说法是只要有钱有资质就行，不过内心深处，吴高仁最希望一个人来投资，这个人就是陈运开。

七

周六，吴高仁收到陈月升短信的时候，正在家里翻报纸。看报纸是吴高仁的特殊爱好，吴高仁的老婆说，报纸就是吴高仁的二奶，一天不见就坐立不安。当时吴高仁正在研读报纸上有关文化产业发展的一篇文章，眼光的热烈和迷离绝对像男人看到美女。陈月升的短信只有一句：他上午会悄悄过去看看，大约十一点到。吴高仁立刻放下手机，换掉休闲的家居服，直奔陈高丁坟墓的施工现场。陈月升短信中的他就是陈运开。

　　吴高仁让小高带上几份材料，到现场候着，自己也随即赶到。工作队队长说领导不好好在家休息，工地有自己监督，领导是不放心啊。吴高仁笑骂，你这家伙别拐弯提醒我，说你自己连周末也没得休息，言语之中我是个周扒皮，没办法，劳碌命的人就是要干活。你得把这项工程抓实盯紧，我不是拿这当风景，我指望它是只金鸡母。今天有重要客人，我得赶过来。工作队队长赶快请示吴高仁要做哪些准备，吴高仁挥挥手，无须任何准备，该客人只是悄悄出场，我也是顺便碰上，一切归于巧合，大家该干啥就干啥。

　　陈运开到场的时候，吴高仁其实已经看到，但他装着没注意，向工作队队长了解情况，和工人聊天，好像他也碰巧在周末来监督施工质量和监督。吴高仁觉得自己在演戏，但这戏还得演，人家陈运开又没有正式告知要前来看，凭什么自己专程来等待？陈运开看到吴高仁在那指指点点，也就走过来，认出是曾经登门拜访的工业园区管委会主任。两个人正面接触，握手寒暄。

　　吴高仁就和陈运开一起看了施工现场，吴高仁介绍了陈高丁坟墓迁移情况。站在施工现场，可以看到陈高丁的坟墓背倚青山，两边各有一条山岭环抱。坟墓前是一条蜿蜒而上的道路，如今要修建成水泥路，路胚已经完成。顶窟占着一个"顶"字，其实并不高，算是丘陵而已。那个"窟"字，其实是关键，上了一点高度，被两座山环抱之下，是一块平地。前面视野极好，很有层次感地渐次降低高度。顶窟最多的东西是竹子，风一吹，竹叶沙沙作响。村庄里原来到各个方向干农活，走的都是小路，如今这些小路，长草，长青苔，走在上面，就很有历史感，好像踩在时光之上，吻合了当今寻古访幽的期待。

吴高仁手指规划中要修建道路的方向，说别看现在交通不太方便，这地方比较偏，只要那条路一通，这里离路边就很近，立刻成为一块宝地。陈运开也不绕圈，说我看到报纸上的报道，说当地有意建设陈高丁文化园，这是宣传噱头，说说而已，还是有实质性的意向？吴高仁说我们绝对不会仅仅为了宣传而折腾一个已经去世数百年的人，自己曾经在政协文史委待过，认真研究过陈高丁，觉得他是个好官。刚好陈高丁的坟墓受损，并且陈高丁的坟墓在原地也影响了工业园区的扩张，才动了迁移陈高丁坟墓的念头，两全其美，更为重要的是，可以圆数百年来陈高丁后裔的愿望，把老祖宗下葬在当年就选中的地方。文化产业发展是趋势，也是未来发展的一个重要方向，西水县有此资源，当然要充分挖掘，自己是工业园区的管委会主任，满脑袋想的就是招商引资，有此机会自然不会放过。

那吴主任想把文化园做得多大？做大做小是一个问题，关键还是要做精。不论怎么做，陈高丁肯定是关键，但我不想陈高丁仅仅是一件外衣，脱了陈高丁这件衣服，其他什么都不是。我希望陈高丁文化园能够处处流露陈高丁的气息，把陈高丁融进去，无处不在，成为这个文化园的灵魂。换句话说，陈高丁文化园不能停留在挂羊头卖狗肉的层面。陈高丁文化园肯定有地产、商贸等等，商家来投资，考虑的是商业利益，这个无可厚非，不过这个项目是要做有文化的商业项目，而不是商业项目中有文化。同样的字，挪个地方，谁主谁次，天差地别。

　　给我二千亩地，我来做。陈运开直截了当。一千亩做文化园，一千亩做我的运开集团总部。细节我将派一个专门的工作班子前来洽谈，我只定方向性的。规划中的那条路要提前修建，命名为高丁路。只要陈董事长有这个意向，我会及时向县委、县政府主要领导汇报，细节具体商谈。具体环境我也不再介绍，您肯定很清楚。吴高仁说这句话的时候，心中很清楚陈高丁坟墓迁移工程启动之后，陈运开今天已经是第三次悄悄前来了。前两次吴高仁故意不声张，也不和陈运开正面接触，欲速则不达。报纸上吹风出去说西水县要建陈高丁文化园，吴高仁就知道陈运开不可能无动于衷。他这个不纯粹是商业，而是某种标志，时间的标志，地位的标志。关键的是，从陈月升那里，吴高仁知道陈运开正要选择一个拓展的方向和地盘，在市区里，拓展的空间太小，运开集团已经成长为一个大人，原来的衣服已经穿不下。而且，陈月升透露，陈运开不想把总部搬到大城市，到了大城市，尽管运开集团不算小，但和它平起平坐的企业不少，超过它的也有一些。陈运开想做的就是站在最高峰。陈高丁文化园给了陈运开一个契机。

　　陈运开回来顶窟之前，专门去见了陈运哲。他们两个人是族兄弟，属于在两条道上的领跑者。陈运开和陈运哲交谈了一个小时，具体内容不得而知。不过见面之后，陈运开先后三次回到顶窟。前两次都是悄悄来，悄悄走。第三次，陈运开在出发前，和陈月升说了一句：我们两次去都没有看到那个吴主任。地理先生干的就是察言观色，揣摩意思的人，陈月升明白陈运开就是想不经意地和吴高仁主任接触，当即也不说话，只是悄悄给吴高仁发了个短信。他知道，只要有这个短信，陈运开肯定会偶然和吴高仁见面。吴高仁又欠了自己一个人情，回去吃他的喝他的也就心安理得。

陈运开上车的时候，对吴高仁说了一句：是你那句话触动了我。吴高仁边挥手边想起来，就是那句"头发白沙沙，整天想外家"。他朝着陈运开的车屁股再使劲挥了两下手。

吴高仁当即给王书记打电话，汇报了陈运开的意向。王书记很高兴，当即表扬吴高仁，要求组织得力小组，从发改委、招商局、建设局、国土局、文化局、旅游局等县里相关部门及工业园区抽调人员组成谈判小组，深度对接，有效推进，促成项目早签约早落户早开工。吴高仁要求王书记指定一名县领导具体牵头负责，工业园区管委会主任只是正科级，和县直单位平级，很多事情不好协调。王书记在电话那头哈哈大笑，说吴高仁嫌官小了，拐弯要官。如果这件事情前一段时间提出来，他王书记也没办法。不过，刚刚得到可靠消息，下周将有考核组前来，考核吴高仁，拟提任副县长。我以为你也知道这消息，要和我汇报呢。吴高仁头嗡的一声，没有镜子，但他也知道自己的脸红了，不是害羞，是血往上涌。属于天上掉馅饼又刚好砸到他头上的感觉。当时王明娟告诉他郑新要前来当市委书记的时候，吴高仁就隐隐约约闪过一丝想法，觉得自己的命运会有转机，只是没预料到这么快。郑新在陈高丁研讨会结束不久就空降上任，当时吴高仁给他发了一条短信表示祝贺，郑新回了两个字：谢谢。郑新上任之后，曾经到西水县两次，但没有到工业园区。吴高仁忙着陈高丁坟墓的搬迁工程和接待那些记者，再说一个正科级干部离市委书记确实有点远，不是一两个路口的问题，而是好几条街。吴高仁不敢轻易去找市委书记。

王书记在电话那头，告诉吴高仁好好准备材料。到时候你就直接协调，工业园区管委会这副担子你暂时跑不掉，好好准备谈判，只许成功，不许失败，你可别辜负了领导的期望。吴高仁知道王书记口中的领导不是他自己，而是市里的那位。放下电话，吴高仁又向县长做了汇报，县长也知道了吴高仁要提拔的消息，先是表示了祝贺，然后和王书记一样，要求吴高仁全力以赴，争取这个项目。

吴高仁看到手机里有短信，是王明娟的。小官吏，头上要多一顶帽子了，看来，更不怕冷了。这回就是从七品，有没有飘飘然？吴高仁回了一条：想拎着头发让自己飘起来，后来发现白费劲，还是离不开地面。王明娟的短信马上再次过来：哈，这就对了，还是离不开土地。我会脚踏实地，积极向上。我又不是组织部长，用不着给我汇报思想。吴高仁索性把电话挂过去，我发现自己的脑袋很笨，有时间在那键盘上按来按去，不知道挂电话，多辛苦手指头。哈，你思维也有短路的时候，看来也聪明不到哪里去。是不是让意外的消息给弄得手足无措啊。看来，小官吏还要继续进步，要宠辱不惊。这估计有难度，我现在折腾的陈高丁，如果看到他的坟墓被修得如此气派，估计也睡不安稳。吴高仁说了陈运开今天前来的情况，王明娟稍一思索，说你明天就赶过去，找陈运开，体现诚意。不过这协议要等你上任后再签，汇报时可以做个成绩汇报，但不宜大范围公开，你一签协议，媒体肯定报道，难保不会有其他声音。弄不好，考核时不会加分反而丢分。吴高仁说到底身处京城，考虑问题角度就是不一样，我刚才还想到明天要赶过去，不过我的想法可是争取在考核前把投资意向协议签下来，可以浓墨重彩写一笔，看来确实火候不到，还得好好学习。别拍马屁。对，对，对，我忘记了你不是马。两个人调侃一番，吴高仁挂断电话，发现天特别蓝，空气特别清新，忍不住想高歌一曲。他又掏出电话，挂电话给老婆，在电话里嚷嚷：炒几个菜，我要回去喝酒。

八

吴高仁顺利被提名为西水县副县长候选人。经过县人大常委会任命，吴高仁就成为西水县排名第九位的副县长，被熟悉的朋友称之为"吴九副"，吴高仁成为副县长之后，还兼任西水县工业园区党工委书记、管委会主任，他的主要时间和精力还是在工业园区，刚好吻合"九副不如一正"的说法。在考核和后面提请任命的过程中，吴高仁没有忘记和陈运开的接触。陈运开第三次来看陈高丁坟墓迁移情况之后，吴高仁第二天就赶到陈运开的运开集团总部，和陈运开面谈。陈运开在办公室接待了吴高仁，不过这次和上次的见面可谓天差地别，陈运开和那次吴高仁去见陈运哲一样，也是亲自泡茶，亲自端茶。陈运开说起小时候的种种故事，非常轻松，谈笑自如。聊天中，陈运开说了两件事，专门以茶代酒谢了吴高仁。一件事是吴高仁打听到陈运开的父亲喜欢吃老家的水面，就是面条。但这面条不是纯粹用面粉店里的面粉加工，而是按照一定比例掺了本地小麦的面粉，从外观上看，面条有点黑，好像不大雅致，不过这面条吃起来特别有小麦的味道，香而且有筋道。吴高仁知道后，不时派人送面条给陈运开的老父亲，让他的老父亲吃起面条就念叨吴高仁的好。另一件事是有关陈运开的一个堂姊，老人住在工业园区的老家里，儿子是陈运开的秘书。前不久老人急病，是吴高仁亲自护送到县医院，不过老人到了医院没几个小时，就去世了。当时在医院的只有老人的女儿和一个侄儿，老人的儿子跟随陈运开出差在外，正紧急往回赶。当地风俗，老人去世之后要马上换上寿衣或者其他干净的衣服，老人的女儿和侄儿因为伤心，手足无措，吴高仁亲自为老人换衣服，让老人的儿子到家之后，看到的是衣服整齐的母亲。该秘书汇报了吴高仁的行为之后，陈运开喝了一口茶，说了一句：有情有义，有心。

吴高仁被陈运开一说，觉得好像自己如小学生一样，做了小动作又被老师发现。陈运开说知道吴高仁的心思，这陈高丁文化园自己肯定要投资，何时签个投资意向协议听从吴高仁的意见，不过具体细节肯定要细谈，这么一个投资不是拍拍脑袋就决定的。吴高仁也赞同细谈，谈得越深入后期项目推进越快，也越少后遗症。自己不喜欢吃夹生饭，滋味不好不说，还容易噎着，甚至出大问题。

陈高丁文化园最后尘埃落定，由运开集团投资十五亿元兴建，工期六年，分三期。整个谈判过程很辛苦，谈了三个月。陈运开要回来投资没错，但在商言商，他要追求利益最大化。吴高仁作为业主单位领导，肯定要考虑整体发展和全方位的效益，包括经济效益和生态保护、周边协调、征迁利益等等。项目签约的时候，市委书记郑新出席签约仪式。临走时，他嘱咐吴高仁：把好项目建好，建成一个好项目。要科学规划，凸显文化，提升品位。

项目签约第三天，陈高丁文化园破土动工，规划中的那条入县通道也同步开工。西水县组建陈高丁文化园指挥部，吴高仁任总指挥。指挥部抽调了县、镇、村干部组成多个工作组，分头开展相关工作。尤其是征地工作快速推进，征地款就高不就低，最大限度让利，并且全部现金支付，协议一签，当场付款。项目签约当天，吴高仁就要求运开集团立即先期支付五千万的征地补偿金，随后也要保证相关款项及时到位。二十个小组同步推进，从签约到开工，三天之内征地四百二十八亩，创造了该县征地的奇迹。

王明娟给吴高仁发来短信：小官吏看来是春风得意马蹄疾，不过谨防得意忘形，注意别马失前蹄。吴高仁让王明娟找个时间过来喝酒，陈年米酿已经很久没喝了，为了这个项目，几乎没放开喝酒过，酒虫子蠢蠢欲动。王明娟说看来小官吏不以为然，以为可以马放南山，人无远虑，必有近忧。有些酒要慢慢喝，急不来。

吴高仁果然没乐多久。规划论证中，陈运开还是想把商业的部分做大，要改变原来说一千亩做文化园，一千亩做运开集团总部的计划，压缩文化园到八百亩，而且这八百亩里面商业街等等的比例大为增加。吴高仁开始了拉锯般的谈判，说服，规划、建设等部门也纷纷提出意见和建议。吴高仁依然是宽慰大家，任何项目都是谈出来的，都是磨出来的，磨合，磨合，不磨怎么会合？

正当吴高仁和运开集团拉大锯磨合的时候，又出大事了。出事的原因是县委报道组一个新来的记者，认为该项目推进速度很快，尤其前三天就征地四百二十八亩，是个好新闻，立即写了一个稿件发到报社，文章立即见报。吴高仁看到报纸，脑袋大了，知道问题严重，他当初就一再强调，这项目报道仅限于签约这个层面，后面推进不再报道。吴高仁清楚这项目是边报批边推进，有些手续正在跑，不宜公开，属于只做不说。报道一出，立即引发关注，有家以"国字号"冠名的报纸来了一名记者，该记者名声响亮，擅长写批评性报道。在他的笔下，先后有多名官员中枪，被撂倒在地。最近一组系列报道，该记者写了几个地方的文化产业项目，大批当地政府借文化之壳，大肆圈地搞形象工程，最后因为后续基金乏力成为烂尾工程，或者搞成四不像。该记者在他供职的报纸推出了一组系列报道，并且还在继续刊登，看来县委报道组的这篇报道引来他的关注，陈高丁文化园"有幸"入选，成为他跟踪的对象。吴高仁这时候已经没有时间和精力去批评报道组那个新兵蛋子，他知道这时候就是把这个新兵剁了也没用。吴高仁突然想起当年处置《西水县为树典型举债建新村》相关报道的情况，感慨历史有些时候确实会重演，但具体戏份又千差万别。

那个"国字号"媒体的记者一到就直奔国土局，要看被征土地的批文。国土局长声称管理批文的那个干部刚好出差，要数天之后才能返回。该记者知道这是搪塞之词，也不说破，只是说自己有时间和耐心，可以等。礼貌告辞之后，该记者又去建设局，要求查阅相关规划。王书记要求吴高仁主动接触，一定要把事情妥善解决。吴高仁正要前往建设局会见该记者，小高又从施工现场打来电话，说有几个群众签了协议之后，临时反悔，今天拦在挖掘机面前，阻挡施工。工作队队长几个人原想做说服工作，希望能够解决，说服过程中，队长爆了一句本地话粗口，群众借题发挥，说政府干部辱骂群众，不依不饶，目前人群有聚集之势。吴高仁说我知道了，打电话通知工业园区管委会一个副主任，让他先到现场协调处理，自己见过记者后随即就到。

吴高仁在车上赶快打电话向王书记汇报这两件事，他赶到建设局时，该记者已经不辞而别，建设局办公室主任以为麻烦走了正兴高采烈，根本说不清楚该记者去向。吴高仁想骂一句笨得像猪，想想还是忍了。只是掉头往施工现场赶，他预计该记者可能到现场。

吴高仁也给王明娟发了一条短信，告知大略情况。快到现场的时候，吴高仁看到顶窟上端的那条山脉。这条山脉被当地人视为龙脉，山不高，有灵气。吴高仁其实知道群众今天的闹事并不是临时起意，而是借题发挥。那几名群众只是先头部队，属于试探性质。那几个群众属于陈高丁后裔里的一房，在顶窟也有一座祖先的坟墓，他们认为陈高丁文化园的修建会断了他们这一房的龙脉，最近一直在商量要阻止施工，吴高仁已经知道此事，正让人劝阻说服，只是事情突然变化。吴高仁想起王明娟的话，看着那条山脉，突然想起，越过这座山需要多长的时间？好不好爬？这时候王明娟回了短信，问吴高仁是否到了现场？吴高仁回答快到了，现在正在看山，考虑翻山越岭的可能性。王明娟立即又回了一条：关键是先找记者，有人拿文化园做文章，说你好高骛远搞形象工程，说郑书记任人唯亲，一到任就提拔你，拉帮结派。当地群众不要激发矛盾。市委郑书记已经让一名市委常委、统战部部长前往协调处理。该常委叫陈运哲，刚刚从外地调回。

吴高仁让驾驶员停车，陈运哲调回本市任职他知道，才宣布三天。吴高仁曾想去拜访他，考虑领导刚宣布任职，事务繁忙，想稍等几天再去，只是给他发了短信而已。吴高仁把头靠在椅背上，看着前方的那座山，他要好好考虑一下，如何越过那座山，从哪个方向爬上去。

第五章

一

　　吴高仁被放鸽子了。

　　吴高仁气得不轻。

　　吴高仁被放鸽子不是饭局或者牌局，是在招商引资的签字仪式上。当时省里组织到深圳开展招商活动，项目推介、分组活动、一对一洽谈，相关活动自然有序，活动的重头戏是签字仪式，这里面牵扯到招商成效等。出发之前，省、市就下达任务，要求每个县确保有三个项目现场签约，陈运开投资的"陈高丁文化园"是西水县现场签约的项目。其实陈高丁文化园已经开工建设，用新闻字眼说是如火如荼。不过一个项目多次签约已经成为习惯，否则哪里来那么多大项目？陈高丁文化园当时签约是在县里面，如今再签一次就好像女儿出嫁，允许老家办一次酒席，然后到豪华酒家再闪亮登场一次。

　　吴高仁事先和陈运开约定，陈运开不参加项目洽谈环节，直接出场项目签约仪式。签约仪式安排在上午 10：00，发现问题的是小高。上午 8：30，办事细心的小高想和陈运开的秘书确认一下，问他们到哪里了，可是手机无法接通。小高挂陈运开司机的手机，直到陈运开本人，无一例外，手机均处于关机状态，小高把电话挂到运开集团，得到的回复是陈运开已经出发前往深圳参加招商活动。小高还把电话挂到交警大队，让他们帮忙查询当天从西水县到深圳沿途是否有重大交通事故发生，查询结果是平安无事。小高把情况向吴高仁汇报，这时候距离签约仪式只有一个小时。吴高仁稍微愣了一下，马上恢复平静，问小高是否有其他人知道这事。小高说没有，只是第一时间向领导汇报。吴高仁很满意，拍了拍小高的肩膀，表扬小高有进步，知道处理事情。吴高仁要小高不要声张，继续拨打陈运开的电话。小高走远，吴高仁咬牙切齿地骂了一句"混蛋"。吴高仁曾经有预感，陈运开会给自己挖个坑，没想到一下子就来个大坑。吴高仁想想，掏出手机拨了个号码，电话一通，吴高仁只说了一句"你穿上正装，马上到签约现场来，要快"，随即挂断电话。

　　9：50，小高第三次汇报，陈运开还是联系不上。小高明显流露出紧张，今天这活动副省长、市长都出席，如果不能签约，好比某人举行结婚仪式，嘉宾悉数到场，婚礼现场却发现新娘不见了，西水县这面子可就丢大了。吴高仁不动声色，指着身边一个衣冠楚楚的中年男人，对小高说：别着急。陈董事长有急事不能参加签约活动，专门派他的林副总经理作为代表前来，刚刚赶到现场。林副总经理对小高点点头，以示问好。小高松了一口气,刚说了一句你们陈董事长也太过分了,换人至少也事先通知一下。吴高仁制止了小高的怨气,要小高赶快去忙其他的,现场司仪也开始通知签约双方入席。吴高仁带着林总,把他介绍给王书记,王书记有点疑惑地看着吴高仁,吴高仁不动声色地眨了眨眼,带着林总到签约席入座。

签约的过程简单,在欢快的音乐声中,十对签约嘉宾在摆放在桌上的协议书上龙飞凤舞地签上大名,互相交换签约文本,握手祝贺,签约仪式便宣告结束。后面的事属于记者,经过记者的生花妙笔,明天有关报刊就会出现相关报道,肯定是招商活动成功举办,具体到签约多少项目、累计投资额多少等,看得人热血沸腾激动人心。吴高仁心里嘀咕自己只不过是个道具,到现场表演一回,主要对象就是那些长枪短炮的记者,方便他们取几个画面,不过他也只敢在心里嘀咕,表面还得严肃、喜庆,甚至是欢欣雀跃。签约完成,林副总连招呼都没有和王书记打就匆匆离场。吴高仁走到王书记跟前,王书记轻轻点点头,两个人一同上车。关上车门之后,王书记有点严肃,问:吴副怎么回事,今天事情不对。吴高仁不敢隐瞒,汇报被陈运开放鸽子的事情。当时情况紧急,吴高仁只好临时电话招来一个朋友,充当运开集团副总经理上场签约。这条新闻你要亲自把握,还有,运开集团的事你要盯紧,你找陈运开谈谈,要把好事做好。王书记看着前方,好像在自言自语。吴高仁连忙表示,这条新闻会交代本县记者,避开签约的特写镜头。至于陈运开,是有点病,自己会妥善处理,争取药到病除,如果有疑难杂症,万不得已再请领导出面。

要注意多沟通。王书记不接腔，吴高仁明白领导意思，希望吴高仁自己设法摆平，不要把王书记搅进去。吴高仁当然想事情到自己这里为止，但他没有把握，不知道陈运开是否罢手，他必须先给王书记打个预防针，避免到时候说没有提前汇报。

陈运开要给他上眼药，吴高仁早有预感。陈运开和吴高仁是因为陈高丁文化园规划调整的事情"擦枪走火"的，当时签协议的时候，一千亩是作为运开集团用地，一千亩地用于陈高丁文化园项目。工业用地和文化项目用地的价格不同，陈运开自然清楚。但他拿到地后，想把陈高丁文化园里的项目用地压缩到八百亩，把那二百亩地挪作运开集团一个厂区，同时把陈高丁文化园原定的另一块二百亩休闲用地改成别墅区，建造二百栋别墅，还有增加商业街的分量，尽管后面的仍然归于文化园的序列，但用途已经大为改变。陈运开的副总提出这个意见的时候，吴高仁强烈反对。这一变更造成土地用途改变，建设容积率改变，不少要重新报批，吴高仁倒不是怕麻烦，如今要干事情，怕麻烦就别干了。关键是那二百亩厂区一建，可能对陈高丁文化园辖区的空气造成影响，那二百亩别墅更是把原来属于公众的休闲地带圈成二百栋别墅主人的私人空间，别人只能隔着围墙，隔着篱笆在那羡慕嫉妒，还有商业街分量增加，这几个动作，就把文化挤到角落了，文化气息淡了许多，商业气息瞬间浓郁，此起彼伏，这道菜味道大变。几个回合，吴高仁都不松口，这让陈运开很恼火。吴高仁想象得出陈运开的恼火，吴高仁也恼火，吴高仁在办公室里走来走去，在心里骂娘："陈运开你这是为富不仁，那么多钱了还想把老百姓的这点好处也捞走。"吴高仁在陈高丁文化园项目签约后，就让小高通过各种方式大力宣传那块公共休闲用地，说好听点，让老百姓拥有知情权，难听点就是放诱饵，把那诱惑放在那里，告诉老百姓以后那就是休闲养生的宝地，游客会蜂拥而至，拥有无限商机。如果这么改，所有的诱惑最后都是空头支票，到时候老百姓戳脊梁骨骂吴高仁放空炮是小事，搞不好就是群体事件，还有骨子里，吴高仁想给西水县留下一片有文化的地方。吴高仁想找陈运开，不过他知道还不是时候，陈运开想调整规划只是通过他的副总，并没有和吴高仁直接接触，这不仅仅是级别对等的问题，关键是还没到摊牌的时候。陈运开耐得住，吴高仁也要耐得住，吴高仁和陈运开有点看谁耗得过谁的味道。出乎吴高仁的意料，陈运开是不见人先来个突然袭击，给吴高仁上了眼药，分量还不轻，这个坑不小。

吴高仁必须等待，他知道上眼药归上眼药，但陈运开必须给他一个解释，这么大一个项目在那里，不是小事，陈运开不会撂下不管，更无法无视他这个副县长和管委会主任的存在。陈运开在签约仪式上放了吴高仁的鸽子，面对的已经不是吴高仁一个人，而是西水县的领导，毕竟王书记也在场，当时在场的还有市长、副省长。陈运开这次动静搞得有点大。

两天之后，陈运开打来电话，他闭口不谈项目签约的事，只是问吴副是否有空，有空的话晚上聚聚，好久不见，聊聊。吴高仁很想说没空，但他最后只是说那就聚聚，地方你定。陈运开说那就聚福酒楼聚贤厅，就我们两个。吴高仁放下电话说陈运开晚上是要单挑，要赤膊相见了。小高说吴副你怎么不晾晾他？来个来而无往非礼也。吴高仁笑答这种事情不是妇女打架，你打我后我揪你头发。不能意气用事，要成就事业有时候就得委曲求全。吴副，晚上陈运开肯定没好心眼，您还是要防备。小高小心提醒。吴高仁大笑，说小高有进步，会分析，有动脑。不过即使宴无好宴，也得去，吴副又不是没赴过这种宴。吴副是摸爬滚打出来的，耐摔耐打耐刺激，没事。再说又不是去打架，那太没水平。

小高走后，吴高仁在转椅上调出一个号码，看了看。又调出手机相册里的几张照片，仔细琢磨。吴高仁不是没事干，他看的照片是陈运哲，本市常委、统战部部长，陈运开的族弟。照片上是陈运哲到陈高丁文化园视察的场景，陈运开和吴高仁陪同。指指点点的是陈运哲，陈运开在一旁站着，但吴高仁觉得怪怪的，好像汇报的是陈运哲，视察的是陈运开。

吴高仁反复看了多次，退出后又琢磨半天，哈哈一笑。

二

吴高仁到达的时候，陈运开已经在聚贤厅。陈运开握了握吴高仁的手，邀请吴高仁入席，两个人相对而坐。酒已经打开，喝的是葡萄酒。陈运开面前摆的酒杯不是一个，是三个，都斟满葡萄酒。陈运开端起一杯，向吴高仁示意，说吴副那天的事不好意思，特殊情况。陈运开把酒一喝而尽，连喝三杯。吴高仁知道陈运开这是在道歉了，但具体原因不再解释，吴高仁有点不爽，但又不能死缠追问。吴高仁举起酒杯，说陈董确实有点不够意思。陈运开说吴副如此精明的领导，这点小事自然摆得平，而且当时事情确实紧急，我是在前往签约仪式的高速路上突然改变行程的，有些事情无法解释，越解释越矫情，那就不解释。你看，当天签约的那谁谁谁好像挺帅。吴高仁笑笑说，弄了半天就得了一个表扬，陈董的表扬分量很重，看来这酒不喝还不行。陈运开说吴副不必全干，只要随意就可。吴高仁喝了一杯，说我习惯喝陈年米酿，对其他酒天生不适应。吴副你这习惯不好，有必要改正。凡事都有开头，也可能有必要调整，坚持到底未必就是好事。

吴高仁知道陈运开这是话里有话。陈运开晚上的宴请绝对不仅仅是为了致歉，这样的事情也就三杯酒的事情。陈运开喝了三杯，他认为这事情就应该过去了，绝对没有再纠缠的理由。陈运开倒酒，说吴副我们应该为我们的合作干一杯。我们的目标一样，是要把这项目尽快做起来，有些东西是死的，人是活的。吴高仁举杯，说喝酒可以，尽管我喝不惯葡萄酒，但可以克服，有些事情就不一样，我这个人死脑筋。吴副不用给自己贴标签，吴副太辛苦，有必要出去外面走走。陈运开端起酒杯，绕过来，和吴高仁碰杯。吴副你看只有两个杯子相碰才有声音，刚才我举杯半天，和空气碰撞不出声音。期待合作愉快。陈运开边说边把一张卡放到吴高仁的面前，推过来。吴高仁知道里面的数字肯定不是低年级小学生能够看得懂。

　　吴高仁把卡推回去，说陈董我给你讲个故事。我清明节回家扫墓的时候，给我的祖宗磕了三个响头。我们那里扫墓只烧香不磕头，但我磕了。我觉得祖坟冒青烟了，我必须磕头。我在读大专的时候，喜欢上一个女孩子，她在读高中。那时候没有电脑，电话都很稀罕，还是摇把子的，唯一便捷的方式就是通信。我们频繁通信，一天一封，甚至两封。但有一天，我收不到她的信了，无论我写多少封信，都石沉大海。暑假的时候，我才知道她根本没有收到我的信，以为是我放弃了，她曾为此大哭一场。后来才知道，信被她父亲的一个朋友截留了。那个人是邮政支局的局长，把我所有的信都当无法投递的信处理了。后来我和那个女同学没能再续前缘。那个邮政支局有四个人，就那么一个小头目，居然就可以改变我的命运。那时候我就发誓，我要努力，我要出人头地。我当上副县长的时候，我也是回到老家，在祖坟面前磕头，我向老祖宗保证，我一定好好当官，当到平安退休。我不想老祖宗在地下还没高兴够就要黑着脸，低着头，如果那样，我就真的是不肖子孙。陈董，我很佩服你的祖先陈高丁。

　　那天晚上的酒喝得很不愉快，最后陈运开摔了杯子，吴高仁也摔了杯子。陈运开按铃让服务员进来收拾，服务员看到两个人的脸色都不好，不敢吭声，收拾完赶快离开。吴高仁换了杯子，和陈运开继续喝，喝到最后，两个人用倒葡萄酒的壶喝上了，一个人一壶，离开的时候，两个人都东倒西歪。小高说从来没见吴高仁喝成那样，他接到吴高仁电话赶过去，把吴高仁送回家，陈运开也是被司机架着上车。小高在第二天说领导以后还是别这样喝酒，吓死人了。吴高仁苦笑，说如果喝酒能解决问题就好了。酒是好东西，但酒不是药。就像项目，是成绩，但也可能是麻烦。小高看吴高仁说得神叨叨的，不敢吭声。吴高仁说小高你忙你的事情，吴副没事，吴副还有战斗力。

　　吴高仁给远在北京的王明娟发了短信，问领导又在哪里发表重要讲话？王明娟回短信说正在开会，有事情留言，或者会后联系。吴高仁想想，问王明娟最近是否有什么消息，关于西水县上级部门的。王明娟回说小官吏碰到疑难杂症了？那我过后了解下。吴高仁说那就等你消息，有病找医生，我这个人不讳疾忌医。只有知道症状，才能对症下药。

　　吴高仁又调出照片，仔细琢磨陈运哲的相貌，好像自己不是副县长，也不是工业园区管委会主任，而是算命先生。陈运哲曾多次到陈高丁文化园项目现场，第一次就是在他刚任本市常委的第三天，奉命前来协调灭火工作。当时有某家"国字号"媒体记者前来要曝光陈高丁文化园征地工作，有群众聚集阻挡施工。市委常委、统战部部长原来不管招商工作，也不管城市建设，陈高丁文化园征地纠纷原来和他无关，但因为陈运哲是陈高丁后裔，和投资商陈运开是族兄弟，市委书记一个电话，原来可以置身度外的陈运哲被推到一线，靠前指挥。

　　陈运哲出发的时候，打了一个电话，问清现场情况。然后再打一个电话，把市方志办干部陈水山叫到办公室。陈水山也是陈高丁后裔，和陈运哲是族亲，曾经在父亲陈运达的带领下拜访过陈运哲，希望能得到陈运哲的关照提携。陈水山逢年过节会给陈运哲发发短信联谊感情，也曾数次登门拜访，把叔叫得亲热。陈水山到的时候，陈运哲也不多说，让他跟自己上车，车辆疾驰而去。在车上，陈运哲问陈水山工作如何？陈水山有点拘谨地回答，说方志办这地方，就是收集整理资料，工作没有太多挑战性。陈运哲说那就到市委统战部，给我当秘书，回去后我再让人去办调动手续。陈水山听得激动，连连感谢。陈运哲说要沉住气，好好把工作干好就行。

　　陈运哲抵达现场的时候，吴高仁也刚到。当时吴高仁接到消息，知道陈运哲正往现场赶，吴高仁就在拐弯处等待，让小高派个人到前方路口守着，等陈运哲的车辆经过，马上报告。吴高仁就在陈运哲前一分钟抵达现场，还没挤进人群，就拐出来迎接陈运哲。吴高仁这点把握得好，让陈运哲看到他已到场，但还没和闹事群众实际接触。吴高仁把情况简要汇报，陈运哲点点头，当时现场有五六十人，带头的是陈运达，群情激奋。那个"国字号"记者忙着拍照。陈运哲看了看，走过去，拍拍正专心拍照的记者肩头，说马记者也到现场采访了？那记者正要发火，抬头看是陈运哲，明显激动，说老兄您怎么会出现在这里？陈运哲说我已经调回本市，当个市委常委、统战部部长。马记者说那先口头祝贺，改天再好好喝几杯。陈运哲说喝酒不急，有的是机会，我今天要先把这事情处理好。马记者说您分管招商引资？或者工业？陈运哲说那些我都不分管，但这是我老家，这个项目是我哥哥的。马记者恍然大悟，原来如此，既然这样，什么也不说，当我今天没到西水县。陈运哲握住马记者的手，明显加了点力度，

谢谢理解支持。马记者说不用客气，你是我的恩人，我不能忘恩
负义。

　　吴高仁松了口气，一大难题解决。看那边的人也开始散去，
陈运达正在招呼大家说回去吧回去吧，个把不想动的，陈运达黑
着脸开始骂人。这都是陈水山的功劳。陈水山一下车，看到带头
的是陈运达，急急把他拉到边上，说爸你这是干什么？陈运达说
这项目施工会破了风水，断了龙脉。陈水山很着急，说爸你赶快
让人回去。运哲叔已经跟我说了，让我当他的秘书，以后我就有
希望了，市委常委的秘书，哪个不会提拔？运哲叔才是我的贵
人，才是我们这一房的龙脉。没有他，我依然在方志办当干事，
我都当了那么多年干事了，这龙脉不也从来不显灵？陈运达以前
走村串户做点生意，在乡村里属于精明的人物。他一听就明白
了，那我让大家赶快回去，这时候不能惹运哲生气，不能给他添
麻烦。陈运达立马招呼大家散去，大家来这里闹也是陈运达召集
的，陈运达在他那一房是绝对权威，他说散基本上就散了，大家
心里其实不想和陈运开杠上。

　　就几分钟，群众散去，挖掘机照样施工。马记者也谢绝陈运
哲的挽留，说还有其他事情要赶往外地，下次再和陈运哲好好喝
几杯。陈运哲也不停留，说刚回本市，事务繁忙，要赶回市里，
叮嘱吴高仁要把项目盯紧：群众只有见到进度才会相信，要把好
事做好，把项目做实。吴高仁看着陈运哲的车远去，打电话汇报
给王书记，让他不必赶来，事情已经解决。吴高仁也给王明娟发
了短信，告知情况，还附上一个满头大汗的表情。王明娟回了一

杯茶的表情，还有一句话：前途光明，道路曲折，任重道远，小心谨慎。

三

陈运哲有点麻烦，不过是在外地任副市长的事，相信已经摆平。王明娟的短信，让吴高仁有点明白。

陈运哲调回本市任常委、统战部部长，到岗第三天就赶到陈高丁文化园，几分钟的时间就妥善处理了群众聚众阻挠施工和某"国字号"媒体记者舆论监督两件事，吴高仁不会无动于衷。吴高仁动用关系，几天时间摸出一个轮廓。结果让吴高仁自责不已，认为自己工作不到家，简直就是留存一个巨大黑洞。陈运哲和陈运开不仅仅是族兄弟那么简单。他们之间血缘到底有多亲近，吴高仁一时半会无法厘清，血缘这东西无法像测试浓度一样，用个什么仪器测出个百分之几，只清楚他们是陈高丁的后裔。但他们亲近的一样东西，吴高仁弄清楚了，那就是金钱。陈运哲考上大学，家里经济比较拮据。当时陈运开已经是小有成就的企业家，陈运开到陈运哲家里，把一叠有点厚度的钞票放到他家简单的餐桌上，说你只管读书，其他的事情不用管。大学毕业之后，陈运哲被分配到某中学当老师，但刚报到三天，一纸调令，陈运哲到市委宣传部上班。陈运哲怀疑是否弄错，陈运开说天上掉馅饼固然很难，要砸错人更难。陈运哲才明白，一切都是陈运开的运作。从此以后，陈运哲认真做事，一路提拔。

陈运开曾经和陈运哲有过一次深入谈话。那天两个人喝酒，陈运开说人家说大树底下好乘凉，我们现在就是没有树，花草再多也是贴着地面，人家要踩就踩，如果你是树，谁能踩你？你的任务就是好好当官，当越大越好。你别看我现在风光，好像钱很多，可是离了官，我什么都不是。你看人家想掏我的口袋就掏，想要我吃喝我就得吃喝。官商官商，官是树，商是花，是草，花草好看，花花绿绿，好像是风景，其实，到头来，树才是风景。陈运开拿出一张卡，说树别人踩不到，但人家会砍。砍树的不是斧头，不是锯子，是金钱，你不要担心钱，你也不能去搂钱。这卡里，任何时候都有两百万的余额，有其他需要你再说。还有，市区有个楼中楼，你住着，房产证要办什么名字你想好告诉我。你要干干净净当官，你在，我的集团就有希望，我们老陈家就有希望。当晚，两个人喝了两瓶飞天茅台，一人一瓶，把两个人喝得百感交集。

陈运哲要上副市长之前，是市经贸局局长。当时竞争激烈，好几个备选人选。关键时刻，一个投资三十亿元的项目落户该市，引进项目的是陈运哲。签约仪式上，分管经贸、工业的副省长莅临现场，投资商在副省长以及陪同的市委书记、市长面前，谈及之所以选择落户该市，都是被陈运哲局长感动。副省长表扬陈运哲不错，当场再次握手体现他的表扬落到实处。参加完仪式，副省长离去的时候，还特意和陈运哲打招呼，叮嘱要做好项目后期服务工作。陈运开和副省长同车而去，几天之后，尘埃落定，省委组织部前来考察，陈运哲荣升副市长，分管工业工作。

　　陈运哲调回本市担任市委常委、统战部部长，吴高仁给他发了一个短信"如愿以偿，祝贺"。这条短信他也同时发给陈运开。同样的几个字，信息量丰富。对陈运哲来说，有终于回到家乡，有更上层楼等等值得祝贺的理由。对于陈运开却是另外一种味道，别人提拔他却如愿以偿，却不是张冠李戴，只能解释为醉翁之意不在酒。吴高仁想了好久，才给陈运开发了这么一条短信，他要传递某种信号。吴高仁突然就有了"你在桥上看风景，看风景的人在楼上看你"的那种感觉，点燃了一支烟，有种小小的得意。

　　小官吏，是否以为自己逼近真相，正在那里得意？王明娟一开口，吴高仁吓了一跳：我有理由怀疑，你不是个官员，而是一个巫师，不，一个巫婆。王明娟得意大笑，说看来小官吏修炼还不到家，没有曲径通幽的道行。见山是山，见水是水，有待努力修炼，好好进步。我也惭愧，不过我也不服气，我自小生长在县城，视野有限，自然看到的风景就有限。不像你，生活在京城，随便一扫视，就是我们踮着脚尖架着云梯也看不到的风景。听吴高仁在那酸溜溜，王明娟说你别不服气，牛牵到北京也是牛这句话你应该听过，再说王阳明悟道是在贵州龙场，当时那更是个鸟不拉屎的地方，修行在心。他人生立功第一仗是在福建，后来他催生的平和县，所以有句话：英雄不问出处。两个人真真假假说了一通，吴高仁感觉特别轻松，他和王明娟交谈很愉快，有时候就是几句话，但那种舒畅的感觉能保持很久。好了，告诉你一个事，那天陈运开可能还真不是故意放你的鸽子，他是去替陈运哲擦屁股。这家伙，平时小心，也不缺钱，反正有陈运开供着，可他最后还是在下半身出了问题。

　　陈运哲官声不错，不贪钱。事情出在一个叫肖云的女人身上。肖云是市电视台的主持人，曾经多次采访过陈运哲，这是个办事干练的女人，有气质，人又漂亮。肖云单身，曾有过短暂婚姻，但因为老公受不了她整天外出应酬而协议离婚。陈运哲当时是异地为官，和肖云接触几次之后，说不清谁主动，结果就是两个人有了关系。肖云不是个张扬的女人，也不会把这事情当成招牌，问题是肖云不仅仅和陈运哲一个人关系特殊，她和当时的一个市委常委也有一腿。该市委常委前不久出事，供出肖云。肖云在接受调查的时候，从她的手机上发现了几条内容暧昧的短信，短信往来的是肖云和陈运哲，事情有爆发的趋势。

　　陈运开及时得到消息，马上和陈运哲取得联系，要陈运哲有充分思想准备。陈运开和陈运哲联系之后，告诉他和自己联系的时候用另外一部手机，自己也把常用的手机关了，用另外一部手机和新号码联系省城某神秘人物，直接驱车省城，接上他之后匆匆赶往陈运哲曾任副市长的那个市。陈运开自己关机的同时，要求司机和秘书全部关机，他必须全力以赴，在风雨到来之前把那个尾巴切掉。

　　到达地方，陈运开没有露面，在宾馆等待。省城来的客人突然造访，让相关部门有点吃惊，不过大家没有太多惊讶，工作性质特殊，不能以常规思维考虑。他和几个人见了面，吃了一餐饭就匆匆离去。回去的时候，以私事顺道造访的他由市里派车送他回去，走出宾馆之前，他在卫生间给陈运开挂了一个电话，只说一句：好了。

陈运开在该市继续逗留一天。他知道短信里的那几条已经删除，没有人会再主动提起。肖云在接受问话的时候，有人告诉她：要仔细考虑，老实回答，任何一句话都要负责任。陈运开以前也见过肖云，他知道，肖云是个聪明的女人，她知道应该怎么说。陈运开赶回本市，去见了陈运哲。他们之前谈了什么，不得而知。不过，从他和吴高仁喝酒的时候摔了杯子，他心情好不到哪里去。

看来我很冤，那杯子的账要记到我头上。吴高仁向王明娟诉苦。所以小官吏要目光长远，要多看几眼，不要太小家子气。他摔一个，你摔一个，最后到你账上是你摔了两个杯子，要懂得算账。看来我得去补习数学，吴高仁苦笑。会补缺补漏就会进步，期待你学有所成。王明娟放下电话前，又说了一句：我想那陈年米酿了。没等吴高仁回答，她已经放下电话，剩下吴高仁在那发愣。

吴高仁倒了两杯陈年米酿，轻轻一碰杯子：干杯。他喝了一杯，端起另一杯，也喝了。这酒，醇、绵、黏、甜，非常顺，喝下去，一点都不会呛到，也没有酒味，酒气是慢慢起来的。吴高仁靠在转椅的靠背上，感受酒气从腹中慢慢升腾，游走到脸，微微有点发热，然后是头，有一点点酒意，微醺，毛孔微张，舒服极了。他想再喝一杯，可对面空荡荡的，没有人。他突然又不想喝了，点了一根烟，看烟雾袅袅升腾。

这时候，电话响了，是小高的电话，说接到政府办通知，明天陈运哲常委要来调研陈高丁文化园项目推进情况，县委书记、县长陪同，由吴高仁汇报。

四

陈运哲如期前来。这是一次小规模的调研，前来的只有陈运哲和他的秘书，确实是轻车简从。当天西水县没有其他重要领导前来，也没有什么大型会议，县委书记、县长悉数到场陪同。陈运哲的调研多少带点私人性质，尽管他一到场就定调此次前来是调研"回归工程"项目，吴高仁知道陈运哲这是给自己的此次调研一个说法。"回归工程"有点"凤还巢"的意思，是指那些有成就的企业家回到老家投资创业，是近年来推崇的"以情招商"的一种模式，大打亲情牌。

陈运哲看了陈高丁文化园的建设情况，吴高仁和陈运开依次汇报。吴高仁侧重从服务项目的角度，陈运开说的就是目前需要解决的问题，焦点集中在规划调整。陈运哲在他们发言的时候基本不说话，但不满意的情绪很明显，所有人都感受得到。

走到山顶，看到项目现场只有几台挖掘机和几辆汽车在工作，陈运哲更不高兴。吴高仁心里有火，昨晚就联系施工方，要求今天增加挖掘机和汽车，至少在场面上做足。吴高仁知道最近陈运开有点拖的架势，每天只有少数人在施工，项目进度蜗牛一般。昨晚施工方答应得很利索，今天上午才发现，那些答应的挖掘机没有到场，说是挖掘机在路上的时候，剐蹭到一辆停在路旁的车辆，引发纠纷，有闹事的前奏，车队被堵在那边。吴高仁的火不是一般的大，他知道这背后有猫腻，只是现在腾不出时间去处理。

陈运哲说我反对把挖掘机开上党报的版面，说到项目就是挖掘机轰鸣，几辆汽车来回穿梭，再来一张挖掘机工作的照片，但推进项目要有气势，有办法，有效果。项目要落到实处，项目要推进有法，项目要找准结合，各方面抓工作要有进度，有实效，不要老停留在口头汇报。有问题要坐下来商量，寻找平衡点，找准切入点，把握关键点。对于投资方提出的问题，业主单位和县里的层面要认真研究，对于合理的部分该调整就调整。现在有些地方在招商引资上容易出现"引进前是孙子，引进后是大爷"，不要招一个项目，吓跑一群投资商，"回归工程"不要到最后成为"毁归工程"。我希望下次来看的时候有明显进度。

陈运哲说了一通，谢绝县委书记、县长的挽留，直接回市里去。书记、县长和吴高仁回到吴高仁的办公室，书记问吴高仁：吴副，有什么想法？吴高仁苦笑，我现在等着书记、县长"强调补充"，在领导"强调补充"前我谈点感受，我听人家说是胡萝卜和大棒一起上，可今天我看到的就是大棒挥舞，没有胡萝卜，现在屁股不疼，头疼。县长摇摇头，说吴副有些话不宜说。吴高仁点头，我知道，屁股疼就忍住，不能叫。我小时候调皮，被母亲脱下裤子用竹枝打屁股，打过之后，还要装没事，否则会被笑话。我那时候就知道，疼是你自己的事情，再叫就更丢人。吴副是批评我们不护着你？县长拍了拍吴高仁的肩膀。吴高仁再次苦笑，县长你知道我不是这意思，还挖苦我，看来不会说话是个大问题。王书记劝阻，哈，好了，好了，就别自我批评了，我们三个现在是捆在一起，这项目推进不了，被领导批评是小事，引发其他问题是关键。陈运开现在是稳坐钓鱼台，他不急，我们不能不急，吴副还是得想想办法，有什么思路我们再碰一下，我和县长会支持你。

王书记和县长走后，吴高仁在办公室转圈。吴高仁给王明娟发了短信，吴高仁越来越习惯和王明娟商量事情。王明娟打来电话，听吴高仁说了陈运哲前来的事和他的"死命令"。王明娟突然说小官吏是否考虑换个地方？吴高仁愣了一下，说让我自己调头？我不习惯让别人擦屁股，那不是我的风格。小官吏如果选择前行，估计会波涛汹涌。那我就来个击水中流，从小我就是个玩水的高手。看来小官吏很有信心，那我就等着你拍出浪花。

吴高仁没有说书记和县长的"强调补充"。他理解书记和县长，他们都有点急了。根据内部消息，近期县级主官层面会做个微调，王书记想更上层楼，县长想再进一步，有想法都是正常，没有想法才不正常。陈高丁文化园原来是个亮点，千万别在关键时刻成为伤疤，都亮眼，但方向不一样。

吴高仁叫来小高，问上午的挖掘机怎么回事。小高说他了解到，施工方根据要求，组织了五台挖掘机和十部工程车，早上八点出发。到工地有两条路，一条大路一条小路，打头的挖掘机师傅姓陈，他坚持要走小路，说小路比较近，节约时间。在路上，陈师傅边开挖掘机边唱歌，不小心挖掘机的巨臂摆动一下，碰巧剐蹭到停在路旁的一辆面包车，面包车左边屁股被砸塌，车主要求赔偿，陈师傅不干，说面包车违规随意停车。双方发生争吵，路被堵住，后面的挖掘机和工程车想掉头，也被面包车车主的亲友堵住，造成无法及时赶到现场。吴高仁问小高，事情最后如何？小高气鼓鼓地说，这根本就是演戏，这边陈常委一走，那边就达成赔偿协议，陈师傅赔了面包车三百块，事情解决，人群散去。嗯，小高厉害，抓到问题关键，演戏。人家是要砸我们的场子啊。

吴高仁很被动。陈运哲走后没几天，他想如何和陈运开沟通，如何做有限让步。他还没行动，又有事情，在媒体上，陈高丁文化园再度成为热词。《文化名下的烂尾工程》，文章报道西水县大量圈地，大片良田被毁，号称要推进陈高丁文化园，可是项目落地之后，因为服务不到位、配合不到位等等原因，开发商有撤资的想法。警醒各地不要借文化之名搞政绩工程，最后留下烂尾工程。文章最后几句：如此的文化名下的烂尾工程，毁掉的不仅仅是良田，还有文化，还有民心，还有民众的信任，这烂尾工程不仅仅烂在眼里，还烂在心里。文章配发好几张照片：被挖开的耕地，长满野草的田地，还有冷寂的工地。文章一发表，各大网站竞相转载，不少网站在转载的同时还把之前项目要落地的争议性报道作了链接，作为延伸阅读。还有的网站把多年前的《西水县为树典型举债建新村》也扒出来，评论说西水县有做表面文章的根源基础，好大喜功是习惯做法，一时间，西水县被推到风口浪尖。《文化名下的烂尾工程》文章首发的记者姓马，来自某"国字号"媒体。

不用吴高仁汇报，王书记就打来电话，说吴副看来事情复杂，你要抓紧想办法解决。陈高丁文化园不小心会是个炸弹，看来还有引爆的危险。吴高仁说我知道，我会妥善处理。放下电话，吴高仁发现未接来电里有三次呼叫，是县长。县长要求吴高仁尽快和陈运哲接触，想办法加大施工力度，消除影响，要有根本性改变，不能给媒体留下后续炒作的口实。

吴高仁在纸上划拉着，后来才发现自己写的是个"马"字，写了数十个。马记者在项目开始之初曾经到场，后来在陈运哲到场后迅速离去，吴高仁记得马记者离开之前，和陈运哲说了一句"你是我的恩人，我不能忘恩负义"。吴高仁打了几个电话，然后有信息陆陆续续汇总而来。马记者的面目逐渐清晰。

马记者和陈运哲相熟于陈运哲任副市长的时候，当时马记者到该市采访，盯上某项目，采访之后写了好几篇文章。文章写完，马记者没有马上发表，以核实相关数据为名，让该项目分管领导过目，文章写得老辣到位，很有火药味，相信发表之后会引发轰动。该领导立即展开公关，几番拉锯之后，在酒桌上，马记者终于开口，要求对方投放二十万元的广告。马记者以为胜券在握，谁知道螳螂扑蝉，黄雀在后，该领导很有经验，把马记者的言行做了录音，包括他在酒桌上醉态明显，把手放在某女性陪同人员的敏感位置，都拍了照片。马记者第二天清醒之后，正想让对方签订合同，该领导说合同没有问题，可是有补充协议让马记者过目认可。马记者听了自己的录音，看了照片，汗刷地下来，该领导说可以签协议，但他会把相关协议报送上级宣传部门备案，同时为了预防资料丢失，会在几个地方存档，比如网站之类。

马记者立即放下姿态，低声相求。该领导被马记者拖了好几天，身心疲惫，这时候需要提振精神的理由，坚决不同意马记者息事宁人的建议。马记者几经周折，最后陈运哲出面。陈运哲当着马记者的面，让那位领导删除了照片和录音，派了一部车，礼送马记者离开。马记者感恩戴德，说有机会一定好好报答。陈运哲之所以认识马记者，是有个人介绍，这个人是肖云，电视台主持人。

放下电话，吴高仁哈哈大笑。

五

马记者联系吴高仁，吴高仁低声说我正开会，请联系办公室主任小高，然后就把电话挂了。吴高仁交代小高，所有媒体记者前来，他要去哪里看就去哪里看，想采访谁就采访谁，工业园区准备的新闻通稿，说明陈高丁文化园进展情况，重点说明建成以后是怎样的功能定位，建设情况以有序进行中概括。所有领导都不接受采访。

吴高仁把手机关了，告诉小高自己要出趟门，如果有人问起就说吴副最近压力大，身体出现问题，到医院检查身体，其他细节一概不知。确实有重要领导，再告诉他另外一个号码，但知道的人要从严控制。交代完毕，吴高仁叫上司机，外出办事，三天后才返回。

吴高仁回来之后，小高主动汇报，这几天找吴副的人不少，主要是媒体记者。前两天比较多，今天已经基本没有了，看来这一波次的新闻事件很快将成为历史。吴高仁很高兴，说这页先翻过去再说。吴高仁感慨地说看来我这辈子和记者有特殊缘分，隔三岔五就有集中的视线交集。

吴高仁主动联系陈运开，他必须和陈运开谈一次，当然不是为了再次摔酒杯。陈运开在外地，吴高仁知道陈运开的意思，他现在要吊一下吴高仁的胃口。他知道有多种途径的压力汇聚而来，吴高仁最近会比较辛苦。吴高仁不相信陈运开在外地，他不会如陈运开想象的那样着急。听说陈运开在外地，吴高仁微微一笑，说陈董就是忙，项目多点推进，那只好等我出门回来后我们再约。吴副要出门？什么时候回来？是啊，准备到外地考察温泉酒店，看看引进几个项目，大约半个月后回来。半个月后？吴高仁知道陈运开十天后要随某个经贸代表团出国，时间是二十天，他必须在出国前和吴高仁见面，他再摆架子也只是虚张声势。更为关键的是吴高仁是去考察温泉酒店项目，他的运开集团也经营酒店，同质化竞争是大忌，他必须和吴高仁谈。吴副那我们后天先见个面，我明天赶回去。

陈运开和吴高仁还是在聚福酒楼聚贤厅见面。陈运开直截了当，说如果吴副为难，把我前期投入的资金返还，按照同期银行的标准计息，我考虑退出。吴高仁知道陈运开会说这个。他端起酒杯说陈董这是要挟西水县？吴高仁把自己抽出来，把陈运开推到整个县的对面。谈不上要挟，在商言商，无可非议。不过我想吴副清楚，如果这个项目夭折，肯定会有声响，不会无声无息。陈运开点燃一根烟，吸了一口。陈董是在为我考虑？我小时候有回出门，到很远的地方挑稻谷。那时候家里穷，一担稻谷是家里的全部，那个重，我真想放下来不要了，我咬牙的时候，我父亲来了，接过担子。扯远了，不说稻谷，陈董你说你是在商言商，你错了，你当时来，就不是纯粹地在商言商。你有勇气到你的老祖宗陈高丁的坟墓前也这样说吗？也说你的在商言商？

吴副，我觉得我一开始就偏离方向，我不该把现在的事业捆绑在一个已经逝去的人身上，还是几百年的人。陈运开弹了弹烟灰。哈，陈董的意思是不想在一个数百年前的死人身上浪费财力物力，可是这个人和你有关系，是你的源头，没有他，就没有你，也没有你今天的产业。这个人和你，那是如何也切割不了的，不是壁虎尾巴，可以去掉。还有，我不姓陈，我怕啥，你这个项目不做，会有人感兴趣，那就是温泉酒店。

陈运开站了起来，说你的出差就是要填空？吴高仁摇摇头，又点点头，我也不想，但我要有所准备，这块地不能老是在这儿长草。陈运开倒了一杯酒，说陈高丁文化园不能没有。吴高仁也倒了一杯酒，碰了碰，凡事都在发展变化，允许你变化，也就允许我变化。你说过，坚持到底未必就是好事。

吴副，陈高丁文化园我肯定要做，但协议也要重新修订，规划必须调整，如何调整，我们让专业的人员去谈。吴高仁发现问题又回到起点，画一个圆，原来笔要偏了，差点成椭圆，手一抖，方向偏回来，又成圆的了。这天，两个人都没有喝多。

吴高仁团队和运开集团的人谈了几回，没有多大的进展，征地这边又出了问题。在某个地块还有十多亩地没有征好，其实这块地也有部分已经签了协议，领走赔偿款，只有五亩多没有签协议，已经签了协议的反悔，拒绝接受征用。吴高仁当时认为项目用地还没推进到那里，就告诉负责该地块的工作队队长，说要和群众谈，能征下的先征下，遇到难题就不去管它，绕过去，避免提前激化矛盾，等需要用地时才该出手就出手。最近因为和运开集团谈判，事情有望出现转机，该工作队队长觉得应该主动作为，就想去把这块骨头啃下来。该地块有个青年，属于在外混社会的，有点江湖义气，带头组织了"护田队"，有二十多人，每个人配发一把砍刀，声称谁敢动这块地就砍谁。

吴高仁有点恼火，最近好像流年不顺，什么事情都会遇到。他叫来小高，查清楚这块地的手续已经报批完整。吴高仁做事细心，他当时要求相关人员，可能引发争议的地块程序一定要合法，手续优先报批。看来吴副要出手一下，要不以为他是病猫，谁都可以来几下。吴高仁通知相关人员到办公楼前集中。在等待人员集中的过程中，吴高仁给公安局局长和治安大队队长打了电话。吴高仁是副县长，除了兼任工业园区管委会主任，还有个身份，是县委政法委副书记。

吴高仁亲自带队，带着二十个人，每个人一把铁锹。到了工作地块，所谓的"护田队"已经手持砍刀等在那里。吴高仁看了看表，带队走过去。带头的人看他们过去，就喊了一声，朝这边过来。吴高仁示意一下，二十个人站成一个圆圈，每个人一把铁锹，铁锹闪亮，也是很有阵势。带头的那青年挥舞砍刀，刚要带头冲过来，县公安局治安大队的警车已经到了，以涉嫌携带管制刀具为由，控制了几个带头的人。那几个人不服，说吴高仁他们也带着铁锹，也有暴力嫌疑，为什么只抓他们这边的人。吴高仁微微一笑，说有谁看到我们拿铁锹拍人了？有谁听到我要用铁锹打人了？我这是去青工具，又不是行凶工具。吴高仁一声令下，二十人的铁锹队走进田里，挥动铁锹，快速去青，没有再起任何波澜。

强制执行之后，吴高仁让所有原来挂钩的工作队队员进村入户，安抚情绪。签订协议之后，所有的补偿款全部现金支付，这块地顺利拿下。

吴高仁没来得及得意，就在办公室接到王书记电话。看来是一波一波加压啊，王书记在电话里说，市里把陈高丁文化园列入年度重点项目，三个月后全市领导班子成员到各县现场点评项目工作，市重点项目是必看点。该项目已经明确，由市委常委、统战部部长陈运哲挂钩。有些东西你要把握，该让就让，这个项目现在已经是没有退路了。吴高仁可以听到王书记话里的无奈，人在江湖身不由己。我会把握的，我不甘心，即使我粉身碎骨，也不能拖累领导。吴副你意思是我怕事了？我这把骨头还是有点钙质的。你好自为之。

　　吴高仁还在琢磨王书记的话，王明娟的电话来了。小官吏有没有正在考虑头上的乌纱帽会不会飞了？我得到消息，这个项目原来不是陈运哲挂钩，是他自己要来的。你要有所准备，压力不会小。吴高仁想象得到陈运哲的态度，他长叹一声：我个人无所谓，我清明节扫墓的时候就和我的祖宗说，我已经心满意足。现在是你哥，我尊敬的王书记，还有县长，他们正处在关键的时候。他们也没有给我压力，我压力更大，做人不能只是考虑自己，就是为了自己的理想也不行。我也知道我哥这时候的心境，但我不会要求你做什么，你自己考虑决定吧。王明娟没有再和吴高仁斗嘴，她的电话挂断了，电话里嘟嘟嘟老半天，吴高仁才放下电话，吴高仁很想和谁喝酒，喝陈年米酿，可是那个人在北京。吴高仁突然想起那句歌词"在人多时候最沉默，笑容也寂寞"。他点燃一根烟，狠狠地吸了几口。

六

　　吴高仁打电话给陈月升。陈月升是个地理先生，陈运开的私人顾问。好久没听到吴副的声音，以为吴副升官之后把我忘了。吴高仁笑骂说你活得滋润就不要得了便宜还卖乖，什么时候回来联系一下，我请你喝陈年米酿。吴副是不是准备开个酒厂，专门加工陈年米酿，现在预热宣传？我开个酒厂也许不可能，但引进家酒厂也未尝不可，只是我现在杂事缠身，最近活得很不畅快，想请你这陈半仙诊断一下，是否今年流年不利或者办公桌方位不对冲撞了土地爷？陈月升在电话里哈哈大笑，说吴副有意思，不会摆个官架子高高在上。我还高高在上，我现在就在最基层，再基层下去估计就要永垂不朽，到地下和陈高丁他们为伍了。只是现在还没把陈高丁的事情办妥，下去估计没有共同语言，谈不来没有意思，所以我不必赶行程。吴副你够兄弟，我知道你的想法，你可以做点陈代成的文章，他的坟墓就在陈董想建别墅群的那个区域。我只能说到这里，天机说一半留一半，其他的就看吴副的了。嗯，陈半仙够哥们，下次回来，酒管够。

陈代成这个人，吴高仁清楚。吴高仁当年在政协文史委研究文史工作，不仅仅研究陈高丁一个人，对陈代成也下了功夫。陈代成是陈高丁的第四代孙，曾担任教谕之职，也就是现在的教育局长，陈运哲、陈运开都属于陈代成这脉后人。陈代成留下不少诗作，诗文风格清新朴素，在当时是个名人，县志对他有记载。陈代成去世的时候，有个地理先生"点地"，说在那区域有个天然石棺，如果能下葬此穴，后代必然发达。仅仅宝地还不算，还得吉时，须得在半夜时分，听到虎啸三声之后下葬。当时陈代成育有三子，其中有个儿子说地理先生说得那么神奇，无非就是为了多得几个钱。恰好那天要吃饭的时候，猪肉有当天新鲜的，也有前一天剩下的，那个儿子看到要上菜，让帮工的人把隔夜的送到地理先生那桌，说地理先生靠耍嘴皮子吃四方，有肉吃已经不错。陈代成其他两个儿子呵斥兄弟不要乱说话。世间的事情就是这么巧，该"孝男"说话的时候，凑巧让地理先生听到。地理先生也不吭声，坐下后默默吃饭。吃完饭，把位置点给办事的人，说"福宅福人居，好地好人享"，挖到挖不下去的时候下葬即可，因为地理先生和陈代成属相相冲，地理先生必须回避。他点完地就先行离去。

陈代成下葬的时候，工人挖墓穴，挖到一米多的时候，下面是整块石头，并没有石棺。地理先生已经离开，无从咨询，办事的人记得地理先生曾经说过，挖到挖不下去的时候就下葬，明白已经到界。当晚半夜吉时，月色清朗，几个工人等在那里，果然等来虎啸。当时顶窟这片区域树林茂密，老虎出没也不奇怪。地理先生曾有交代，要等虎啸三声才可以下葬，关键是听到第一声虎啸，工人已经吓得半死，匆匆把陈代成棺材往墓室一推，就奔逃而去。第二天天亮，工人去把墓地做完，发现前天晚上因怕虎啸，棺材只推了一半在墓室，一半靠在斜坡上。陈代成的长子长叹一声，说家族福气就到此而已，强求不得，只好在那时把棺材调正，安葬完善，立下石碑。

陈代成后裔朝拜祖先的时候，屡屡提起这事，感慨不已。谁知道数代人之后，连这感慨也没有机会。当时西水县有次暴雨，连下数天，全县境内洪水暴发，多处山体滑坡。《西水县志》记载："暴雨数夜，多地山崩，死人数十，牲畜冲溺百余头。"陈代成的坟墓就在此次被滑坡的山体淹埋，暴雨之后，陈代成后裔已经无从看到祖先的坟墓，看到的是硕大的土堆，祖先坟墓"只在此山中，土高不知处"。陈代成的后裔哀伤不已，后来有某个地理先生说他们是因祸得福，按照陈代成的命理，陈代成的坟墓就必须淹没其中"宜置荒野，适离人家，高不过三尺"。就是陈代成坟墓周边不宜太热闹,最好离村庄有点距离,坟墓也不能做得太大太豪华。每逢清明,陈代成后裔就对着那山包烧香祭拜。

吴高仁研究着陈代成的资料,想着陈月升的话。他在想如何抓住陈代成做点文章,想想自己先是瞅着陈高丁,现在又打陈代成的主意,吴高仁苦笑,活人要靠死人撑台面,今人要靠古人做工作,有点悲哀。

吴高仁带着小高,到陈月升说的那片区域。吴高仁看到山体已经挖开,挖掘机正忙碌作业。工人们在施工,这块区域无论最后是建别墅还是留着绿地,适度平整总是需要。吴高仁看着山势,那次大雨之后,这山坡不知道又坍塌几回,许多东西已经改变。看了半天,吴高仁发现有条隆起的山脉痕迹存在,他心里一动,交代小高留下,盯着工地,挖到大石头或者有其他的发现立即报告。吴高仁在那边默念:陈高丁、陈代成,我可是在为你们干活,你们即使已经死去,也得做点贡献。

小高不清楚吴高仁的用意,但他知道领导这样做肯定有理由,他就尽职尽责守在工地。吴高仁从工地下来,他要去见一个人,他必须主动,这个人是陈运哲。吴高仁给陈水山打过电话,知道陈运哲没有外出,就直接驱车前往。进入市区的时候,吴高仁给陈运哲发了信息:领导,我在市区,有几个事情想当面汇报,不知道有时间否?陈运哲当即回信息,要吴高仁到他办公室。

陈运哲亲自泡茶,陈水山轻轻关上门,离开。领导亲自泡茶,一个意思是看重客人,一个是给秘书信号,他可以离开了,这里不需要他。陈水山眼色好，他知道今天陈运哲亲自泡茶，两个意思都有，但后面一个意思更为明显。吴高仁喝着茶，汇报着陈高丁文化园的事情，焦点还是规划调整。我不想被人说借着名人文化的壳子搞房地产，搞圈地，为商业披上文化的外衣，我这个人喜欢痛快，商业就商业，文化就文化。我清楚，文化无法纯粹文化，要不这文化太虚，太泛，但文化和商业还是得有底线，有界限。当初明确一千亩是文化公园，一千亩是集团用地，可以适度调整，但不能过分。我不喜欢被人要挟。

陈常委，我给你讲个故事，我小时候和人打过一次架，打得很凶。我当时有一本连环画，不少同学喜欢看。有个高我一届的学生也想看，他当时跟我开口，我已经准备借给他了，只是没有那么爽快答应，我不排除我自己有点摆谱的想法，那个同学看我不爽快，就说了一句：如果你不借给我，我就把你上次摘邻居南瓜花的事说出来。我听了，火了，不借他。那个人看我火了，仗着自己个子大，推了我一把。我想他也是想挣回一点面子，我发作了，冲过去，对准他的肚子打了一拳。他没想到个子小小的我敢动手，自然也不客气。那天我被揍了，但他也被我整惨了。我一次次爬起来，冲过去。被他打倒了再爬起来，边打边哭，后来他想停手，可是我不停。最后一个大个子被一个小个子追着跑。

现在不是打架的问题。陈运哲有点不高兴。那是，现在不是打架，我只是讲个故事。陈常委不喜欢听，那我就不讲。吴高仁及时停下话题。两个人都不说话，喝了杯茶，吴高仁突然说我去看过她了。谁？肖云。你什么意思？陈运哲坐直了身子。没有，我就是去看看她，估计现在很少有人会去看她。她没有被追究刑事责任，但被电视台除名了。我介绍她到我一个朋友的企业任职，到一个没有几个人认识她的地方，她要生活，要过日子。我说了，我是你朋友，你不方便出面，但关注着她。她哭了，托我带一句话给你，她会在心里记住你，从此以后你们互不相识，让你忘了她。她说：有时候，相忘于江湖是最好的选择。

陈运哲说不出话，吴高仁站起来，说领导我先走了。吴高仁开门自己离开。陈运哲呆坐许久，他知道这尾巴真的切掉了。他想起肖云刚出事的时候，陈运开回来之后对他说的话：尾巴我替你切掉了，但会不会是壁虎的尾巴，断了又再生，你自己搞清楚。

七

吴高仁正在喝茶，接到小高的电话。小高奉吴高仁之命，天天守在那块工地。这天小高正在转悠，有工人叫了起来，说挖掘机挖到大石壁，无法推进。吴高仁要小高不要纵深挖掘，而是把旁边的土推掉，他马上赶过去。

吴高仁到了的时候，一座坟墓的一边已经出现，一角被挖掘机铲了一下。吴高仁让小高马上联系县博物馆。同时要求挖掘机小心作业，把外围的土去除。博物馆馆长到场的时候，他要求改为人工作业，小心地朝墓碑的方向推进。到了中午时分，墓碑出现，"显考陈公代成之墓"的字眼在冲洗之后出现。吴高仁下令马上停止作业，他打电话给陈月升，陈月升很激动：谢谢吴副，麻烦你马上让他们停止施工，派人看守，我马上赶回去。我立即报告陈董事长。吴高仁要的是后面一句话，这块墓碑，或者说这座墓的出现，吴高仁相信是个转机。

陈月升在下午抵达。闻讯而来的陈代成后裔也有不少人赶到现场，已经有动作比较快的，准备了东西祭拜或者烧香，好像要抢得头筹一样。陈月升绕来绕去，还拿着罗盘量来量去。陈月升忙碌半天，要求陈氏乡亲离场，第二天自带工具前来清理坟墓周围的泥土。其他后续事情另行商量决定。

陈月升当晚和吴高仁单独聊天，说已经和陈运开联系，陈运开也和陈运哲沟通，陈代成的坟墓要重修，至于如何修，取决于一个重要因素，那就是找到石棺。吴高仁看了看陈月升，抱拳说这事就看老兄的了。陈月升说做决定的是他们两个兄弟，如何就看我的了。吴高仁哈哈一笑，说如果你心中没底，不可能马上赶回，也不可能马上和他们两个兄弟商量。这个石棺已经纠缠你多少年你自己心中有数。陈月升说看来你吴副才是高手，如果在古代，肯定是运筹帷幄之内，决胜千里之外的将才。吴高仁笑说你说得对，在古代也许是将才，意思今天就不行，只好仰仗老兄帮忙。陈月升摇头说吴副厉害，善于抓话尾揪尾巴，和你讲话应该特别小心，要不很容易就绕进去。你如此哥们，更为关键的是因为陈氏祖先，我这次肯定出手。

陈代成坟墓已经清理出来，坟墓不高，吻合"宜置荒野，适离人家，高不过三尺"的说法。陈代成后裔准备了三牲等供品祭拜。陈运哲、陈运开和诸位族亲商定，重修陈代成坟墓，但不是在原地，而是要寻找当年说的天然石棺。这任务自然落到陈月升头上。陈月升绕着陈代成坟墓四周转了数圈，在离陈代成坟墓前方一米多的地方开始，划了一个四方形的框，指点工人挖地。

围观的人指指点点，小声议论，说如果这样简单不气死当年的陈氏兄弟？但事情就是这么巧，经过工人数个小时的挖掘，在陈月升划定的方框纵深挖下两米，周边都是石壁，一个长方形的石槽出现，不用量，根据目测，应该就是一具棺材的空间。围观的人一阵惊呼，陈月升非常得意，指点工人把石槽里的泥土清理干净。

陈代成重新下葬。选择吉时，挖开陈代成的坟墓。数百年前的骨殖已经大多化为泥土，捡拾剩下的骨骸装进新买的一具棺材里，供陈代成的后裔祭拜三天。陈代成的后裔众多，分成数十批次祭拜，依然人山人海。吴高仁退到外面，这是陈家的家事，用不着官方介入。吴高仁需要做的就是派遣数名警察，在相关路口维持交通秩序。陈运哲、陈运开也到场祭拜，这位只剩一点骨骸的祖宗是他们的血脉之源，他们没有理由不到场。

陈代成选择在午夜时分下葬。现在自然听不到虎啸，但陈月升有办法，他从网上下载了虎啸的声音。陈月升原来选择到动物园录制虎啸声音，但后来发现，动物园里的虎基本没有虎啸山林的霸气，偶尔发出几声也是低沉温柔，只好作罢。三声虎啸之后，相关人员没有惊慌失措，平静地跪拜在地，看着装有陈代成骨骸的棺材安稳地放置石棺，大小刚好合适。

天亮之后，陈代成后裔精心劳作，坟墓形成。根据"宜置荒野，适离人家，高不过三尺"，坟墓谈不上豪华，甚至有点简单。"高不过三尺"已经实现，陈月升之前和陈运开交流过，陈运开同意二百亩的别墅区缩减一百亩。陈运开不是向吴高仁让步，他是在自己的祖宗面前低头。"宜置荒野，适离人家"。荒野不可能，不过公共文化休闲地也算是"适离人家"。陈运开可以不理吴高仁，但无法不理陈代成，尽管他已经死去数百年。

在陈代成落葬之后数天，陈运哲再次前来调研。陈运哲此次不再轻车简从，而是带着国土、规划、交通、文化、旅游等相关部门领导。陈运哲出发前几天，曾经和王书记打过电话，王书记和吴高仁在办公室谈了很久。

从王书记办公室出来，吴高仁给王明娟发了信息，之后王明娟回电。我想喝酒了，你如果不来，我只好独醉。王明娟没有称吴高仁小官吏，语气不同于以往轻松，说你举杯的时候来电，我在这里陪你。王明娟说知道吴高仁的压力，再过不到一个月，市委郑书记将带领全市各套领导班子成员调研全市重点项目建设情况，说是调研，其实就是检查评比。关键是，调研之后，各县党政主要领导层面将做适当调整。县委书记、县长是省管干部，考核、任免归省委，但市委的意见相当重要。我感觉好像有点亏欠你的感觉，王明娟语气沉重。我不能不考虑王书记和县长，他们现在是关键时刻。我亏欠自己，我曾经给自己定下原则，可是我无法坚守到底，我还是当了逃兵。你就考虑王书记和县长？王明娟发问。有些事情你懂，吴高仁不接话头。

陈运哲常委的调研是市委书记调研的前站，他要求在郑书记到来之前，项目有实质性进展。当天，各个部门逐一发言，对陈高丁文化园的规划、定位、推进等提出自己的意见、建议。陈运哲常委最后总结发言，用时髦的话讲，陈运哲常委的讲话很有针对性和可操作性，对时间节点提出明确要求，而且对规划调整不再是泛泛地要求投资方和业主坐下来商量，当场拍板：投资方提出的二百亩建厂区保留一百亩，二百亩建别墅群保留一百亩，等于各自让步百分之五十，不偏不倚。要求运开集团和工业园区管委会在三天之内签订补充协议。相关部门一路绿灯，边施工边审核边报批。第二天开始，陈高丁文化园开足马力，全速推进项目建设，每周都要有进度汇报。王书记、县长都表示服从。陈运哲要吴高仁说几句，吴高仁知道这是要当场表态，他只说了两句话：服从领导决定，服从县委、县政府决策。再也无话。当天晚上，吴高仁在办公室喝了一坛陈年米酿，醉得一塌糊涂。期间，小高曾给吴高仁打电话，手机一直处于"正在通话中"，第二天，小高发现吴高仁趴在办公桌睡觉，手机没电自然关机。

市委书记郑新调研之后，对陈高丁文化园表示充分肯定。认为这是拓展文化旅游的一个新思路，以抓工业的思路抓旅游，把文化旅游和商业开发有效对接，让文化项目化，提升项目的文化含量。

市委书记调研之后，人事调整名单公布，王书记任市人大常委会党组成员，拟提任市人大常委会副主任，李县长拟接任书记。吴高仁调任县人大常委会党组成员，拟任副主任，不再兼任工业园区管委会主任。吴高仁本来是安排到县政协当副主席，听说有人说他会拿死人做文章，适合研究文史资料，但王书记坚持向组织要求，让吴高仁担任县人大常委会副主任。吴高仁离开工业园区前一天，有人看到他和王书记，还有一个气质高雅的女人在陈高丁、陈代成坟墓前散步，何时离开，没有人清楚。

第六章

一

　　王书记到达吴高仁办公室的时候，吴高仁正烧水准备泡茶。您现在属于工作调研还是微服私访或者纯属关心？我怎么有点心惊肉跳的感觉，好像不太对劲。吴高仁开玩笑。没大没小，我发现现在的你尾巴翘得更高了，好像那孙猴子，快把尾巴翘起来当旗杆了。王书记笑骂。岂敢，岂敢，在您面前，我永远夹着尾巴做人，吴高仁笑嘻嘻说道。别胡扯，赶快泡茶。王书记原来早就应该离开西水县，他的市人大常委会副主任已经当选，属于应该离去的那类，只不过后来出了一点状况，他离开的脚步停了下来。

　　这状况来自李县长。已经定好李县长接任书记，谁知道他在任前财产申报的时候出了问题。他儿子买了营利保险，因为数额不大，忘记和李县长说了，李县长没有填报，审核的时候，问题出现，没有如实申报个人重大事项，数额虽然不大，但性质比较严重，李县长的提拔就此搁置。这时候李县长提任书记的风声早已传出，虽然李县长没有提拔，也没有出其他的事情，但多少也有风言风语，不是所有的事情都能解释。李县长继续留任西水县显然不是最好选择，难免说话不硬气，因此组织上把李县长跨市平调，继续当县长，从外市调来一个新的杜姓县长，也是落实有关人才异地交流任职的要求。杜县长刚到，王书记再走，两个主官同时变动不利于一个区域发展，何况杜县长是从外地调入，对本区域情况更不熟悉，王书记就此留任，多少有送一程的意思，至于这一程是多远，没有明确，应该是视情而定。王明娟说她哥哥这属于隔壁倒了竹竿，反倒打到自己头上，握手告别的话都说了，到头来转身留下，依然坚守阵地。

吴高仁也和原来预定的略有差别，党组成员换成党组副书记，成为县人大常委会第一副主任，留下一些供人遐想的空间。吴高仁说这属于多给了一个糖果，好像是甜的，但究竟甜度如何和能甜多久都不好说，但他知道这是王书记积极争取，郑新书记顺势而为的结果，自己不能不识好歹，不管这糖能甜多久，先揣在口袋再说，等空暇时躲角落品品到底有多甜。

吴高仁利用烧水空隙，把茶叶倒进盖杯，盖上杯盖，使劲摇晃。晃了二三十秒，吴高仁打开杯盖，让王书记闻香，茶叶的香气已经散逸开。吴高仁说这叫醒茶。王书记看后说吴副最近讲究很多，颇有世外高人的仙风道骨，不过，你应该弄一个红泥小火炉、上等橄榄炭、鹅毛扇、紫砂壶，全套行头齐备，否则有东施效颦的嫌疑。吴高仁说书记的提醒是我今后努力的方向，但现在还没办法一步到位，只能慢慢推进。争取退休后修成正果。

　　不过，就是你茶具再全备，少了那一桶水，我不知道吴副是否泡得出好茶。王书记一进门就看到墙角一溜排了几个塑料桶，这些塑料桶装的不是酒，是水。这水从县城边上一处山泉口拉来。看来吴副很清闲，每天可以开车去拉山泉水，人家是破帽遮颜过闹市，吴副则是豪车拉水过街区，不知道如果有百姓问领导也亲自拉水啊，吴副有什么感想。吴高仁泡茶的手略有僵硬，过了一会，他带有自嘲地说：原来想在领导面前展示一下，传递我已心静如水的信息，整天就泡茶、聊天，有需要开会就坐坐主席台，有需要出场的时候就跟在领导身后亮相一下，四套班子领导，总是有需要每套班子各有一个领导出场的时候，属于排牌子，人不重要，关键是牌子。吴副知道老百姓怎么说官员去拉水吗？王书记脸还沉着。老百姓说：什么时候官员都不去拉水，都喝自来水，我们就相信这自来水水质达标。官员自己喝水自己去拉山泉水，反倒要老百姓喝自来水，这没道理，会被戳脊梁骨的。

　　吴高仁的茶就泡得缺少滋味。王书记在吴高仁办公室转了一圈，看到窗下有一张桌子，桌上是写字毯、毛笔等，墨汁倒是没有使用，是一碟清水，也没有宣纸，是一张水写纸，属于用毛笔蘸水写字，随写随干的那种，一本曹全碑摊开在那里。嗯，吴副还清醒，懂得循环利用，没有一上来就宣纸伺候，浪费资源。我属于刚刚起步，我得有个爱好，退休之后有个事情，避免整天到公园看人家打牌，看今天少了一个，明天又少一个，好像当小学生学数数，恐慌哪天轮到自己属于少掉的那一个，不利于心理健康。吴高仁硬着头皮解释。看来吴副目光长远，不知道吴副最近体重如何？是否心宽体胖，体重激增？吴高仁知道王书记看到桌下的体重秤。

　　领导，领导，您今天来要我干什么就直说，别东一榔头西一棒子地敲打，我已经晕乎乎的了。吴高仁知道王书记今天肯定不是无事，虽然自己这里不是三宝殿，但他肯定是有备而来。好了，和你说吧，我想让你去关注水，水质问题是重大民生问题。在西水县一直有许多声音，主要声音是西水县的水质有问题，污染严重，导致各类疾病频发，甚至有声音说西水县疑难杂症最多，癌症发病率最高。县里一直在推进水环境整治，但效果不尽如人意，你吴副要在这块上动动脑筋，发挥人大的监督作用，推进这项工作。不是，不是，我是副的，不是我推辞，但您这话应该是向高主任说啊。吴高仁赶快说道。别想推，老高下周要去省委党校学习，是你主持工作，你别给我装糊涂。再说了，你分管城市建设和环境保护委员会，不找你找谁？或者说，知道我迟早要走，人还没走茶就开始凉？这动作也太快了吧。王书记绷着脸。领导，领导，您知道我不是这意思，我发现您官当大了，批评人更不留情面了。领导，现在几点钟了？王书记知道，吴高仁问现在是什么时间，绝对不是真的不知道时间，他这是打岔，说自己属于官大手表准的那种状况。王书记不理会吴高仁这句话，自从王书记提任到市人大常委会副主任，官威没有如吴高仁所说的上涨，反倒更好说话，否则吴高仁绝对不敢这么跟书记说话，吴高仁深知这一点，所以才敢没大没小，偶尔也蹬鼻子上脸。吴副任重道远，要想办法推进一下水质问题，水环境整治不能仅仅出出文件，贴贴标语，要有实质性动作。吴副要多沿河边散散步，在家里跑步机跑步不如到室外开展有氧运动，再说了，我们的水营养是否丰富吴副要体验一下。那条河可以重点考察一下。王书记说完就走，临出门口的时候，看了那一排塑料桶一眼，我知道你等会儿会把这些水桶收了，但这仅仅是形式，关键是要老百姓真正从心里把自己去提山泉水的水桶给收了。吴高仁心里一颤，这书记的目光好像有穿透力。

吴高仁知道王书记的话不仅仅是散步问题。送走王书记，吴高仁叫上小高，说到县城散散步。小高已经被吴高仁从工业园区调过来，放在人大内设机构城环委，级别上了副科级。小高这个人吴高仁用得顺手，而且确实有能力。吴高仁和小高两个人顺着河边走了一圈，西水县县城中间有条河流穿城而过，这让西水县城多了许多妩媚，河两边都是近十年以来新开发的楼盘。吴高仁今天不关心楼盘，他看到河水流淌，河道两边的河滩上青草绿意盎然，这里一块那里一块有老百姓开垦出来的菜地，各种菜生机勃勃，有人在菜园里劳作，或者摘菜，或者从河里舀水浇菜。这河水流势并非平坦，而是有顺河而下的下泻，为了避免一泻无余后上游没有水，在河道几个地方建了几道翻闸式水闸，平时水闸放下，蓄水给县城造景，需要的时候把水闸翻起泄水。现在是蓄水时节，在水闸的地方，各种垃圾堆着漂浮，阵容壮观。河水远观貌似清澈，近了才发现水面上油腻腻一层，有一种味道从河面升腾而起。吴高仁这时候根本没有"桃花流水鳜鱼肥"的诗意，他想起前不久看到的一份材料，西水县国考断面、省考断面水质都堪忧。国考断面是国家地表水考核断面，是环保部门对于地表水环境监测的一种形式。有国考断面就有省考断面，Ⅲ类水主要适用于集中式生活饮用水地表水源地二级保护区、鱼虾类越冬场、洄游通道、水产养殖区等渔业水域及游泳区。Ⅲ类水的各项污染物指标其中一个指标是氨氮要小于1.0，总磷小于0.2，但西水县国考断面的指标已经有一个月是Ⅳ类水，还有一个月是劣Ⅴ类。难怪王书记问吴高仁体重是否增加，氨氮是作物生长的重要因素，氨氮严重超标，对于作物来讲就是营养丰富，属于可以茁壮成长那类，但对于人可不是那回事。

小高看后有什么感想？小高虽然不知道书记找吴副谈了什么，但他知道吴高仁这时候肯定不是问他风景如何，吴高仁即使比以前清闲，也不会在上班时间带着自己到河边散步。这河道淤积厉害，都有河滩出现了，而且这河道占用厉害，既不利于泄洪防洪，也容易污染河水，您看这些菜要生长就要施肥，不管有机肥还是农家肥，对河水都是污染。还有这些水面上的漂浮垃圾没有清理，关键的是，河道上油腻腻的，肯定有污水直排。嗯，小高厉害，看到问题一二三四了，你都看得出来，不要说那些职能部门看不出来，要不然那些局长们就白混了，关键是没有人去抓，或者抓到底。看来我们要有所作为，但这作为不是我们自己去做，人大是监督，是裁判员，要让相关部门动起来。小高，回去拟个方案，组织市、县人大代表专题调研，水环境整治是大课题，我们先来个小角度，调研县城河道存在问题，先动一下，看情况推进提升到水环境整治系列工程。这动作要快，不要温吞吞的，书记已经挥了一次鞭子，我们不能等他挥第二次。

二

人大代表调研如期举行。看了河道里茂盛的青草，还有那些生机勃勃的菜地，闻着那一股飘忽的味道，接下来的座谈会几乎没有悬念地一边倒，人大代表对相关科局的意见可以整理出好几张纸，其实这些意见平时大家都知道，调研只是一个集中梳理的过程，最后的结论就是河道非整顿不可。再不发声，都对不起人大代表这几个字了，这声音非常慷慨。列席会议的分管副县长和几个科局长第一次碰到如此激烈的场面，脸都红了，有的汗也刷地下来。环保局陈东明局长为什么没来？吴高仁发现坐在环保局位置上的是一个副局长，该副局长看问到自己头上，支支吾吾地说我们局长另有重要公务处理，所以委托自己前来听会，回去后会把会议精神向局长汇报，根据会议精神认真抓好贯彻落实。吴高仁有点冷笑，今天这会议，环保局是一个重要科局，局长居然不亲自参加，这关乎民生的重要事情在环保局局长看来就是一个小事，环保问题欠账很多，虽然板子不能都打到环保局的屁股上面，但和环保局是否主动作为有很大关系，看来和局长的意识关系重大。既然局长那么忙，请您回去转告局长，改天人大常委会专门听取环保局汇报，注意，是人大常委会听取报告，不是向我吴高仁个人做汇报，所以不用找我解释。我吴高仁知道自己几斤几两，代表不了人大常委会，虽然今天在这里主持会议，但离开这把椅子，就不是这身份，这把椅子会在这里，坐在上面的人会轮换。

替会的副局长没想到自己替出一阵火，而且这火来势凶猛，不是可以简单处理。环保局陈东明局长也是脑袋缺根弦，这会议环保局是重头，即使自己真有要事，也要事先请假，哪有悄无声息派个副局长参加会议就可以事过无痕。吴高仁正想寻找一个突破口，直接批县政府不作为或者慢作为毕竟不太妥当，尽管会前吴高仁有私下前往杜县长办公室汇报，取得杜县长支持，但枪口还是不宜一下子抬得太高，火力太猛。那这个事要么环保局，要么水利局就是比较合适的选择，环保局局长自己又不开眼，一下子成为目标。会场的气氛一下子紧张起来，大家没想到一个在他们眼里正常的座谈会一下子引来如此浓郁的火药味，顿时鸦雀无声，对吴高仁后面要求立即清理整顿河道的几点建议无一提出异议，谁也不想撞到枪口上。

河道清理整顿有效推进，水闸翻板全部翻起，河水清泻之后，挖掘机进入河道开始作业清理淤泥，河边的青菜菜地在电视台、宣传车轮番播放公告，镇村干部上门通知，三天的自行处理到期之后，挖掘机立即跟进，无论是否采摘，全部整平，杜绝了某些拖而不决的小心思。当时有人说这些菜地有几个情况比较特殊，希望吴副手下留情，但吴高仁不为所动，说许多时候，群众并非不理解我们的行为，只是因为不平衡而有怨气，导致事情无法顺利解决。既然是占河道种菜，有些清理有些不清理，最后肯定会引发矛盾，一刀切，大家都无话可说，而且，我只是监督推进，找我好像是进错了庙。说情的人看吴高仁态度坚决，有些还知道推进这件事是书记的意思，大家就不再自讨没趣。半个月后，县城河段的河道种菜全部清理，沉积的淤泥清理也紧锣密鼓推进。吴高仁和小高走在河边，他知道这仅仅是治标，无法治本。如果排污问题解决不了，这水重新蓄上，臭味依然飘荡，清理河道对于改善水质就是隔靴搔痒。

那一排餐饮店需要整治，他们油烟直排。还有那些露天烧烤。原来征了一块地，有家房地产公司准备进驻，因为地块中间有几户没有解决，地块不是干净地块，那家房地产公司就选了另外一个地块，前面的地块就搁置了。开始的时候有一两家利用那块地弄了烧烤摊，后来居然形成规模，有十几家烧烤摊进驻，生意红火，但所有产生的污水直排河流，甚至剩油也直接倾倒到河里。小高看问题越来越到位，吴高仁表扬，好像一个医生，开始学会望闻问切，逐渐抵达名医境界。症状看到，也看到一些原因，但病灶应该是两个，一个是污水管道太小，许多生活污水没有纳入管道排放，造成直排。另外一个是竹头这个养猪村。这两个原因才是关键，好像生病，这两块不处理，伤口永远无法愈合。怎么解决，要监督相关部门推进，我们现在就是要烧火，让河道清理这火不要停，还要烧旺，把一些该烧掉的东西烧掉。

吴高仁要给火添柴，环保局局长陈东明成为一块柴。因为人大代表调研座谈的时候陈东明声称另有重要公务没有到场，后来吴高仁知道，当天陈东明确实有事，但不是公务，他是因为到外地参加一个同学会，这让吴高仁非常恼火，加上有关环保局不作为慢作为的声音很大，吴高仁想趁机敲打一下环保局局长。有些事情需要士气，士气的提振要有契机，环保局局长成为引燃契机的导火索。

　　环保局的专题汇报清汤寡水，陈东明波澜不惊地念着稿件，稿件没有什么实质性的内容。领导重视，组织有力，措施多样，几乎成为评优评先的材料。点到的几个问题轻描淡写，原因分析不痛不痒，意识不到位，认识不深刻，氛围没形成，宣传没特色，执法缺人员，活动缺经费，这些问题说到底和环保局没有什么关系，都是外部条件造成环保局履职困难，步履维艰，加上开头的成绩，好像这么艰难环保局还取得这些成绩，几乎就要给他们立功了，至少也应该表扬。吴高仁越听越来气，这和吴高仁的初衷相去甚远，但作为今天会议主角，他还不能马上表明态度，但其实他的脸色已经是态度。汇报完成，人大常委纷纷发言，这些发言带着火药味，对环保局的工作提出了一系列意见。其实在上次座谈会的时候，吴高仁已经很清晰地传达了信号。只是这环保局局长曾经少年得志，很年轻就是副科级干部，在乡镇副镇长、宣委、组委、镇党委副书记几个位置转了一圈，后来偶然提拔到环保局当局长，在环保局局长的位置上一待多年，自认为经验丰富，而且提拔无望，对于吴高仁这个县人大常委会副主任表面尊重，内心不太当回事，对此事没有引起足够重视。当时他参加完同学会回来，也曾去找吴高仁想向他解释，但偏偏两次吴高仁都不在办公室，该局长就此作罢。也许他认为就一个会议，不足以引发什么严重后果，对此次汇报也掉以轻心，以往部门向人大常委会汇报工作都是顺利过关，就是简单的一个程序化的东西。环保局局长不知道，就是自己的漫不经心，给自己挖了一个大坑，埋下了一颗炸弹。直到会议结束，与会人大常委对环保局局长的汇报几乎都投了不满意票，陈东明局长才意识到情况不对，但吴高仁已经做了会议总结，希望环保局针对人大常委的意见，认真做好整改，重新再安排汇报。

吴高仁走出会议室，陈东明紧跟而上，想到吴高仁办公室另行汇报，但吴高仁以王书记等他下乡为由，当场拒绝。吴高仁并非寻找借口，王书记确实约吴高仁一起出门，但王书记没有明确具体时间，而是以吴高仁会议结束时间为准，如果吴高仁愿意，停留个几分钟完全没有问题，但吴高仁不给陈东明这个机会。

吴高仁上了王书记的车，两人直接往西水和邻县交界处而去。这个交界处是国考断面取水处，这里取的水样代表西水的数据。西水营养丰富，你看水草特别肥硕，如果掐一段放在嘴里一咬，估计满口生津。我不知道这里的鱼虾生长速度是否也是特别快，是否有吃饱了撑着的时候。王书记看着水面。我不是鱼，不知鱼之乐，也不知鱼饥饱。但我问过，在县城河段，水利局曾经放养数万尾鱼苗，期待一段时间之后，河里出现鱼跃出水的喜人场景，但理想很丰满，现实很骨感，几天之后，水闸处白花花铺了一层小鱼儿。这不是这些小鱼儿不满生活环境改变，撞击水闸自杀，而是那油腻腻的一层，封住了河面氧气的流通，那些小鱼儿奔着美好前程而来，没想到瞬间夭折。

　　过几天又是取水日。王书记等吴高仁感慨完毕，突然冒了一句，这件事您应该和分管副县长说吧。吴高仁突然觉得今天被书记拉到这里看河水也是有某种预谋的成分。分管副县长将到省科技厅挂职，期限一年，和相关领导沟通了，让你暂时代管该副县长分管的农林水。不是，不是，书记，这好像不对，我是裁判员，不是运动员啊，一个萝卜一个坑，我的坑在人大常委会，不在县政府，您不能把我这萝卜拎来拎去的。你别想就在那吆喝吆喝，吹吹哨子，特殊事情特殊处理，你要重新上阵，你这个萝卜就是要换个坑，谁叫你这萝卜不错。再说了，你是代管，过渡时期特殊处理，等过一段时间人手到位就还给人家。因此，没有正式的东西，只是口头宣布，你这个萝卜就是临时出现，严格意义上没有坑。王书记也不多说，截住了吴高仁的叫屈。吴高仁没听到书记内心有句话：相对你吴高仁而言，我至少算大萝卜，我这个大萝卜还拎来拎去呢，何况你这个小萝卜。

　　也算帮帮我，我不想灰溜溜离开。王书记这句话让吴高仁一下子无话，这国考断面考核的是书记，今年已经有一次是Ⅳ，还有一个月是劣Ⅴ类，如果再有两个月不达标，将被实施一票否决，王书记的压力很大。我不是担心自己的位置，我已经上去了，位子没有问题，但我必须把西水县的水质问题推进一下，当一任县委书记，连一条河都管不好，丢人。别人也许认为我现在最好的做法就是平稳过渡，不要挑事情，平静离开，但我要把屁股擦干净，让后任好做事，至少把那些荆棘清理干净。我这不是做好事，是还债。我发现这几年热血的时候少了，这次就热一次。王书记罕见地多说了。看王书记严肃，吴高仁也不再推托。我可能动静很大。你是已经进了，我是退无可退，反正我的坑在那里，我无所谓了。我到今天，不容易，但我不想退下来的时候，被人说这吴高仁也是个空心萝卜，中看不中用。我就陪你沸腾一次，只要遵从内心做事，无所谓别人怎么说。动静大没关系，就担心你没动静，我无条件支持，好坏都算我的。王书记也不说做好算你的，做不好算他的，这不现实，做好肯定是书记的功劳，做不好有可能就是吴高仁的过错，书记把好坏都挑起来，已经是最大限度的担责。王书记和吴高仁的手握在一起，他们这么正式握手，好像是第一次。

三

怎么又跳回来了？我哥又把你推出来？王明娟的微信过来的时候，吴高仁正在办公室冥思苦想。不好意思，又欠你的了。吴高仁还没回，王明娟的微信又过来了。没什么不好意思，知道吗？我虽然和你哥酸了几句，其实那不是我想的。在我的内心深处，我一直觉得：两点之间，直线距离最短。我还是喜欢在一线，我喜欢直线，我知道自己要什么。无论当时的研究文史，还是后来的人大代表调研，对于我，都有一种隔的感觉，是曲线行走，那不是我要的。当年我刚到田山乡的时候，曾经有个晚上，我自己一个人在山村道路上行走，看到落后得有点荒凉的村野，我对自己说：我要尽自己所能，做点实事，改变别人的生活，让一些人的生活变得好一点。后来到哪里，我都坚持这一点。这是我对自己说的话，我没跟别人说过，但没说过并不代表没理想。吴高仁回微信，他点发送的时候，感觉自己的鼻孔酸酸的，又有点豪情。小官吏，正是你的坚守让我很佩服。王明娟立刻回复。我好像看到一点仰慕的目光，这是不是所谓的粉丝？吴高仁发了一个笑脸。我要去开会了，我感觉你会搅起一些声响。王明娟的微信明显有回避的意思。那是必须的，否则就对不起跳跃回归，也对不起你哥了。再说了，我只有一年的时间，我不得只争朝夕啊，一年后，我这萝卜就回原来的坑了。既然我现在在这个坑，我肯定得折腾一下，让别人知道我这个萝卜的存在。我坚持，两点之间，直线距离最短。

杜县长宣布了吴高仁的代管决定，这让陈东明感觉很不好。原来人大常委会副主任离科局长还是比较远，是曲线联系，中间有分管领导，只要不主动往跟前凑，科局长和人大常委会副主任还是有点距离，现在是分管领导，直接成直线上的两个点，这距离就近了。陈局长有什么想法？吴高仁问前来汇报工作的陈东明。一切听领导的。陈东明回答得很干脆。嗯，这句话听起来没毛病，但等于没说，或者说推卸，领导决策的前提是相关部门要先提出方案，否则就不需要部门领导，县领导直接兼任就得了。吴高仁边泡茶边说。就像这泡茶，必须有茶叶，有开水，有茶具，要不然领导空手演示，就成为演戏了或者变魔术了。领导给个方向，陈东明坐直了身子，陈东明已经好多年没感受到这种压力了。当前先想想取水口上游，尤其竹头的养殖场污水排放，先干一件事，其他再说。当然这不是让你一个人唱独角戏，取水口的事，我会让住建局、水利局、河长办等部门介入。这么多部门，如果连一个取水口都管不好，老百姓的唾沫能把我们淹死。

吴高仁让小高通知西水县城所在地田心镇镇长、住建局局长、水利局局长、农业农村局局长、林业局局长、河长办常务副主任、自来水公司经理等，当天下午开协调会，研究取水口水源地保护问题。等大家各自发言后，吴高仁说那我梳理一下，综合一下意见：取水口必须上移，取水口两岸的果树种植后退一百米，退出来的地全部实施绿化；取水口要实施管理，周边杜绝养鸭、游泳等；竹头的生猪养殖要规范养殖污水排放。大家说的是不是这些意见？吴高仁看大家没有异议，就说道，我基本同意，但有一点，竹头的生猪养殖不能头痛医头，脚痛医脚，要彻底解决，全部搬迁。在取水口上游附近的村落有个生猪养殖，这不行，也许有人说这属于菜篮子工程，当时也是集体研究。这不矛盾，当时有当时的考虑，现在有现在的需求，当时自来水的供水需求量多少？现在是多少？事物都是发展变化的，形势也是不断发展的，该调整要调整。小高，形成会议结果报县政府常务会研究，然后提请上县委常委会，确定后各司其职实行。当前先做一件事，取水口还没上移和即将上移这段河道，禁止养鸭，禁止人到河里游泳。这个不用上会，马上通知执行，责任单位自来水公司，不用说这职能部门还有谁，就你一家，给你一周时间，没管好我找你经理一个人。吴高仁习惯快刀斩乱麻，慢慢理太耗费时间。

　　一周后的下午，快下班的时候，吴高仁带着小高到取水口察看。出发前，吴高仁让小高通知电视台，派两个记者带上摄像机跟自己出发，还有县效能办的人。吴高仁还打了一个电话，在电话中和一个人聊了一会，说要请领导支持：我这个人能量有限，镇不住，只好请大神支援。好，那我就在取水口那里等您。小高不知道吴高仁是和谁通电话，但小高不会问。

　　到了取水口，吴高仁让效能办和记者都先在车上待命，他和小高下车。吴高仁看到取水口四周用绿网隔离，防止鸭子游近。岸旁新竖了一个"禁止下河游泳"的牌子，取水的地方虽然有了牌子，但河里游泳的人还是不少。吴高仁让小高打电话把自来水公司经理叫过来，自来水公司经理看到河里的人，一脸苦笑，他知道说什么都没用，毕竟事实摆在那里。就像男女偷情，被人堵在被窝里，再说两人关系清白，一点意义都没有。吴高仁板着脸：经理大人，你不认为要给我一个说法？你觉得这件事情可以头过身就过？或者吴副说话不算数还是吴副可以糊弄？我虽然有一点年纪，但目前视力还可以。不是，不是，我不是这意思，吴副，我这几天，宣传车也播了，传单也发了，周边村民我也上门了，一些必要的措施也上了。我还派了两个人轮流在这里管鸭子，看到鸭子过来就赶，然后跟着鸭子上门，找到主人做工作，发放书面通知书，现在鸭子倒是问题不大，可以说管住了，可这些游泳的人不好管。来这里游泳的人基本上都是机关干部，相当一部分是各科局领导，不是我一个小小的自来水公司经理能管的。这两天，我好话说了，可他们说明天不来了，今天既然来了，总不能空跑一趟，让我就游这一次吧。有的说这么大的河，我游个泳，能影响什么？有的根本不理我。我真的没办法管啊。嗯，听起来有点道理，这还真不容易管。那我今天就管管看。自来水公司经理在旁边松了一口气，吴副最近火气有点大，自己千万不要成为出气筒，否则一不小心就成灰烬。小高在旁边提醒：吴副，要不要让车上那几个人下来？稍等一会，我们先让到边上，我在等一个人。

自来水公司经理用眼神询问小高，小高微微摇摇头，他也不知道吴高仁还要等谁。这期间，陆续又有人前来，他们看到几个人在那边抽烟，并没有在意，他们只是欢快地扑向河里。对于喜欢游泳的人，这清澈的河水就是情人的怀抱，奋不顾身地飞蛾扑火。十分钟后，吴高仁等的人到场，小高一看，知道吴高仁今天要出手了，来的人是县委常委、纪委宫书记。吴高仁迎上去，笑说真不好意思，我这是杀鸡用牛刀，看来我真没有出息，管一个取水口游泳还得请您这尊大神。宫书记看了吴高仁一眼，反正我又不是第一次当挡箭牌，一次是当，两次也是当，我现在是习惯性。谢谢领导支持，谢谢领导支持。吴高仁边笑，边让小高招呼车上的记者和效能办人员下车，让自来水公司经理招呼人，把河边所有的衣服归拢到一块，放到自己和宫书记跟前。

河里游泳的人有眼尖的发现有人在收衣服，开始以为是小偷，赶快追上岸。上岸之后才发现不对劲，两个县领导在那里，摄像机全程拍摄，效能办的人逐一登记姓名。有个把想从河对岸悄悄开溜，电视台另外一个记者带着摄像机在那守着。当天在河里游泳的人全部登记，宫书记黑着脸说：身为国家干部，无视取水口禁止游泳的规定，无视工作规定，上班时间离开岗位到河里游泳，凡是公务人员明天先交一份说明，抄送工作单位，然后等待进一步处理。所有人都上电视曝光。等这些人仓皇离去，宫书记和吴高仁才上车离开。吴高仁交代小高带着电视台记者和效能办人员守在河边，看看是否还有扑火的飞蛾。守几天，凡是敢无视规定到取水口河段游泳，我们坚决曝光，坚决处理到位。电视台记者把宫书记义正辞严的这句话录制下来，可以想象，这句话一定会作为片花，在有关水环境整治新闻前播放。自来水公司经理在岸边抹了一把汗，深有感触地说了一句：原来事情也可以这样干啊。

四

国考断面下周一取水。吴高仁在办公室的时候，接到小高的报告，陈东明上门要求汇报此事。吴高仁让陈东明进来。陈东明汇报了取水事宜。这取水一般由市里委托第三方进行，在国考断面随机取水，检测结果作为该断面的考核数据。这第三方断面水质如何？想必陈局长心中有数？吴高仁问道。情况不容乐观。陈东明的回答还是有预留空间。是不容乐观还是很严峻？吴高仁不喜欢这样吞吞吐吐。很严峻，上次取水，氨氮 5.0，严重超标，这段时间，本来应该是枯水期，没有什么雨水，不过前两天突然下了一场中雨，雪上加霜。我们西水县和别的地方不一样，别的地方枯水期氨氮总量会超标，但我们几乎全县种植果树，化肥用量巨大，一下雨，把山上地里地表的化肥残余冲刷到河里，氨氮自然严重超标。我们这里要么不下雨，要么下暴雨，暴雨之后，河水暴涨，也会把河道冲刷，把平时停留在河道里的河水带走，等于换水，指标就明显好转。但上天不帮助我们，近期不可能有暴雨，一般年份也几乎没有下雨，即使有雨也是毛毛细雨，影响不了什么，谁知道前两天刚好下了一场中雨，把地表的氨氮冲刷到河里，又没有带走，超标是肯定的。嗯，陈局长分析得比较到位，那我们应该采取什么措施？以往我们是把上游的温泉暂时关停，减少因为泡温泉的废水排放；让竹头村那些生猪养殖户当天不排放养殖污水；上游刚好有个民营水电站，协调水电站在取水前一天开始放水，等于取水当天取到的水是水电站水库里放下来的水，至少是经过水库水稀释过的，指标有望大幅下降。嗯，听起来有道理，没有把希望都寄托在老天下雨，不全部靠老天爷，知道老天爷有时候也靠不住，还懂得人工调控，但这人工调控也不一定靠谱。我们这也是无奈。听吴高仁这样说，陈东明感慨一句。我们也想一劳永逸，但发现最后还是劳碌命，要折腾。

养猪场我已经知道，这个要搬迁，但难度很大，这不能推给你们。温泉怎么说？你说说看。温泉是无证经营，但这老板是当地名人，当地人叫他黑猪，他有个弟弟在广东办企业，钱赚了不少，我们县有些招商引资很多时候靠他帮忙，我们几个部门想把它取缔掉，但往往还没行动，各类电话就蜂拥而至，各类敲打的信息就过来了。陈东明说到这个就开始气愤。嗯，看起来我们某些人钙质偏少，禁不起敲打。吴高仁摇摇手，劝住正要解释的陈东明，但这不怪你们，我们小时候营养不良，骨头吃得太少，钙质不足不怪你们。陈东明松了一口气。不过，我们不能因为钙质不足，就害怕了，还是要想办法。这个办法我来想，吴副不能让你们检测出钙流失严重，我小时候也很少喝骨头汤，但我经常会抓几个钙素片吃吃，让自己多少保留一些钙质。缺什么补什么。现在你们按照以往的做法去做，但我不知道你们的运气是否每次都那么好。

陈东明走后，小高有点担心，提醒吴高仁，说以前也有领导想拆除了这个温泉，但还没行动，该领导就被举报，举报他接受企业吃请，逢年过节收礼品，举报信还附有照片，该领导无话可说，被查处了。吴高仁笑笑，说小高的担忧有道理，但不能有担忧就不干事，否则吴副要么在政协研究西水文史，或者当年就到市政协重起炉灶，要么在人大组织一下调研，视察，发表发表重要意见，然后就打道回府，该写字写字，该泡茶泡茶。既然吴副还有点想法，那就应该好好想想。

这温泉老板的弟弟吴副您是认识的，上次我们去招商，他还接待过，还介绍了几个企业家见面，或者跟他打个招呼，争取他的支持？小高的建议让吴高仁哈哈一笑，小高这想法是一种做法，可是我说过认识他弟弟吗？他当时或者过后有说到这个温泉吗？有说到他这个哥哥吗？彼此都没有提起，彼此就都不知道。

陈东明从吴高仁的言语中得到一点信息，他原来已经觉得自己在吴高仁眼里就是一枚废棋了，本想自暴自弃，干脆破罐子破摔，爱摔成几瓣就摔成几瓣，但发现还有挽回机会，他自然不会放弃。他赶快去协调水电站老板放水，通知温泉老板暂停营业，让竹头村养殖户暂时不要冲刷猪圈，通知断面所在乡镇，组织镇村干部从河里清理垃圾，期待周一取水能有好的结果。周一晚上，陈东明还和镇村干部在河边守到午夜，担心有村民临时往河里抛撒垃圾。这事情以前发生过，当时有上级领导前来检查人居环境，经过几天努力，环境卫生整治到位。途经镇村大松一口气，早早回家休息。凌晨时分，沿途有两个村多个村民趁干部熟睡之机，把积压的垃圾连夜倾倒，第二天，镇村干部巡查时才发现，大吃一惊，赶快组织人手清理，最后一堆垃圾清理结束，领导的车队就呼啸而过，把沿途乡镇的干部吓出一身冷汗。

周一早晨七点多，取水断面镇村干部抵达河边清查，发现河面干净，没有漂浮垃圾。村干部把一只竹排抬到河边，准备用于撑到河中心取水。这竹排原来放在河边，但有一次取水的人提前抵达，自行撑到河里取水，因为使用方法不熟练，差点翻了，把镇村干部吓了一跳。以后凡是遇到取水，村干部干脆把竹排扛回去，到第二天才把竹排抬到河边，预防出现意外。

等到九点多钟，取水的人还迟迟没有抵达，陈东明感觉不对。以往取水，都是在八点半左右，最迟不会超过九点。陈东明赶紧电话联系，听完几句，陈东明脸轰地热了。他赶快报告吴高仁，大事不妙，取水的人已经取回水样。原来取水的第三方公司派来取水的人是刚刚招录的大学生，该大学生认为在众人目光之下取水虽然有仪式感，但有不真实的感觉。他凌晨五点多钟抵达河边，在没人关注的情况下取了两瓶样水即刻返回。因为河边没有竹排，该大学生无法到河中间取水，就站立河边取水。吴高仁知道这回肯定砸了，因为取水点是个河湾，如果没有到河中间，两边河水较多沉积，各类指标肯定居高不下。一年十二次取水，最高上限是四次不达标，目前已经两次，加上本次肯定不达标，只剩下最后一次，距离本年度考核还有三个月，属于背水一战。稍有不慎，一票否决。回去吧，吴高仁挥挥手，让大家回去，陈东明发现自己原来想挣扎一下，但事到临头，才发现轰地一下，下沉得更厉害。他无话可说，上车而去。

吴高仁让司机开着车，远远跟着，自己和小高两个人沿路查看。陈东明口中的温泉就在取水点上游不远，时间是早上，又因为暂停营业，温泉大门紧闭，看不到内部具体情况。吴高仁记得这温泉在自己当镇长的时候，仅仅是个水洼，当地村民会利用傍晚或者晚上时光，来这边泡温泉。当时的温泉池非常简陋。吴高仁曾经想把温泉重新包装，作为招商引资的一个点，抛出绣球，但这仅仅还是个想法，一纸调令，吴高仁到县委宣传部当副部长，温泉招商的事情就此搁置。该温泉老板名叫黑猪，吴高仁其实认识，自己在田东镇当镇长的时候，曾经和一个叫钱来发的当地企业家打过交道，黑猪是钱来发的表弟，当时吴高仁和钱来发过招，该表弟很是不服，曾经放出风声要让吴高仁有朝一日断手断脚离开田东镇。吴高仁当年听到这风声，哈哈一笑，说自己虽然胆小，但还真不害怕。钱来发及时制止了自己表弟黑猪的言语，钱来发比较聪明，黑猪属于在社会混的人，整天挥舞拳头，吓唬吓唬普通人还行，但和吴高仁这种人闹僵，自己绝对不会有好结果，因此钱来发选择妥协。有这样的一个故事，吴高仁对黑猪就不感冒，在当镇长之后，尽管这温泉名声日益响亮，也有人邀约吴高仁前往泡温泉，说泡温泉对身体有诸多好处，但吴高仁从未前往。吴高仁说自己不想不注意被这黑猪踢一脚。

吴高仁站在路边，看温泉的池子往旁边延伸，规模不大不小，有一部分还在建设之中。去而复返的陈东明站在旁边解释，这些严格意义上都属于违章建筑，因为都没有报批，即使报批也不可能获得审批。黑猪不理会执法部门，对镇村干部明里暗里吓唬，温泉池就这样扩建。吴高仁点点头，不说黑猪，却是说陈东明：陈局长去而复返，应该不是来告诉我这一眼就看得到的东西。确实，我不甘心，就是我要下来了，也不应该是以这种方式谢幕。我这环保局局长在解决水质问题上没有贡献一些力量，我以后都不会原谅自己。嗯，陈局长这血还没冷，好事。只要血是热的，我们就会沸腾。

五

吴副，我想想，还是请你吃饭。陈东明犹豫了一下，还是说了。他没有看吴高仁的眼睛，只是把自己的目光投向温泉。陈东明曾托小高向吴高仁转达自己想请吃饭的想法，不过吴高仁拒绝了，他让小高告诉陈东明，真正要让吴副转变看法，吃饭就没有必要，只要把事情做好，比什么都重要。再说了，吴副不是一餐饭就能打发，吴副不是缺吃少穿的人。当时吴高仁对陈东明的看法虽然有好转，但没有真正意义上的转变，认为陈东明请吃饭就是在耍小聪明，是"油"的一种表现，吴高仁说话就有点冲。至于小高如何表达，吴高仁不想过问。

听陈东明旧话重提，吴高仁沉吟了一下，说，看来我这饭不吃，陈局有点难受。岂止难受，虽然不至于夜不能寐，但确实寝食难安。陈东明接腔。我正想往坡上冲，需要领导给点力量。吴高仁听了笑笑，问陈局是否看过《大力水手》？难道陈局把我当成《大力水手》里的菠菜？陈东明知道吴高仁说的《大力水手》是个动画片，主角每每吃下菠菜之后就力大无穷。陈东明想了，说，差不多。吴高仁把飘忽的目光收回来，既然这饭有这功效，那就吃个饭，不过，说好了，你出菜，我拿酒。而且，我的酒是陈酿米酒，不是什么好酒，你别挑。吴高仁挥挥手，说就这么定了，如果你不同意，我这饭就还不吃，你也别跟我再说什么心热心冷，什么力量之类。陈东明犹豫了一下，说，好，那就说好，我出菜你拿酒，我们凑一起吃饭，不存在谁请谁。吴高仁哈哈大笑，那你定好地方告诉我。我和小高，我还会带个人，其他你定，不要太多人，呼隆隆的不好。我知道，我不会定什么高档场所，也不会去什么山庄或者套房一桌餐，我不能害领导。我们就选个干净点的地方，安静就好，还有，简单就好。陈东明赶忙接话。这事你看着办，到时告诉小高地方就行。吴高仁同意一起吃饭，让陈东明意识到原来的疙瘩消除得差不多了，往事几乎可以翻篇，这让陈东明很高兴。他在车上点了一根烟，忽然觉得自己已经很久没有如此兴奋过了。自己这到底是为什么？都这把年纪了，还如此容易激动，不正常。考虑很久，陈东明知道这是因为吴高仁。陈东明是本县人，熟知吴高仁的为人，可以说是知根知底，他从骨子里还是佩服吴高仁，才会在意吴高仁的看法，否则，像自己这样的人，不可能那么在意吴高仁这个萝卜，还是临时的萝卜。

小高，说说看，这陈东明为什么坚持请吃饭？吴高仁看着陈东明的车远去，问小高。这陈局长本质还是想干事，所以他才会主动靠近。他其实在乎你的看法，在乎才会注意，才会想改变。嗯，小高厉害。其实，对于很多人，一般人看到的往往是表面，在每个人的铠甲里面，很可能都有另外一种面孔，甚至还不止一种。他这是想脱下铠甲了，这陈局长，有点意思。好，我们今天晚上就去看看，对了，你也叫上农业局何东甲局长，我想见识一下这局长的铠甲。小高开始以为吴高仁要邀请宫书记，现在才发现自己猜错了，他在心中说了一句：领导的心思还是别随便乱猜。自己以为离答案很近，最后才发现南辕北辙。

小高带着吴高仁到达的时候，其他人都已经到场。地方不大，标准比大排档高级一点，但离高档酒家还有点距离，符合吴高仁说的安静的特点。县城几家高档一点的酒家，吴高仁现在从不进门，吴高仁说自己现在到了一定年纪，要懂得养生，不能大鱼大肉，要吃得清淡一点，还有喜欢耳根清净，不希望太多的悄悄话，要不然自己听不清楚，但又知道有人在说，这滋味很难受。吴高仁扫了一圈，除了陈东明和何东甲，并没有其他人，吴高仁有点满意，这陈东明会办事，不会拉一帮人。虽然自己给了他组局的权利，但他懂得领导的意思，领导说不要太热闹，他也就没有把这个圈子往外划得很大，甚至连往外拐的都没有，就是按照吴高仁定下的辙走。吴高仁让小高把一塑料桶的陈酿米酒拎进来，说今天就这十斤米酒，顶峰是喝完就结束，也可以留下一些，不必强求，这些人不是梁山好汉，今天也没有坛装，不存在一人一坛。何东甲说其实应该自己拿酒，陈局长出菜，但陈局长说了是领导定的调，我就不好意思改变。何东甲不知道吴高仁和陈东明吃饭为什么点自己作陪，他私下问了小高，但小高说自己也不清楚领导的意思，刚刚经历过，小高不敢随便乱猜。何东甲只好一头雾水参加吃饭。

大家坐下，主食是咸菜饭，吴高仁很高兴，说这对自己的胃口。但当汤上来的时候，吴高仁脸就变了，小高也在心里直喊坏事。汤是蛇炖土鸡，这蛇看过去就知道很大，而且用脚趾头也可以想象，陈东明不可能搞条人工饲养的蛇来。虽然这蛇看过去就知道很贵，但这时候问题的关键不在于钱多钱少，而是这蛇是野生动物。陈东明刚站起来要帮吴高仁盛汤，看到吴高仁的脸色，他就木在那里，知道自己可能拍马屁拍到马腿上了。陈东明这时候才后知后觉地想起，好像听说吴高仁有次在某企业老板请客的时候愤然离席、泪流满面的传说，悔得恨不得抽自己一巴掌。

吴高仁刚当工业园区主任的时候，曾经到某地招商。西水县在该市的几个企业家看到家乡来人，热情招待，还约了几个当地企业家一起吃饭，想趁机促成。上菜的时候，其中有一道菜叫

"三叫"，其实就是刚生下来的小老鼠，红嫩红嫩，还没开眼，当地一名企业家主动示范，先用筷子夹住一只小老鼠，"吱"一声是为"一叫"，放到酱料盘子一蘸，又是"吱"一声是为"二叫"，再送进嘴里一咬，最后"吱"一声就是"三叫"。示范的企业家边说边吃，兴趣高涨，吴高仁装着接听电话，急急离开饭桌到公共卫生间干呕很久，因为还没吃东西，只吐了一点胆汁。回到饭桌，没有人注意到吴高仁的脸色难看。这时候，有个企业家还在热情介绍说他曾经活吃猴脑，就是把猴子拉到一个特制的桌子前，这桌子中间有个洞，把猴子拉到桌下，把头露出桌面卡住。有服务员来把猴子头部的毛刮干净，桌上已经备好锤子、勺子等以及各种加工好的佐料，服务员用锤子把猴头一敲，掀起头盖骨，把滚烫的热油和各种佐料倒进去，拿起勺子趁热舀着吃，味道鲜美，猴子还吱吱叫着。说的人兴致盎然，吴高仁又想吐了。

吴高仁强压着的时候，东道主热情高涨，说今天吴主任大驾光临，要来道大菜，请主任验菜。服务员拉着一只小熊进来，这只熊只有三个爪子，走得歪歪扭扭。东道主说今天请主任吃熊掌，服务员马上热情介绍，说等客人验过之后，会把这熊掌剁下红烧，保证食材新鲜。他边说边把小熊往吴高仁跟前拉，吴高仁才知道小熊少掉的一个熊掌是之前被某个客人定了剁下吃了。小熊可能意识到大事不好，把剩下的前掌使劲往身后缩，双眼可怜巴巴地看着吴高仁。吴高仁再也忍不住，大叫一声，赶快拉走，拉走，我不吃。东道主还想劝，说它们就是要给人吃的，你不吃别人也吃，今天没有被吃明天很可能也会被吃。吴高仁忍无可忍，把桌子使劲掀了一下，掀不动，横手一扫，把前面几个盘子稀里哗啦扫到地面。他不管惊愕的目光，起身走了出去。当天他走在异乡的街头，眼前晃动着小熊使劲往后缩的小掌和可怜巴巴的眼神，忍不住泪流满面。几个当地企业家追了上来，把吴高仁送回宾馆。吴高仁那次的招商行动没有成果，还被当地的企业家笑话为乡巴佬上不了台面。吴高仁愤然离席、泪流满面的事情后来也慢慢传回西水县，在小范围内传播。

小高赶快招呼老板把蛇炖小母鸡的汤拿走，他跟到厨房，拿过菜谱，把菜谱上红烧野猪皮、爆炒山獐肉等几道野生动物的菜肴划掉，全部换成家常菜。小高暗自责怪自己，没有和陈东明交代好，这好好的气氛被几道野生动物的菜给毁掉了，幸亏其他的还没上，否则后果不堪设想。

小高回到包厢，看气氛非常尴尬，吴高仁和何东甲坐在那边，陈东明一直道歉。小高小声说：这道菜已经撤了。他知道说再多也无益，这时候不能劝，只有转移话题。陈局长你确实欠妥，赶快，自喝三杯。陈东明知道小高这是给自己台阶下，二话不说，连倒三杯酒自己喝了。在陈东明喝第三杯的时候，吴高仁端起一杯，喝了。陈东明可不会以为这杯自己可以逃过，也马上再补了一杯。我曾经在某个文章中看过，最近几十年，70%—80%的传染性病毒都来自动物，吃野生动物本来就是人类的陋习，我们不说把动物当朋友，我们至少要爱惜自己的生命吧。我管不了，但我保证自己不吃总可以吧。吴高仁冒了一句，又喝了一杯。陈东明听出话里的惆怅，不敢搭腔，又是一杯陪下去。

当天晚餐吃得有点无滋无味，虽然话题绕开，但又放不开，好像一团揉好的面粉团，无论在水里如何荡，总是会翻腾出一些东西来。酒还剩下小半桶，吴高仁说下次再喝。其他三个人自然不敢有异议。吴高仁离开的时候，握了一下何东甲伸过来的手，说，何局长问个事，你小时候算术学得如何？何东甲愣了一下，说读得不错啊，我经常得满分。是吗？我晚上请何局长来，本来想和局长探讨一下小学算术，现在不想了，我们以后有机会再探讨。吴高仁说完，带上小高推门而去，朝身后摆摆手。何东甲总觉得吴高仁晚上最后这一出怪怪的，好好的小学数学为什么说是算术。何东甲想不明白。

六

听说你要六亲不认？王明娟的微信过来的时候，吴高仁正躲在办公室，在一张纸上划来划去。没办法，我既然迈开脚，就别无选择。小官吏看来很仗义。嗯，看起来你这个定义好，我原来以为你会说知恩图报，那我就可以揪住你的小辫子，说你用词不当，可是你说仗义，我无话可说。因为我正在干的事，就是要让一些人恩断义绝，你知道我在一张纸上画什么？可不是画什么蓝图，我在画一些人的关系图，我想从哪个方向下手，把这些看起来很复杂的路线给捋清楚，挑起线头，哗啦一下就顺畅了，多么快意人生。你又不是什么江湖人士，还谈什么快意人生。错，其实到处都是江湖。好了，不谈这个，你今天不是就和我问一句是否认亲？我听说了，你还没动静，对方已经开始动了，据说他们给你罗织了好几条，说总有一条会落到实处，就像神仙索，总有一条会把你捆住。我预见得到，我和你哥说过，用我这个萝卜，就要考虑到我这个萝卜的辣劲。他是大萝卜，我们当地人叫梅花萝卜，个大，但辣味不足。我是本地种，个小，但辣味足。记得上次你来，我们一起下乡，看到路边萝卜，你朝我要了一个，随手拍拍就吃上的那种，你当时吃到的味道是甜，但其实还有辣。我这个萝卜还有不到一年时间，就要被甩回原来的坑了。

其实，你原来的时间没有一年，只有两个月。吴高仁听了王明娟这句话，愣了一下。怎么说？难道？是的，昨天组织上找我哥谈话，让他提前下马，这送一程的任务完成，回市里专心当他的副主任，但我哥争取留下来，他说刚把你催上马，一定要看着你跑，万一你下不来，他要拿个凳子垫一下，让你顺利下来，不能把你哄上马，就不管不顾，自己甩手走人。领导劝了多次，我哥还是坚持，你们两个人都是同一个脾气：犟。吴高仁一时无话。我哥不让我告诉你，担心你分心，其实你也不用太感动，他是不想留遗憾。但我觉得还是要提醒你，你不能只算还有不到一年，你要有思想准备，不一定人家会让你跑完全程，随时可以勒住笼头，让马停下来，把你这萝卜甩回原来的坑，甚至连坑都不留给你。我明白了，我原来还想悠着点来，现在看来，节奏不能太舒缓，这不是听抒情小夜曲的时候，要有听交响曲的准备。我不知道这是对还是错，原来想提醒你，反倒让你策马狂奔了。哪有那么多对错，找时间，过来喝陈酿米酒。

　　吴高仁回到工业园区，这让丁主任喜出望外。丁主任在吴高仁调离之后，终于扶正。他知道这是吴高仁极力推荐的结果，他曾经拎着两瓶酒和一只盐鸡找到吴高仁家，说我也不带其他东西，我这个人还知道好歹，知道是谁帮我的忙，我如果不认真做事，我就不是人。吴高仁拿出酒杯，把丁主任带来的酒打开，说我们今天就喝个痛快，但喝之前，你自己敬自己一杯，满的。不要以为是我推荐的，如果你后来没有改变作风，没有认真做事，不要说我推荐，再大的神推荐都没用。以前又不是没有人推荐你，所以，说到底，还是要靠自己。你干了这一杯，接下来，你喝多少我也喝多少。不过，当了主任以后，如果没认真干，没把事干好，我下次不要说跟你喝酒，我还会极力把你拉下来。丁主任二话不说，把满杯的酒干了。当天晚上，他们两个人把两瓶酒都喝了，后来换陈酿米酒，两个人大醉，丁主任不断地说，以后就看他的，如果自己没干好，自己就猪狗不如。

　　吴高仁让丁主任带自己在工业园区转转。转到工业园区边上的小河，看到河里的水泛黄泛黑，有一股刺鼻的味道。吴高仁也不说话，就站在那边看。丁主任毕竟跟过吴高仁，知道他的意思，说这是几家化工厂排放的结果。他们说没有直排，但这不用检测，一看就清楚。不过，这几家化工厂，丁主任欲言又止。我知道，这几家化工厂我当主任的时候就存在了，我当时想处理，但还没来得及处理我就调走，我这是留下来让你擦屁股了。可是你一想动，别人就说吴高仁都没动，你一接任就动，显能还是打我吴高仁的脸，所以你也不敢动了。今天我就是准备揭伤疤的，这伤疤看起来好了，结痂了，可是里面还烂着。小时候，我的脚弯处长了一个疔子，一直流脓，好不了。我母亲说里面的疔头没有拔出来，就好不了。可是贴了好多草药，疔头就是出不来。有一天我回家帮忙做饭，蹲下来，谁知道后面有个树枝捅过来，刚好捅到疔子，我痛得猛站起来，这一带，疔头就带出来了，虽然痛得直打哆嗦，但慢慢就好了。所以，拔疔头，会痛，但不拔，永远烂着。丁主任说我知道吴副的意思了，有吴副这句话，我再不动手就说不过去，这条河一直是我的心病，以前感觉没这么强烈，当了主任之后，发现如果不把这事解决了，以后都不好意思说曾当过工业园区主任。只是要处理这事的时候，总会想到这问题，可能跟自己小时候读书的习惯有关，每遇到难题，总会想到有几种解法。遇到难题多种求解是好习惯，但要注意不能超时，否则，铃声一响，考卷收了，你有再多的解法思路都等于零。

吴高仁和丁主任说话的时候，旁边有两个女孩子，朝气蓬勃，一个圆脸，一个瓜子脸。吴高仁以为是工业园区的干部，丁主任以为是吴高仁带来的，她们听着两个人对话，鼓起掌来。两个人这才发现她们不是对方的人。她们两个自我介绍，说自己是报社的记者，刚才听了吴副的话，很受启发。吴副的理念符合现在生态文明建设的理念，刚才未经同意，自己用手机录音了，回去会好好整理，权当是采访了吴副。本来自己就想随便看看，因为这条河流已经多次有人举报，自己是奉命前来暗访。

丁主任一时很尴尬，目光立刻转向吴高仁。吴高仁说不用看我，虽然我以前经常干过媒体灭火的活，但今非昔比，现在每个人都是记者，手机一拍，微信朋友圈、微博一发，所有的信息迅速流传，不要想捂新闻，也不要想公关，正确的做法就是接受采访，尽量把事情客观全面介绍清楚，避免记者信息不对称，报道不全面。吴高仁的话让两位女记者非常感动，说如果所有的领导都像吴副一样，她们的采访就会少许多波折。吴副说我既然开口，今天我和丁主任都接受采访，不能光说不练。但也希望两位记者客观公正报道，不宜掐头去尾。

吴高仁接受采访的时候，小高就在边上。吴高仁表态说会跟进工业园区的排查整改工作。吴高仁还触类旁通，介绍了全县的水环境状况，提及西水县将在全县范围内开展水环境整治工作，希望媒体记者跟进报道。吴高仁还特意提醒记者不能只关注一个点，看问题要由点及面，造成水质污染不仅仅是工业，生猪养殖、温泉废水排放等也都有可能。记者只有多看，看全，写出来的文章才有高度，有深度，有温度。吴高仁的话让记者连连点头，说听君一席话，胜读十年书。闲聊中，吴高仁知道这两名记者毕业于某知名高校，是新闻专业的高才生，毕业后在某省级媒体工作，擅长做深度调查性报道。聊过之后，她们和吴高仁互加微信，说以后经常交流，希望有机会再采访吴高仁。小高觉得今天吴副讲得很多，说话行事风格完全不同于平常，甚至有言多的感觉，但领导讲话，自己不方便插嘴，只好在心里暗自嘀咕。

两名记者谢绝丁主任留饭的请求，先行离开，说还要到别的地方看看。吴高仁跟丁主任说，既然接受采访，表态要整治工业园区的水污染，就要立即行动，以舆论监督倒逼整改进度，不能留下被诟病的把柄。既然下决心要揭伤疤，就不要怕流一点血，有时候血淋淋影响观感，但流血之后也许就是伤疤真正愈合之时。把污水直排这几家盯紧，证据链做清楚。尤其是东兴化工，要做，就从最难的做起，不要先易后难，换个思路，先难后易。你这边做，我也会有动作，不会让你孤军奋战。好，丁主任想和吴高仁击一下掌，手抬起来的时候，才发现对方是县领导，已经不适合用这种方式，就把自己的双手合起来，猛搓几下，好像这样可以补充能量。

吴高仁上车离去，在车上，微信提示音响起，吴高仁打开一看，是那个圆脸记者发来的：吴副，明娟姐让我向您问好。我们两个是她师妹，我叫刘妍，我同伴是柳欣。有什么需要，尽管吩咐。吴高仁回了一个微笑的表情。他想给王明娟发个微信，想想还是作罢，有些事，无须多说。

七

不出意外。样水检测结果，西水县国考断面水质超标，氨氮总量达 4.8。这些水直接浇菜都不用再加肥料了，吴高仁暗自嘲讽。运气不好，陈东明感叹连连。这不能归结于运气，我们不能指望天上掉馅饼，或者每次都是好运气，否则我们无须干活，每次碰到事情，掐指一算，吉凶自知。吴高仁的话让陈东明脸红。你每次都靠水电站放水稀释，哪天水电站刚好没水，或者人家老板不乐意了，你不得在那里抓狂跳脚。人家水电站老板靠发电赚钱，你政府一个月来一次要人家放水，等于人家撒钱帮你做功德，偶尔一两次人家还配合，多了，自然怨气满腹。吴副厉害，我这次去说，他就支支吾吾，满脸不乐意。陈东明长叹一声。这个简单，无须吴副掐指一算，我用脚趾头都想得出来。

吴高仁前往竹头村。这个村庄在一个山坳里，从一条路进去，在山脚下有一溜猪舍。水生家的猪舍规模最大。其他人家的猪舍规模不一，大部分上了二百五十头的养殖规模，整体形成生猪规模养殖村。有条小河从村前经过，绕过山脚之后蜿蜒向前，汇入西水。空气之中有淡淡的消毒水味道，也有猪粪的味道。在竹头村走一圈，回家之后，不用多说，老婆都知道你去了哪里。陈东明小声和小高说道。

吴高仁在村里转了一圈，村民都用警惕的目光看着，防范的意识非常明显。最近镇村干部一直来村里，有关竹头养殖要整村搬迁的风声非常强烈，这等于要把这些人的赚钱饭碗从手中拿走，警惕自然难免。到了水生的养殖场，水生正在猪圈里给小猪打预防，吴高仁在水生的生活区等待，小高想去叫水生，吴高仁拦住：猪圈里陌生人不能随意进出，我们还是要遵守科学知识，不要给他们添乱。一行人就自己烧水泡茶，吴高仁举杯对陈东明说，不知道这茶水喝下去，我们是不是也会像施了肥，更快苗壮成长。陈东明不知道如何应答，只好嘿嘿一笑，假装糊涂。

你终于出现。水生出现在门口，语气冷淡。该来还是要来，绕门而过不是我的风格。你知道吴副虽然近视，但不是白内障或者青光眼，该看到的还是看得到。再说了，有些事情无法绕过，事情明摆在那里，装糊涂只能一时，不能根本解决问题。

说吧，今天看看你的口舌如何生花，可以让我再次信服。我都不知道，我当年听你的话，放着好好的生意，从广东回来搞这个养殖究竟是脑袋被门给磕了还是怎么，就被你给灌了迷魂汤。陈东明听了，才明白这水生还是吴高仁招回来搞生猪养殖的。我觉得当年鼓动你回家搞养殖没错，今天劝说你搬家也是职责所在。我们先不说搬迁，难道你觉得当年回家是个错误？

水生一时无话。水生当年在广东开了一家面包作坊，生意还可以，一年可以有二三十万元收入，几年下来，水生也赚了一些钱。但是，赚钱的水生口袋中所余不多，因为水生父母和岳父岳母都在老家，在广东的面包作坊其实只是租了几间平房开办，所有老人都过去，生活空间狭窄不说，关键老人都不愿意，他们担心自己的生命，哪天就在异乡终结，那可算是客死他乡。因此，无论水生夫妻如何劝说，四个老人坚决留在老家。老人身体不时有点毛病在所难免，水生夫妻就经常轮流奔波在老家和广东之间，耗费时间精力，也耗费金钱。相当部分收入就在路上挥洒。四个老人一直劝说水生夫妻不必如此奔走，但水生夫妻割舍不下，如果让自己留下遗憾，那再多的钱最后也是没有意义。吴高仁当时刚好在田东镇当镇长，偶然机会认识了水生，听说了他的故事，就出主意让他回乡搞生猪养殖，既可以赚钱又可以就近照顾老人，可谓两全其美。当时生猪养殖行情看涨，水生在吴高仁劝说之下心动，把广东的面包作坊转让，回乡搞起生猪养殖。在何处落户的时候，吴高仁再次出主意，把地点设立在县城城郊，孩子可以到县城学校就读，老人就医也方便，生猪饲料购买、出栏销售等都方便。一时间，水生的养殖赚了不少钱，关键是这几年之间，四个老人先后去世，水生夫妻都陪伴服侍最后一程，虽然心痛但至少没有留下遗憾。

可是我前几年已经搬了一次，现在又让我搬。你们能不能给我一个固定场所，虽然有补贴，但这补贴远远不够，我赚的钱都砸到这搬迁上面了。水生的话让吴高仁比较尴尬，吴高仁有种被打脸的感觉，啪啪作响。水生说的搬迁是五年前，当时水生的养猪场接到田心镇通知，必须后撤搬迁，水生不乐意，还是吴高仁出面协调。水生的养殖场原来位于县城城郊，开始时没有明确规定，后来政策出台，养殖场必须在干流一千米、支流五百米之外。水生的养殖场在沟渠五百米之外，符合养殖场设置标准。问题关键是后来在水生养殖场三百米处，增添了一处高排渠，水生的养殖场就在红线之内，必须搬迁。镇村干部上门做工作的时候，水生不服气，说这高排渠原来不在规划设计之内，后来是根据需要增加，但自己的养殖场在该高排渠规划设计增加前就已经存在，属于养殖场在前规划在后，要自己搬迁毫无道理。如果政府强硬要求自己搬迁，自己不惜把政府告上法庭，也要有个说法。原来在水生养殖场周边，就有多家规模不一的养殖场，大家心里都憋着一股气，看水生和村干部杠上，隐隐有以水生马首是瞻的趋势。时任田心镇镇长和吴高仁是朋友，知道水生是吴高仁招回来的，上门拜访，让吴高仁出面做做工作。

　　吴高仁拎着酒，和水生做了彻夜长谈。不知道吴高仁和水生说了什么，第二天，水生同意把养殖场后撤，搬到竹头村。水生在竹头村刚停歇五年，这次又要搬迁，水生的怨气已经积压在肚子里，好像青蛙一样，鼓鼓的。看到吴高仁，水生说话也就没有平时的客气。是否吴副你还在遗憾，我这养殖场怎么没有在非洲猪瘟中倒闭，那么您就不用费口舌来动员我了。水生的养殖场污水排放等符合规范要求，前段时间非洲猪瘟影响剧烈，有不少养殖场因为非洲猪瘟倒闭，损失惨重，但水生的养殖场安然无恙。吴高仁有点尴尬，当时动员水生搬迁吴高仁就曾说过，至少在比较长的时间不会再让水生折腾，可是话音落下才五年，又是再次动员，五年确实不算长。我知道吴副会说此一时彼一时，也会说因为我这龙头的存在，其他一些小规模的想有个市场聚集效应，这是你说的，我说的比较简单，就是因为我这个大户在这里，其他小户卖猪比较好卖。我也知道有些小户环保没达标，但不能因为他们没达标，要迁走，就让我这达标的也迁走，不能一竿打一船，要不然我花那么多钱去做环保设施干什么？

　　嗯，你说得有道理。水生进步了，会分析，会辩论，好事。我就担心你坐在那里，一声不吭，连声音都不发出。确实，你好像吃亏了，所以，这次，我不是说你必须做，我是希望你做，虽然，这取水口事关整个县城喝水问题，我也不希望人家在背后骂你只顾自己赚钱，不管其他人。更关键的是，经过非洲猪瘟这件事，你应该也发现小规模养殖抗风险能力还是很低，很脆弱。但菜篮子工程又很重要，猪不能不养。你看，当年你们那些开面包作坊的，以前各自单干，现在标准严格了，市场规范了，各种认证要求多了，你们再单干，说不定哪天就混不下去了，那些还在做面包的后来不是改变了经营思路。你是比较早上岸的，你还不能先想个招，你还会先被淘汰啊，还真的要后浪推前浪，前浪死在沙滩上？

你不用和我争，我也不跟你吵。我就说个事，你听听。这竹头村养殖场，一定要搬。事关全县城喝水，我不能留下骂名。因为非洲猪瘟，给我一个触动，要搞集约化经营，我选了一块地，准备弄一个大规模养殖场，规范管理，科学管理，把政府有关菜篮子工程补贴的钱拿一部分投在那里，这样政府就承担了一部分风险。如果你兴趣，可以把整个养殖场入股，我聘请你当管理者。其他小规模养殖场也可以入股，人员可以在那里打工，也可以另找活干，就等着分红。当然这养殖场并非就是你们这些人简单组合，我还有其他人。你是明白人，干或者不干，我等你回话，一周，我给你一周的时间，我知道你是竹头村养殖户的头，你们去商量，然后告诉我你们的选择。吴高仁说完，起身，招呼陈东明和小高离开。

车开出去一段路，吴高仁无话，到了岔路口，司机减缓速度，小高刚要问吴高仁去哪里，吴高仁已经开口：去看看温泉。养猪场基本解决，我得准备去解决黑猪。

八

吴高仁的车还没走多远，王书记电话来了。吴副，抓紧到温泉浴场来一下。吴高仁心中一动，回头问陈东明，让你准备的东西准备好了吗？准备好了，随时待命，随时可用。好，看起来要派上用场了。小高听得一头雾水，不知道他们两个在说什么。

上网看看。刘妍的微信过来，还有一个调皮的表情。网上有条本地的新闻热炒，就是温泉浴场无证经营。新闻写得极为细致，包括何时所建、未批先建、随意扩建、废水直排等。新闻还专门邀请专家分析该温泉对水质的影响，言语中对如此规模的温泉浴场为何没有取得任何审批手续就可以存活、拓建，暗批当地政府监管不力，处置不到位，文中还引用当地匿名人士透露，之所以出现如此局面是因为有一个叫黑猪的老板存在。文章一出，点击率迅速上升，马上就有相关链接新闻出现，把黑猪这几年所作所为披露得一清二楚，有网友直接抨击黑猪是黑恶势力，在扫黑除恶的大形势下要毫不留情，拿起大扫把一扫干净。因为大扫把的形象表述，有人发了一个大扫把的表情包，跟帖之人迅速跟上，一时间屏幕上大扫把挥舞。

吴高仁赶到温泉浴池，王书记、杜县长已经在场。今天市委郑新书记将到西水县调研，在路上，王书记看到网上新闻，心知不妙。郑新书记今天的调研主题虽然不是环保问题，是交通建设，但其中还是有一个潜在课题，就是中央环保督察组即将入驻本省，届时肯定会下沉到市、县层别，郑书记最近到各地调研都会提醒各县做好自查自纠，在这关口出现这个新闻可谓撞到枪口上。因此书记、县长赶快先行赶到温泉浴场现场，把吴高仁也紧急叫过去，商量对策，肯定要有个说法，否则无法交差。

书记、县长看到吴高仁一行到来，脸依然是暴雨前的迹象，黑乎乎的。陈东明一脸紧张，不过书记、县长此时无暇批评。再说，他们也知道这事情不是一个环保局局长能够解决，否则也不会拖到今天。多说无益，当前还是要赶快寻找对策。商量一阵，治本之策还是把温泉浴场拆除，但拆除的复杂大家都清楚，这团乱线要从哪里理起，要从什么时候开始理，必须有个决断。这个温泉浴场什么时候整顿，有待寻找一个最佳时机，但今天可能要先想个办法，千万别市委郑新书记拐到这里看看，那我们就没有退路。县委办主任提醒道，这件事情大家都清楚，但作为县委办主任，他必须提出来。话是这么说，但郑书记的行程岂是我们能够左右，如果他要来，难道你去拦着，说今天此方向不宜行走？王书记有点不高兴，县委办主任不再吭声。

吴高仁看了看陈东明，暗自示意。陈东明点点头，走到一边打电话。吴高仁说，我主动请战，这事情我来处理。你们两个领导不必发话，我是把天捅破了还是把地撬翻，均让我自行决定。王书记和杜县长均摇头，要上一起上，没有道理让你孤军作战。吴高仁说两位领导大可不必，我们又不是要去打群架，不就是一黑猪吗？无非凶一点猛一点，但改变不了事实。我记得小时候看到人家杀猪，把尾巴一揪，把后蹄拎起来，再凶猛的猪也没力气。我们三个一起上，太高看了。这件事，我来，取水口上移，两边退果绿化，这件事，少了县长的钞票我玩不转，我没办法印制钞票，这重任要县长亲自上。该争争，该让让，两点之间，直线距离最短，我这个点够不到那个点。

正在三个人商量的时候，县委办主任的手机响了，他看到是市委书记秘书的电话，赶快接通，但刚接通电话，看到一辆中巴已经在温泉浴场门口停车，电话直接被掐断。郑书记从已经停下来的中巴下车，看到王书记和杜县长，郑书记还比较满意，有敏感性，知道直接到现场看看，没依然坐在办公室批文件或者开会研究。既然你们都在现场，我想不用多说，这个温泉浴场不能再存在，办法你们想。黑猪这时候刚好到现场，听到市委书记的一番话，他想开口，但郑书记的目光从他身上飘过，根本不做停留，黑猪这种角色，还进入不了郑书记法眼。在郑书记说话的时候，刘妍的身影从人群中闪现，她对着吴高仁眨眨眼。吴高仁明白郑新书记直接把车开到温泉浴场，十有八九和刘妍有关，但此时不宜多说。

郑书记转身要上车，他让秘书招呼王书记和杜县长上车，这时候他仿佛才看到吴高仁，走过来两步，刚好握住趋前的吴高仁伸出去的手，只说了一声：辛苦了。然后上车，郑书记的车刚启动，几辆挖掘机和推土机轰隆隆开进温泉浴场，一到就毫不犹豫开始作业，郑书记从中巴后视镜看到挖掘机挥舞的机械臂，没有说话，但嘴角有淡淡一条弧线扬起。

领导，领导，黑猪挥舞着手，想拦住挖掘机。吴高仁冷冷一瞥，今天这局面，你还想拦？把他拉开。吴高仁声音陡然提高，几个警察迅速靠前，把黑猪架开，挖掘机继续作业。黑猪蒙了，他其实早就躲在一边，看书记、县长几个人在那商量，这时候他还不以为意，以前几回哪次不都是雷声大雨点小。当市委书记到场，虽然他感觉不妙，但还想暂避锋芒，等书记离开再行寻找对策，大不了再让弟弟打电话找几个县领导，大家抬头不见低头见，谁也不好意思拉下脸。谁想到书记刚上车，挖掘机马上进场，这让黑猪措手不及，这些挖掘机究竟是什么时候就准备在附近，他根本不知道，这速度也太快，让他连思路拐弯的机会都没有。等黑猪稍微冷静，温泉浴场的牌子和一些设施已经轰然倒塌，黑猪没有号叫，他知道大势已去。以前几次，虽然是暂停营业，但既然是暂停，就有恢复的机会，现在连设施都毁了，面对残局，自己弟弟也不会再出面，已经没有意义。以前黑猪都会吓唬几声，但今天他明智不开口，如果恐吓，也许他就会进去了。他上午已经从网上看到那挥舞的大扫把，有点触目惊心。

　　经过半天作业，温泉浴场已经拆除大半。郑新书记调研返程，快到的时候，秘书问是否停下来看看，书记摇摇头，淡淡说道：如果这样还拆不下来，就不是吴高仁了。他王德高也不会稳坐中军帐。中巴车呼啸而过，对于正挥舞作业的挖掘机师傅来说，没有引发任何关注，一辆中巴车经过而已。

　　吴高仁打开手机，没有任何说情的短信、微信，也没有未接电话。他淡淡一笑，打电话给城管局局长，两个人在电话里商量一阵。当天傍晚，县城所有露天烧烤摊经营者都再次接到书面通知，露天烧烤即刻起全面取缔，城管局执法人员到场执法，电视台记者全程录像。温泉浴场被强拆的消息已经传开，经营者知道这回无法蒙混过关，在执法人员的劝说之下，主动收拾东西回家。有个把情绪激烈的骂骂咧咧，执法人员坚持不回嘴，不吵架，想借机发泄的经营者发现发拳无力，只好悻悻收摊。往昔热闹的露天烧烤场顿时清空。吴高仁通知城投公司第二天即可进驻清理，先建起挡板围墙，挡板上面让文明办物尽其用，布置家风家训、移风易俗等文明宣传标语。

城管局局长主动凑到吴高仁跟前，说有个事情找吴副汇报，看到吴副快刀斩乱麻，有个事情想搭个顺风车，还希望吴副支持。吴高仁听了大笑，说会蹭车就是好同志，只要能到达目的地，管他是人家礼让请上车还是蹭车。城管局局长说的也是属于长脓的一个疔头，如果局长不知道借势发力那可真是可惜。原来在路口有个个体商贩，该商贩姓金，人称老金，早年在某个建筑工地从脚手架上掉下来，摔断腿，因为当时家庭困难，拿了赔偿金之后，急着回家自己调养。本来想伤筋动骨一百天，何况摔断腿，只要慢慢调养就可以愈合，只是最后伤口虽然愈合，但骨头长岔了，造成腿瘸了，走路一高一低。发现后期恢复不理想，老金想找原来的建筑公司进一步理赔，但该建筑公司因为法人代表后来犯了其他事情，已经倒闭。索赔无门的他就经常到信访局上访，是出名的上访户，做事情也就不讲理，好像自己曾经受过伤是立功一样，时刻把自己受伤的事实挂在嘴上。虽然上访，但老金在路口摆了一个小摊，夏天卖四果汤，冬天卖花生汤。路口原来有个邮政报刊亭，该报刊亭属于邮政在县城各个角落布点，点一布，还没开始营业，报刊亭就被老金占了，他把卖四果汤、花生汤的小桌椅、气炉等存放在报刊亭，说自己腿脚不便，还自主创业，政府理应支持，报刊亭没有几个人买报刊，开了也只是摆设，不如物尽其用，还是给自己更有实际价值。邮政局局长找了老金几次，也曾找到城管局局长要求以规范占道经营为由加以整顿，老金要么不理，要么大骂，甚至摆出一副拼命的架势，最后邮政局局长也只能就此作罢。老金好像胜利者一样，整天在顾客当中说邮政局局长、城管局局长的不是，更为关键的是，把每天营业后的垃圾都直接扫到河里，曾有环卫工人提醒老金，但老金理直气壮，说自己行动不便，清理垃圾有心无力，扫到河里也是无奈之举，再说河那么大，多一点点垃圾无伤大雅。

城管局局长气得要命，几次要老金把存放在报刊亭的东西搬走，但老金耍赖，对局长所说不加理会。局长一到，他就躲开，把东西放到报刊亭，然后上锁，让局长无可奈何。当局长说想蹭车的时候，吴高仁点了一句，说局长是否看过搬家，东西太多，就把零碎装在橱柜里，可以装好多东西，不占地又好处理。局长豁然开朗。

局长叫了一部挖掘机，把报刊亭整体挖起来，装到一部卡车上，拉到郊区垃圾场。老金气汹汹找局长，说里面有珍贵东西，万一遗失要局长负责。局长慢条斯理告诉老金，报刊亭已经整体在垃圾场，自己连锁头都没动，如果老金真有东西在里面，赶快去看看，避免有什么损失。

九

东兴化工有限公司是吴高仁担任工业园区主任前县里引进的一个大项目，投资 3 个亿。这在当时对于没有机场、没有高速公路、没有铁路、没有港口、没有国道的"五无"县西水县来说，属于一块香饽饽。当时引进东兴的时候，县里有不同的声音，大家都清楚东兴化工是个污染严重的企业，原来在沿海大城市，属于被淘汰的企业，被人家遣送出境了。西水县这种区位劣势，除了当筐，承接一些大城市不要的企业，还能有什么办法？就是东兴这样的企业都是使尽浑身解数才争取到的，要不人家根本看不上。分管副县长在县工业领导小组会上，面对环保问题的争议据理力争。如果可以，陈东明相信该副县长要派公安局的警察去把东兴的老板用枪顶着押过来。也难怪，"工业兴县"的大标语在县城迎宾大道已经风吹雨淋褪色了，工业园区除了几个来料加工的小厂，还是野草葳蕤茂盛，压根没有什么大企业落户。一到市里开工业会议，书记、县长都是挨批的对象，恨不得把头缩到裤裆里算了。回来之后，分管副县长当然没有好果子吃。

东兴落户前的环评报告还没出笼之前，分管副县长几乎一天一个电话，文字要写比较容易，但陈东明知道这一签下去就是睁眼说胡话了，他想拖几天再说。简惠娟说他胳膊扭不过大腿，你这局长都是县委、县政府任命的，你还能怎样？更重要的是你不想扭，如果冒死扭一回，你当不成局长但活得男人样。如果不想扭，就只能当敢死队了，明知是死也要往下跳，鱼和熊掌不可兼得。你又不是不知道，现在说话的是分管副县长，背后难道没有书记、县长的意思？尤其是县长刚到位，这项目就是他带着分管副县长招来的，副县长说不动，县长就该上场了。简惠娟边说边泡菊花茶，她知道陈东明一急就容易上火，一上火只喝菊花茶，因此，她常年在家里备有菊花茶。简惠娟是县对外经济贸易合作局的科长，陈东明说她是个优雅女人。简惠娟的优雅是那种很从容的优雅，许多事情在她眼中都举重若轻，根本不像个女人，可是她又不会硬邦邦，你说不出她媚在哪里，她也没有撒娇耍嗲，但细节累积起来，她就妩媚十分了。简惠娟笑话陈东明哪有这样表扬自己老婆的，陈东明坚持说别人是举贤不避亲，自己是夸妻不回避。陈东明工作上的烦心事，有些回到家会说说，简惠娟静静地倾听，即使提出一些很有见地的建议，也是款款地说出，让陈东明不会感受到压力。陈东明在家里可以非常放松。家，就是一个男人最好的港湾。这句话不是写在纸上的。我希望你是个男人，不是敢死队员。简惠娟在陈东明喝完菊花茶后轻轻地说。看陈东明不说话，她也不说，只是轻轻地帮陈东明按摩。知道在什么地方该停下来，这也是简惠娟聪明的地方。

县长可能要亲自跟你谈话了。简惠娟跟陈东明说这话的第二天，县长把陈东明找去了。进了县长办公室，陈东明自觉把门反锁上了，他知道今天会是暴风骤雨。果然，一开口，县长就骂开了，说你陈东明搞那么长时间连个环评报告的初稿都弄不出来，你还当什么狗屁环保局局长，我看你还是回乡镇当你的副书记。

我跟你说了，如果一周内环评报告不出来，你就自己写辞职报告吧。陈东明一声不吭，任由县长发火。

县长说了半天，看陈东明还站着，挥挥手让陈东明坐下，扔给他一支烟。你以为我不知道你的花花肠子，就你忧国忧民，就你环保局局长有环保意识，我可跟你说好了，市里给我死命令，年前工业园区必须落户一家规模企业，否则工业园区取消，所有已征土地全部复耕。弄不好，我这个县长的政治生命就到此画句号。你自己看着办吧。等了一阵，陈东明看县长不再说话，悄悄地退出去。

陈东明回到家，还在琢磨县长这句话。用官场的话说，陈东明是县长的人，陈东明在乡镇各个副科级干部位置上绕圈的时候，很想回到县直科局，但事与愿违，所待的乡镇离县城越来越远。上任环保局局长因为车祸身亡，县委常委会在研究接任者的时候，县长据理力争，让他补了缺。他对县长感恩戴德，但县长把陈东明送上的一个信封退回，只是说你如果觉得欠了我一个人情，必要的时候我会找你讨的。

讨债的来了。陈东明念叨着。你说什么？在陈东明沉思的时候，简惠娟过来坐在陈东明旁边的沙发靠手上，替陈东明按揉太阳穴。看来县长是志在必得了，你不如做个顺水人情吧。他也难，在这偏远地方要出政绩哪有那么容易，沿海县份搞工业都不容易，何况山区。现在许多偏远县份都在当筐，把发达地区不要的污染企业往自己地盘拉，还得抓紧，否则连这些都没有，要当筐也只能装水。男人不好当，就当敢死队员吧，简惠娟劝陈东明。陈东明长叹一声，把杯中的茶水一饮而尽，但没感觉出喝酒的豪情。

环评报告出台后，东兴的批文很快下达了。首期资金到账，工程进展迅速。不到一年就投产了。县里难得好几个月没有在每月一次的工业发展汇报会挨批。相关媒体还报道了西水县主动服务，对接企业，招商引资有新招等新闻报道。县长专门为此把陈东明拉到宿舍里喝了几杯酒。可是还没高兴过，问题就出现了。环评报告上的对环境没有大的影响是空口说白话，东兴一生产，它旁边的那条河流就变了颜色，发出刺鼻的味道。小河里的鱼虾都死光了。原来有段河道是天然游泳池，夏天游泳的男女老少热闹非凡，就是冬天也有不少冬泳爱好者到此一展豪情。东兴一生产，只要下河，隔天身上肯定起不少红点，奇痒无比，越抓越痒，在有人打砸县医院皮肤科等几个科室的办公室之后，就没有人敢下水了。

有人开始骂街，骂外经局、骂环保局、骂县委、骂县政府，开始有人大代表、政协委员提出建议和议案，要求东兴停业整顿。可是大家都知道，东兴是县里一个招牌，怎么会轻易拆下。曾有人大代表扬言要提出罢免陈东明环保局局长的动议，陈东明听后一笑了之，说他是天真幼稚病。但有一天，县医院皮肤科的办公室被砸了，陈东明就笑不出来了。

事情的发生有点突然，那天皮肤科的医生正常接诊。有几个人排队就诊，皮肤科的医生望闻问之后，摇头叹息，说是无名肿毒，手指头按动鼠标，开了一些内服外涂的药，并让患者注意观察用药后的情况。前面两个人问医生到底是怎么回事，医生没有明确说法，患者只好叹息离开。第三个患者是个年轻人，胳膊上刺有老虎，但因为红点密布，这老虎没有一点辉煌，而是明显看起来是病虎。他已经连续两次到县医院就诊，但没有好转，已经一肚子火要蹿出来，听到医生说是无名肿毒，再也忍不住，说你到底会不会看，不会看就吭声，无名肿毒无名肿毒，你都有名有姓，肿毒怎么会无名？不是无名肿毒就是某种细菌，都这些屁话，随便一个人都可以当医生。医生被该年轻人斥责，火气上来了，说我如果什么都懂，我就是神医了，就不会是在县医院，至少到省立医院，你要看就看，不看就另请高明。再说了，一年死几个臭头自有定数，以前不是很多人病死了却死因不明。就你们那角落病人多，怕死赶快搬走啊。

当天来看皮肤的有工业园区区域的多人，之前因为到该河道游泳染上皮肤病已经怨气很大，听到医生斥责话语更是不爽。这时候，有人说这医生是环保局局长的亲戚，我们今天这样，就是环保局不作为害的，环保局局长不抓环保，医生不会看病，都他妈是混账。听说医生是环保局局长亲戚，胳膊刺虎的年轻人火气暴涨，大吼一声：今天揍死这王八蛋。他把皮肤科办公桌上的东西都扫到地面，医生尖叫：打人了，打人了。边叫边夺门而出，跑向院长办公室，一路叫道：我要报警，我要报警把你们抓起来。该医生的喊叫把几个在皮肤科看病的人彻底惹火，大叫：狗屁的庸医，什么都不懂，什么都推给无名肿毒，砸了这办公室。几个人动手，把皮肤科办公室砸了，还追向院长办公室，连同院长办公室、医务科办公室等都砸了，几句言语引发了一场混乱。后面费尽周折才平息下来，但东兴排出的废水有毒也名声在外，这时候有人提出东兴投产之后，东兴周边群众经常有人拉肚子，怀疑东兴排出的废水污染了该区域生活用水。这种说法因为没有直接证据，无从认定。东兴毕竟是县里为数不多的明星企业，也只是下达整改通知书，要求东兴整改，禁止向河里直排废水了事。

吴高仁就任工业园区主任，大项目也引来好几个，东兴就不显山露水。吴高仁可以为拒绝项目而引发轩然大波，差点为此下课，但对于已经存在的项目，也是无可奈何，这块伤疤不是吴高仁结下的，要揭伤疤流的是别人的血，而且这人是县长，吴高仁不好下手。吴高仁曾经长叹，有些时候明明知道直线距离最短，但偏偏只能画弧线，或者不画线。有机会，我要争取画条线，或者把弧线拉直了，希望不用等到猴年马月。后来县长调走，吴高仁自己也已经离开。陈东明也因为如此，认为吴高仁所说的是虚张声势。到后来，发现吴高仁做事不属于打雷不下雨的架势，陈东明主动走近。这是个男人，简惠娟对吴高仁的评价，让陈东明触动很深。

吴高仁找陈东明谈了一次。他们两个人在西水河边走了一个多小时。吴高仁谈了书记和他谈话的内容。陈东明深深吸了一口烟，看左右没有垃圾桶，把烟头在地上按灭，用面巾纸包了塞进口袋。陈局长这细节让我很高兴，吴高仁说道。我自己是环保局局长，如果连小事都做不好，无脸说别人。陈东明不以为意。但不能只做小事，不做大事。吴高仁看着陈东明。干吧，以前总是担心这担心那，担心别人说自己忘恩负义，担心别人说踩着前任领导往上爬，可是，我现在无处可爬。我又担心什么？真是人年纪大了，总是想太多。陈东明挥舞着手。别人的话，不一定听太多，还是听自己的内心吧，我总觉得，内心和事实应该选择直线，直线距离最短。

陈东明让环保局执法队队长坐实东兴化工偷排污水的证据。这事情不复杂，执法队队长在某个隐蔽处，找到证据，直接取证。陈东明让执法队队长开具勒令东兴化工有限公司停产整顿的通知。队长眼睛睁大了，怎么也想不通陈东明怎么会有这样的指令。陈东明不解释，让执法队队长遵照执行。陈东明让驾驶员把盖好章的通知书送达东兴化工办公室，让办公室人员马上转呈东兴老总。

这伤疤一块是揭，两块也是揭，要揭就不要怕不好看。丁主任知道环保局对东兴下达停产整顿通知书后，把收集的辖区内几家环保不达标企业的证据一并提交环保局，环保局审核查实后，又连续开出几张停产通知书。一时间，舆论哗然。

我哥要离开了，杜县长接任，新县长姓柳。王明娟的信息总是很及时。他这个萝卜归位，我这个萝卜要回原来的坑了，或许，连那个坑也没有。吴高仁淡然一笑。幸好，不辱使命，我应该按照他的要求，把这些荆棘清理得差不多了，我现在正在看一条河，在想象一条河应该有的面目。关于你的去向，书记要找你谈，不是我哥，是郑新书记。不会吧，一个副处级萝卜拎到哪个坑还需要他谈。这次我也不知道，只知道应该很快会通知你了，也许，你这个萝卜到哪个坑还不确定。

　　半个月后，西水县人大常委会召开，吴高仁辞去西水县人大常委会副主任职务，当选西水县副县长。向宪法宣誓之后，任命文件下发到各乡镇、各部门：吴高仁同志任中共西水县县委常委、常务副县长。

十

　　吴高仁离开屁股还没坐热的县人大常委会副主任的位置，从裁判员的角色又回到运动员。两点之间，直线距离最短。吴高仁念叨着这句话，吴高仁的老婆笑着说，你这不是直线，是同心圆，绕来绕去，依然是这个轨迹，只是频率略有不同。反正你都是吴副，算起来也差不多。那不同，吴高仁笑道，之前的吴副，有点在其位不谋其政的感觉，副主任却管着副县长的活，我这个萝卜是飘在坑的上方，我自己都底气不足，所以只管水质问题，属于单项管理。现在至少算安在坑里面，是不是自己的坑，对于坑一样，但对萝卜不一样。老婆笑话吴高仁的理论越来越多，一套一套，幸亏这个萝卜不论怎样换坑，但没有换老婆就是好同志，只是自己也不知道吴高仁是不是在这方面有动过换坑的念头？如果有，要提前透露，避免哪天自己知道了，吴高仁已经成为别人的萝卜。吴高仁赶紧叫停，说我今天怎么听出有敲打的味道，也感觉到一向沉稳的老婆有了一丝丝不自信，这你大可放心，我永远是你的萝卜。行，我就是随口感慨，你不用紧张，只要你不是花心大萝卜，对于我来说，就是好萝卜。吴高仁停下有关萝卜的讨论，他要找何东甲问问小学的算术老师是谁，和他探讨一下何东甲的算术成绩。

何东甲接到通知到达的时候，有好几个人都在等着找吴高仁汇报工作。吴高仁拿着一份报表，正听财政局局长汇报，桌上放着一个计算器，不时拿过来按几下。何东甲觉得今天吴高仁找自己来，肯定和上次吃饭结束的时候，吴高仁问自己算术学得如何有关，他知道吴高仁问自己的算术肯定和财政局局长不同，相同的是都和数据有关。

轮到何东甲的时候，吴高仁也不绕弯，说自己有个问题曾请教过何局长，说何局长小学算术学得如何？当时何局长说自己几乎都是满分，一段时间，我还是想问问，何局长的答案是否有所改变。何东甲的头大了，心中有果然如此的感慨。他斟酌了一下说，我当时就知道吴副说这句话不是随口说说，另有深意。所以回去后苦思冥想，多方论证这道题的多种解法，我知道吴副说的应该和数字有关，就从近期农业局的报表入手，后来加上偶然机会被其他领导点到，豁然清楚吴副说的是生猪养殖整治的报表出了问题。这份报表有两张，一张是全县生猪养殖点和存栏数，一张是各乡镇已拆除养殖点以及当前未拆除数，单张看没问题，两张放一起，问题很大，好几个乡镇已拆的数据比总量的数据还大，更别说后面还有未拆的。虽然这些数据是各乡镇提供，但农业局作为业务部门，没有及时发现问题督促整改，这是自己不对，也不宜再把责任推给分管副局长或者具体干部，我已经明白当时吴副为什么不说数学而说算术，所以随后做了认真整改，当然这整改不可能一步到位，改数字容易，真正改到位需要时间。

吴高仁点头，看来何局长还是意识到位，能够找出问题，我就不再说这个。相信国务院办公厅《关于稳定生猪生产，促进转型升级的意见》这份文件你们认真学了，二十三条措施我们要怎么贯彻落实要有个具体的意见和明确的规定，不能再有糊涂账，关键不是报表，而是实际操作的问题。不过竹头的生猪养殖场肯定要搬迁，在取水口上游，这明确是禁养区，政策执行，不能层层加码，也不能逐级打折扣，这个话题我们另外探讨。我今天要问你这个兼任的扶贫办主任另外一道算术题，就是我们县现在的贫困人口是多少？建档立卡贫困户户数多少？对象是否精准？三大攻坚战，脱贫攻坚战压力很大，我们要怎么做？你今天也不用急着回答我，如果这么容易解决，就不是难题，就不用攻坚了。回去好好想一想，改天我们好好聊聊。选一两个点，我们先去看看。竹头养殖场整体搬迁的事，农业局要大力推进，畜牧站要加强技术指导技术支持，环评工作和陈东明对接，抓紧规范推进，有一点要特别注意，养殖场工人招考要招一定量的贫困人口，把那些有养殖经验，有劳动能力又愿意进来的贫困户招进来，有了那份收入，这些人就脱贫了。

吴高仁带队调研脱贫攻坚的时候，听从何东甲建议，先拐到竹头养殖场整体搬迁项目建设现场。陈东明和水生都在，各项工作紧锣密鼓推进。吴高仁说陈局最近很积极，值得表扬。陈东明说口头表扬没什么含金量，吴常务这句话就是几声掌声，在这空旷的场所呱唧呱唧几声没有什么声响，自己现在就是做好分内的事情，但既然是这个项目的一部分，就希望吴常务来点实际的，项目款尽快到位，县里配套部分抓紧落实。陈东明认真做事之后，吴高仁对他消除芥蒂，他在吴高仁面前说话也就随便。简惠娟笑话陈东明不可思议，都这把年纪的老男人了，居然会为了另外一个老男人的几句表扬像打了鸡血一样兴奋，起早摸黑拼命工作。陈东明说自己想退休后留个美名而不是骂名，想留名最简单的办法就是做事，吴高仁的观点：政府官员和群众口碑这两点之间，直线距离最短，就是做事，做实事，做好事。吴高仁大笑，回头看何东甲，说不知道的话，以为你们两个局长唱双簧，做了个套让我钻进去。行，该我的我不推辞，该你们的你们不能趴窝。我还指望这个养殖场能消化一些贫困人口。脱贫攻坚是个大工程，医疗、教育、保险、产业等等，其中一个是造血，这才有主动性，输血总是被动，不是简单送送油送送米那么简单，这些道理大家都懂，关键是怎么做。

到了乡镇，吴高仁随手翻了翻那一沓沓整齐的台账，说这些就让业务人员去看，镇长也不必在这里汇报，我们直接到村里走一走，眼见为实。吴高仁一行去看一个贫困户，进门前，镇长汇报该贫苦户户主已经七十三岁，父母很早去世，家庭很穷，四十八岁的时候才娶老婆。老婆小他十几岁，智力有点问题，而且先天性关节炎，常年卧床，生有一男一女倒是健康。女儿已经出嫁，儿子十七岁，初中毕业后外出打工，工资基本只够自己生活，老人平时就靠家里几十棵果树收入过日子。女儿出嫁后经济也一般，每年给父母一点钱。老人还有个堂侄，对老人不错，也会给老人一些钱，现在老人夫妇是低保户，纳入政府兜底。吴高仁点点头，进门后看到饭桌边的墙壁上，贴有一张小卡片，写着挂钩帮扶人姓名、单位、职务和联系电话。吴高仁问道，你们镇长有没有来过你们家？镇长是谁？没有，没有。我不认识。老人有点紧张，连连摇头。吴高仁不说，回头看镇长，镇长刚要解释，吴高仁摇头，指着镇长问老人：这个人你认识不认识？这个人认识，政府的，来过我家很多次了。镇长才松了一口气，吴高仁又问老人：他有没有和你制定什么发展计划啊。老人摇头，我听不懂，什么计划？计划生育吗？我老婆身体不好，不能结扎，当时政府同意的。吴高仁看老人着急的样子，摇摇手，说，就是他来你们家的时候，有没有和你谈谈你们家的事情，比如你儿子是要打工还是回来种水果，你儿子要不要换一个赚钱多一些的地方什么的。有啊，有啊，我们说了很多次，可是小孩子年纪还小，又读书少，挣钱少，他今年还帮我儿子找了一个地方，去学修理汽车，说会修理汽车挣钱就多了。吴高仁和老人又聊了一会，转身离开。

到了门口，看到镇长还一脸紧张，吴高仁笑道今天把镇长吓了一跳，所以和村民交流，要知道用什么方式，要不然你那卡片再怎么贴都没有用，我看墙壁上的卡片写的就是你镇长。不少贫困户文化水平都比较低下，交流要接地气，我去看过一个贫苦户，他就是聋哑人，你跟他说什么，他都是竖着大拇指咿咿呀呀。吴高仁正说话，有个中年人走过来，人还没到，就喊道：政府，今天来送油送米吗？要不要去我家？有我的我自己拿回去就好，省得你们走路。村主任赶快走过去，把这个中年男人拉走，不等吴高仁发问，镇长就解释说该男人就兄弟两人，原来照顾残疾的低保户哥哥，后来哥哥两年前去世，但他也不想打工挣钱，缠着镇村说他照顾哥哥多年，耽误了自己的生活，原来哥哥的低保户要让他继续享受，平时就靠低保户的补助过日子，整天在村里晃来晃去，看到有干部前来就讨救助慰问。边走边说，到了一个小巷子，一个撑拐的妇女站在刚刚建成的新房子面前招呼：领导，领导，到家里喝茶。镇长介绍这也是一户贫困户，建成的房子是造福工程。感谢政府，感谢政府，让我有新房子，我以前想都不敢想，我这瘸脚的没用人能住上新房子。吴高仁看到这热情的女人，点点头，大声说：好好过日子，过好日子。

　　走出村口的时候，有几个人赶着一群牛走过，村主任说这些牛是上级帮扶贫困户的，村里成立养牛合作社，放牛的那几个人都是贫困户，她们放牛算工资，以后卖牛的收入，包括卖牛屎的收入，她们都可以分成。吴高仁说，有饭吃，有房子住，简单的几个字，要落实好，不容易。何局长，你的算术题不好做。我们都是答题的，我们尽量努力看看，这道题能得多少分。

　　吴高仁的目光稍微抬高，阳光打在对面的山峰，山峰明亮。两点之间，直线距离最短。吴高仁在心里念叨着。

2020 年 1 月 27 日初稿

2020 年 2 月 29 日改定于听雨斋